Sophia Farago wurde in Linz geboren, wo sie auch heute nach Studienaufenthalten in Wien, Innsbruck und München wieder lebt. Sie hat Rechtswissenschaften studiert und arbeitet als Wirtschaftsjuristin im internationalen Handel. Sophia Farago ist verwitwet und hat zwei Kinder. Ihr erster Roman ›Die Braut des Herzogs‹ (Bd. 11495) erschien ebenfalls im Fischer Taschenbuch Verlag.

Maskerade in Rampstade. Auf die dringende Bitte ihres Jugendfreundes George Willowby reist die selbstbewußte junge Adlige Sophia Matthews von Winchester nach Rampstade Palace in York, dem Herzogssitz von Georges Großmutter.

Kurz vor der Ankunft dort eilt ihr nach einem Kutschenunfall ein stattlich wirkender Straßenräuber-Hauptmann zu Hilfe und geleitet Sophia bis zum nahe gelegenen Adelssitz Grandfox Hall, wo sie gastfreundliche Aufnahme findet. Jojo, der Straßenräuber, verabschiedet sich allerdings am Portal.

Nach diesem Zwischenfall erreicht Sophia Rampstade Palace. George bittet sie, sich gleich gegenüber der kränklichen reichen Herzogin als seine Verlobte auszugeben, damit diese ihn in ihrem Testament zum Haupterben bestimmt. Dadurch glaubt er sich seinem Cousin und Erbschaftsrivalen, dem benachbart wohnenden Earl of Cristlemaine, im Vorteil.

Die auf sympathische Weise selbstbewußte Sophia geht mit spielerischer Leichtigkeit darauf ein und amüsiert sich vor allem auf einem inzwischen stattfindenden Maskenball, auf dem auch Jojo, der Straßenräuber, wieder auftaucht ...

SOPHIA FARAGO
MASKERADE IN RAMPSTADE

Roman

Fischer Taschenbuch Verlag

Originalausgabe
Veröffentlicht im Fischer Taschenbuch Verlag GmbH,
Frankfurt am Main, September 1993

Umschlaggestaltung: Manfred Walch, Frankfurt am Main
Satz: Fotosatz Otto Gutfreund GmbH, Darmstadt
Druck und Bindung: Clausen & Bosse, Leck
Printed in Germany
ISBN 3-596-11430-6

Gedruckt auf chlor- und säurefreiem Papier

I.

Als ich das Gasthaus durch die niedrige Türöffnung betrat, wußte ich bereits, daß ich dabei war, eine große Dummheit zu begehen. Was aber wäre mir anderes übriggeblieben? Draußen, kaum eine Meile von hier entfernt, lag unsere altersschwache Kutsche umgekippt im Straßengraben.

Harry, der Kutscher, hatte sich bei diesem Unfall so unglücklich am Kopf verletzt, daß er nun bewußtlos auf dem aufgeweichten Boden des Weges lag. Ich hatte endlos scheinende Minuten damit zugebracht, die Pferde zu beruhigen und sie daran zu hindern, mitsamt der Kutsche durchzugehen. Es war mir gelungen, die Pferde auszuspannen und an zwei Bäumen in der Nähe festzubinden.

Hinzu kam, daß Mally, meine alte Kinderfrau, die mich auf meiner Reise begleitete, wie ein aufgescheuchtes Huhn hin und her gelaufen war, und dabei verzweifelt die Hände über dem Kopf zusammenschlug. Dabei hatte sie mit weinerlicher Miene, immer und immer wieder, unser Mißgeschick beklagt: »Ich habe es gewußt, Miss Sophia. Wir hätten nicht so überstürzt abreisen dürfen. Wir hätten niemals in diese altersschwache Rumpelkiste steigen dürfen, ohne einen starken Mann als Begleiter! Habe ich nicht prophezeit, daß das nicht gutgehen wird? Habe ich Sie nicht angefleht, das Angebot von Mr. Stinford anzunehmen? Ja, wenn er jetzt hier wäre, er wüßte genau, was zu tun ist. Ach, hätte ich mich bloß nicht überreden lassen. Wären wir doch . . .«

Ich hatte ihr Gezeter unwillig unterbrochen und mit mehr Selbstvertrauen, als ich tatsächlich empfand, verkündet: »Ich weiß auch genau, was zu tun ist, Mally. Also bitte beruhige dich doch. Am besten wäre es, wenn du ein Kissen aus der Kutsche holst, um es unter Harrys Kopf zu legen. Und nimm bitte auch gleich eine Decke mit, damit der arme Kerl nicht zu sehr friert.«

Niemals hätte ich zugegeben, daß es mir in der unangenehmen Lage, in der wir uns befanden, gar nicht so unangenehm gewesen wäre, wenn ich Edward Stinfords Begleitung doch nicht so brüsk abgelehnt hätte. Sicher hätte er das Ruder längst in die Hand genommen und eine Hilfstruppe organisiert, während ich nichts anderes zu tun gehabt hätte, als mich auf einen Baumstrunk zu setzen und meine Hände untätig in den Schoß zu legen.

Ja, er war wirklich ein tüchtiger Mann und so gewohnt, alles in seinem Sinne zu erledigen. Eine bewundernswerte Eigenschaft, gewiß. Doch genau das war auch der Grund, warum ich keinen von Edwards Heiratsanträgen je annehmen würde. Ich hatte schließlich meinen eigenen Kopf und war es gewohnt, selbständig Entscheidungen zu treffen. Energisch straffte ich die Schultern. Zum Teufel mit Edward Stinford! Ich würde auch alleine mit dieser Situation fertig werden.

»Hast du das Gasthaus gesehen, an dem wir vor wenigen Minuten vorbeigefahren sind?« fragte ich Mally, die sich eben unter Stöhnen niedergekniet hatte, um das Kissen, das sie aus der Kutsche geholt hatte, dem Bewußtlosen unter den Kopf zu schieben.

»Ich werde dorthin zurückgehen und den Wirt ersuchen, ein paar Burschen zu schicken, die die Kutsche wieder auf die Räder stellen. Vielleicht kann ich auch einen Schmied auftreiben, der sich die Räder ansieht. Auf jeden Fall werde ich für uns Zimmer mieten, denn, wie es aussieht, werden wir heute nicht mehr weit kommen.« Ich reichte meiner Begleiterin die Hand, während sie sich mühevoll erhob, und versuchte ein zuversichtliches Lächeln.

Da kam auch schon der erwartete entrüstete Widerspruch: »Nie und nimmer!« schnaufte sie mühsam. »Nie und nimmer werde ich Ihnen gestatten, allein ein Gasthaus zu betreten! Daß Sie überhaupt auf einen derartigen Gedanken kommen, Miss Sophia, ist schon eine Schande.« Sie schüttelte vielsagend den Kopf.

Ob ich Mally bitten sollte, mich zu begleiten? Es wäre wirklich angenehmer, nicht allein in ein gewöhnliches Gasthaus zu gehen. Auch wenn ich in ihrer Begleitung nur wesentlich langsamer vorankäme. Aber da war ja noch Harry, und zudem konnten wir die Kutsche keinesfalls unbeaufsichtigt lassen.

»Und dann erst der weite Weg!« fuhr Mally fort. »Ich habe Ihnen doch von dem Gesindel erzählt, das die arme Mrs. Malik überfiel, gerade als sie der kranken Frau des Pfarrers von Exeter ihre berühmte Taubenpastete bringen wollte?«

»Ja, das hast du«, bestätigte ich. »Aber bis Exter sind es mehr als zweihundert Meilen, und ich glaube nicht, daß sich die Straßenräuber auf einen derart weiten Weg gemacht haben, nur um mich hier zu überfallen.«

Mally schnaubte ungehalten. »Unsinn. Sie wissen genau, was ich meine! Und hat nicht auch der nette, junge Bursche, mit dem wir beim letzten Pferdewechsel gesprochen haben, gesagt, daß es hier von Straßenräubern nur so wimmelt.«

»Das hat er allerdings«, gab ich zu, »aber wer weiß denn schon, ob er die Wahrheit gesagt hat. Schließlich war er es auch, der uns diesen Weg gezeigt hat, als Harry ihn nach einer geeigneten Abkürzung fragte. Er versprach, die Straße sei in gutem Zustand. Und, stimmt das etwa?«

Diesen Einwand ließ Mally nicht gelten. »Gerade weil die Straße so abgelegen ist und keiner, außer uns, so verrückt ist, sie zu befahren, kann ich es nicht zulassen, daß Sie sich auf den Weg machen.«

»Siehst du jemand anderen, der das tun könnte?« fragte ich betont ungehalten, um meine eigenen Bedenken zu überspielen. »Du kannst mich unmöglich begleiten. Wir dürfen den armen Harry nicht allein zurücklassen. Und auch die Kutsche muß bewacht werden. Vielleicht suchst du dir schon einmal einen geeigneten Prügel, damit du dich im Notfall verteidigen kannst.«

Eigentlich hätte meine letzte Bemerkung scherzhaft sein sollen. Doch sie veranlaßte Mally, die Äste am Waldesrand einer näheren Begutachtung zu unterziehen. Es schien, als habe sie meinen Argumenten nichts mehr entgegenzuhalten. So machte ich mich auf den Weg.

»Mach' dir keine Sorgen, Mally!« rief ich über die Schulter

hinweg zurück. »Ich kehre in Kürze mit einigen Burschen zurück. Und dann können wir in Ruhe überlegen, wie es weitergehen soll!«

Für meinen Weg zum Gasthaus brauchte ich erheblich mehr Zeit, als ich angenommen hatte. Die Straße war durch die Regenfälle der letzten Tage aufgeweicht, der Boden schwer. Ich mußte meine Röcke ein gutes Stück anheben, um sie davor zu bewahren, durch Kot und Lehm unrettbar durchweicht und verschmutzt zu werden. Zudem trug ich keine geeigneten Schuhe, und die Nässe drang ungehindert in meine Lederstiefelchen ein. Mein Hauptproblem war jedoch der glitschige Boden. Ich mußte meine ganze Aufmerksamkeit darauf verwenden, nicht auszurutschen und der Länge nach in den Schmutz zu fallen. Dennoch warf ich immer wieder verstohlene Blicke zu den ausgedehnten, dichten Wäldern rechts und links der Straße. Zum Glück hatte es gegen Mittag zu regnen aufgehört. Nun drangen sogar ein paar Sonnenstrahlen durch die aufgelockerte Wolkendecke. Die Sonne stand jedoch schon beängstigend tief. Bald würde die Dämmerung hereinbrechen. Bis zur völligen Dunkelheit mußte ich die Kutsche und meine Begleiter in Sicherheit gebracht haben. Energisch beschleunigte ich meinen Schritt.

Da – plötzlich begann mein Herz wie wild zu rasen. War das nicht ein Mann, der hinter einem dichten Ginsterbusch geduckt lauerte? Ich zwang mich ruhig durchzuatmen, die Stelle genau im Auge zu behalten, während ich langsam darauf zuging. Nichts bewegte sich. Kein anderer Laut war zu hören, als jenes eigenartige Quietschen, das immer dann entstand, wenn ich einen Fuß aus dem weichen, lehmigen Morast zog. Dieses Geräusch kam mir mit einem Mal unnatürlich laut vor. Ich spürte, wie meine Hände unangenehm feucht wurden. Doch nichts geschah. Als ich näher kam, erkannte ich, daß es ein umgestürzter Baumstamm war, der mich in die Irre geführt hatte. Erleichtert atmete ich auf. Mally mit ihren ewigen Räubergeschichten! Sie hatte während unserer gesamten Reise oft von Straßenräubern gesprochen. Hatte sich all die Fälle in Erinnerung gerufen, die ihr durch Bekannte zugetragen worden waren und hatte nicht das kleinste Detail der Greueltaten ausgelassen, die die bedauernswerten Überfallenen erleiden mußten. Ich hatte, sehr zu ihrem Mißvergnügen, die Erzählungen nicht mit dem gewünschten Ernst gewürdigt – und doch merkte ich jetzt, daß sie Wirkung zeigten. Je länger ich ging, je weiter ich mich von meinen Begleitern entfernte, desto unheimlicher war mir zumute. Ja, fast erwartete ich wirklich, daß plötzlich ein Reiter, hoch auf einem schwarzen Roß, ein Gewehr im Anschlag, zwischen zwei Bäumen hervorgeprescht käme. Da machte der Weg eine Biegung – und ich erblickte unverhofft das Gasthaus vor mir.

Im Vorbeifahren war mir das Haus zwar aufgefallen, und ich hatte es aufgrund des Schildes auch richtig als Gasthaus erkannt. Aber ich hatte nicht auf seinen Zustand geachtet. Beim Näherkommen bemerkte ich nun, daß es einen ungewohnt ruhigen, ja geradezu unbewohnten Eindruck machte. Obwohl es nun schon merklich dämmerte, war, zumindest in den zur Straße liegenden Räumen, kein Licht angezündet worden. Kein Rauch aus dem Kamin verkündete einladend, daß die Wirtin in der Küche dabei war, ein warmes Mahl für späte Gäste zu richten. Das Haus erschien zudem zwar nicht gerade verwahrlost, so doch wenig vertrauenerweckend. Es war fast völlig von Efeu überwachsen. Die mit Blei gefaßten kleinen Fensterscheiben waren beinahe blind. Die morsche Eingangstür stand offen und knarrte in ihren verrosteten Angeln. Auch das Wirtshausschild quietschte bei jedem Luftzug. »Zu den drei Bettlern« war darauf zu lesen. Und das Bild, das drei, kaum mehr erkennbare, zerlumpte Gestalten zeigte, wirkte auch nicht eben einladend. Ich blickte mich noch einmal um, ob es nicht doch ein menschliches Wesen gäbe, das mir helfen könnte und das mir den Weg in das Gasthaus ersparen würde. Aber es war niemand zu sehen.

Also trat ich durch den niederen Türstock in die düstere Schankstube. Ich sah mich um und mein mulmiges Gefühl verstärkte sich, als ich sie völlig verlassen vorfand. Ich nahm all meinen Mut zusammen und rief nach dem Wirt. Hörte mich denn niemand? Jedenfalls erschien auf mein Rufen nur ein Hund. Ein Mischling nicht näher erkennbarer Rasse, der mich mit tränenden Augen musterte. Dann trottete er gemächlich näher und beschnupperte mich eingehend. Ich schien ihm vertrauenswürdig zu sein, denn er legte sich zu meinen Füßen und erwartete sichtlich, von mir gestreichelt zu werden.

»Na, wo ist denn dein Herr?« fragte ich ihn, während ich mich hinabbeugte, um seinen Kopf zu tätscheln.

Da vernahm ich plötzlich ein lautes Lachen. Ich fuhr auf und stellte fest, daß Stimmen und Gelächter durch eine verschlossene Türe an der Stirnseite des Schankraumes drangen. Das Haus war also doch nicht völlig verlassen. Vielleicht hatte ich mit meinem Anliegen zu guter Letzt doch noch Glück. Ohne lange nachzudenken durchquerte ich den Raum und drückte die Klinke der Tür zum Hinterzimmer herunter.

II.

Als ich eintrat, brach jedes Gespräch jäh ab. Unzählige Augen schienen auf mich gerichtet zu sein. Bei genauerem Hinsehen erkannte ich, daß es fünf Männer waren, die da rund um einen rohgezimmerten Eßtisch zusammensaßen. Sie dürften gerade eine lebhafte Unterhaltung geführt haben, bevor ich sie gestört hatte. Nun starrten sie mich schweigend, mit unverhohlenem Mißtrauen an. Zuerst fielen mir ihre Gesichter auf. Wettergegerbte, unrasierte, verschmutzte Gesichter. Und dann bemerkte ich die abgetragene Kleidung, die mir sonderbar dunkel erschien, als ob sie mit Absicht ihren Träger möglichst unauffällig erscheinen lassen solle. Um ihm zu ermöglichen sich in den Wäldern zu verstecken, ohne von jemandem gesehen zu werden?

O Gott, fuhr es mir durch den Kopf. Kein Wunder, daß mir auf dem Weg keine Straßenräuber begegnet waren. Sie saßen alle hier beisammen, und ich war mitten in ihr Quartier geraten. Mühsam unterdrückte ich den Impuls, kehrtzumachen und in blinder Hast aus dem Gasthaus zu laufen. Mein Verstand sagte mir, daß das ein sinnloses Unterfangen wäre. Man hätte mich schnell eingeholt, lange bevor ich Harry und Mally erreicht hätte. Und auch die beiden hätten mir nicht helfen können. Nein, ich mußte ruhig und überlegt handeln. Vielleicht konnte ich sie damit beeindrucken, daß ich mich kühl und unerschrokken gab?

»Guten Tag, meine Herren«, begann ich in einem, wie ich hoffte, Ehrfurcht einflößenden Tonfall. »Würden Sie mir bitte sagen, wo ich hier den Wirt finde?«

Der Mann, der der Türe am nächsten saß, ein junger, ernsthafter Bursche mit einem beängstigend muskulösen Oberkörper, stand auf und blickte mit verkniffenen Augen auf mich herab. Es schien, als wolle er etwas antworten, wurde aber, ebenso wie ich, davon überrascht, daß ein älterer Mann, der auf der Bank an der Längsseite des Tisches lümmelte, damit begann, meine Worte zu wiederholen: »Guten Tag, meine Herren!« meckerte er mit verstellter Stimme, die wohl meine nachahmen sollte. »Guten Tag, meine Herren!«

Ich verlor beinahe die Fassung. Was hatte dieses seltsame Verhalten zu bedeuten?

»Ach, halt's Maul, du Esel!« murrte der Mann, der aufgestanden war, ungeduldig und wandte sich dann an mich: »Beachten Sie ihn gar nicht. Der Alte ist besoffen wie eine Auster. Ich weiß auch nicht, warum wir den überhaupt mitgenommen haben. Er wird uns noch die ganze Tour vermasseln.«

»Guten Tag, meine Herren!« wiederholte der Alte unbeeindruckt.

»So gib ihm doch endlich eine auf's Maul, Jeff!« brüllte der Mann neben mir. Jeff war vermutlich der kleine Bursche mit dem breitkrempigen, speckigen Hut, der neben dem alten Mann auf der Bank saß. Er hielt sich zwar nicht genau an den Befehl, doch schlug er dem Alten so heftig mit der flachen Hand auf den Rücken, daß dieser das Nachäffen bleiben ließ und, nach einem lauten Rülpsen, in dumpfes Brüten versank.

Ein Blick auf den Tisch überzeugte mich, daß auch die anderen Anwesenden kräftig dem Alkohol zugesprochen hatten. Zahlreiche Krüge standen auf der ungehobelten Tischplatte, halbvolle Flaschen, zum Teil verschüttete Gläser. So war es nicht verwunderlich, daß keiner mehr nüchtern zu sein schien.

»Sagten Sie wirklich, daß Sie den Wirt suchen?« fragte der große Mann neben mir. Da meldete sich der Kleine zu Wort, der Jeff genannt wurde.

»Glaub' ihr kein Wort, Sam«, sagte er.

»Sie suchen also den Wirt«, wiederholte der große Sam, ohne auf Jeff zu achten. »Wissen Sie, das erscheint uns doch ein wenig seltsam.« Nachdenklich kratzte er sich am Hinterkopf.

»Was soll daran seltsam sein?« fuhr ich ihn an. Mir schien vielmehr das Verhalten dieser Männer seltsam.

»Und sie wissen wirklich nicht, wo er ist, der Wirt, meine ich?« wollte Sam wissen.

»Kann nicht sein, daß sie den Wirt sucht«, meinte nun der, der an der Stirnseite des Tisches saß. Er blickte dabei gedankenverloren in sein Glas, während er langsam das dunkle Getränk, das sich darin befand, von einer auf die andere Seite schwappen ließ. »Kann gar nicht den Wirt suchen, wenn du mich fragst. Jeder weiß doch, daß ...«

In diesem Moment wurde er durch seinen Sitznachbarn unterbrochen, der sich plötzlich erhob. Er war vermutlich zu betrunken, um dem eigenartigen Gespräch zu folgen, das da in dem kalten Hinterzimmer im Gange war. Nun schien er sich jedoch plötzlich an gewisse Formen von Höflichkeit zu erinnern. Jedenfalls sprang er auf, verbeugte sich, soweit er dazu in der Lage war und murmelte von heftigem Schluckauf begleitet: »John Finch, Mylady. Immer zu Ihren Diensten.«

Dann versagten ihm die Knie, und er sank zurück auf die Holzbank, wobei sein kahler Schädel auf der Tischplatte aufschlug. Dieser Schmerz schien ihm den Rest zu geben. Er blieb so liegen, wie er hingefallen war, und rührte sich fortan nicht mehr. Von dieser seltsamen Vorstellung belustigt wurde ich für kurze Zeit von der Gefahr abgelenkt, in der ich mich befand. Doch dieses Bewußtsein kehrte schlagartig zurück, als der Mann, der an der Stirnseite saß, an Sam die Frage richtete: »Was sollen wir mit ihr tun?«

»Ich glaube, zuerst müssen wir sie einmal ausfragen«, beschloß Sam. »Dann wird uns sicher etwas einfallen.«

Hilfesuchend blickte ich mich um. Da fiel mein Blick auf eine Bank an der gegenüberliegenden Wand. Dort saß ein Bursche, die angewinkelten Beine auf die Sitzfläche gestellt, im schwachen Schein der untergehenden Sonne, die fahl durch ein Fenster über seinem Kopf in den Raum drang. Er hatte ein Buch auf den Knien und schien völlig darin vertieft zu sein. Er tat, als würden ihn die Geschehnisse um ihn nicht interessieren. Und doch hatte ich das Gefühl, daß er genau zuhörte, was sich Sam und der Mann an der Stirnseite zu sagen hatten. So als habe er meinen Blick gespürt, hob er nun seinen Kopf, und ich begegnete seinem klaren, offenen Blick. Als einziger der Männer im Raum machte dieser Bursche einen gepflegten Eindruck. Zwar war auch seine Kleidung nicht fleckenlos sauber und zudem reichlich verknittert, als habe der Bursche den ganzen Tag im Sattel zugebracht. Und doch hob er sich wohltuend von den anderen Gestalten ab. Hätte ich ihn nicht hier in dieser Räuberhöhle angetroffen, so hätte ich ihn vermutlich für den Reitknecht eines vornehmen Gutes gehalten.

»Wenn Sie sich dort drüben hinsetzen wollen, Miss«, unterbrach Sam meine Gedanken und wies auf einen freien Stuhl, der direkt neben dem zweiten Fenster an der Stirnseite des Tisches stand. »Wir möchten uns mit Ihnen unterhalten.«

Ich hatte nicht vor, den beruhigenderen Platz direkt neben der Eingangstüre zu verlassen, um mich inmitten der Männer niederzusetzen. Und überhaupt: Ich wollte Hilfe für die verunglückte Kutsche finden. Es blieb nur mehr wenig Zeit bis zum Hereinbrechen der Dunkelheit, und diese wollte ich keinesfalls damit vergeuden, irgendwelchen Schwachsinnigen unnötige Fragen zu beantworten. Ich beschloß, daß Angriff die beste Art der Verteidigung war: »Wenn Sie mir nicht weiterhelfen können, werde ich den Wirt eben selbst suchen.«

Mit diesen Worten wollte ich mich abwenden und das Zimmer verlassen, doch Sam war schneller.

»Nicht so hastig, Miss«, sagte er, und sein fester Griff umschloß schmerzlich meinen Oberarm. »Wir sind noch nicht fertig. Wenn Sie also dort drüben Platz nehmen wollen...«

Er wies abermals auf den freien Stuhl. Der Bursche auf der gegenüberliegenden Bank hatte bei diesen Worten den Blick gehoben und runzelte die Stirn, als er Sams Pranke auf meinem Oberarm sah. Seltsamerweise ließ mich dieser daraufhin umgehend los, worauf sich der junge Mann wieder in sein Buch vertiefte. Die Anwesenheit dieses Burschen wirkte beruhigend. Ich hatte das Gefühl, als könnte mir nichts passieren, solange er im Zimmer war.

So fügte ich mich also Sams Befehl. Bevor ich mich setzte, fiel mein Blick durch die Scheiben des kleinen Fensters, und ich sah hinter dem Haus eine Vollblutstute stehen, die mit Sicherheit noch nicht dort gestanden war, als ich das Gasthaus betreten hatte. Das Pferd war aufgezäumt und gesattelt. Hoffnung keimte in mir auf. Wo ein gesatteltes Pferd war, da konnte auch der Reiter nicht weit sein. Ob er mich wohl hörte, wenn ich um Hilfe rief? Das schien jedoch gar nicht nötig zu sein. Schon waren energische Schritte im Schankraum zu hören, die sich ohne Zweifel dem Hinterzimmer näherten. Sam zog scharf die Luft ein und warf einen unsicheren Blick von mir zur Tür. Alle, bis auf den betrunkenen John, der noch immer, den Kopf auf die Tischplatte gelegt, schlief und nur ab und zu grunzende Laute von sich gab, starrten wie gebannt zum Eingang. Der Bursche von der gegenüberliegenden Bank hatte sich erhoben und verstaute gemächlich sein kleines Buch in der Rocktasche. Er schien die Spannung nicht zu spüren, die seine Kumpane erfaßt hatte.

Da wurde mit Schwung die Türe aufgestoßen und ein Mann stand im Türrahmen. Er war breitschultrig und nicht allzu groß. Seine Reitkleidung war aus dunklem Stoff. Ungeduldig klopfte er mit seiner Reitgerte gegen seine über und über mit Lehm bespritzten hohen Schaftstiefel. Auf seinen dunklen Locken saß ein schwarzer, ungewöhnlich großer Hut, der wohl vor einigen Jahrzehnten einmal modern gewesen sein mochte. Er hatte diesen tief in die Stirne gezogen, so daß er einen großen Teil des

Gesichts verdeckte. Auf den Wangen und dem energischen Kinn sproß ein mehrere Tage alter Bart.

Es war offensichtlich, daß dieser Mann den anderen Respekt einflößte. Sie blickten ihm erwartungsvoll und, wie mir schien, seltsam ergeben und schuldbewußt entgegen. Der kleine Jeff versuchte sogar seinen völlig betrunkenen Sitznachbarn dazu zu bewegen, sich zu erheben. Allerdings ohne Erfolg.

Ich musterte den gerade eingetretenen Mann eingehend. So sah also ein wahrhaftiger Räuberhauptmann aus! Wider Willen war ich fasziniert. Ich weiß nicht, was ich wirklich erwartet hatte, was jetzt geschehen würde. Würde sich der Anführer zu seinen Leuten setzen, einen Humpen ergreifen und sich an dem Saufgelage beteiligen? Vielleicht mißfiel ihm aber auch das unmäßige Saufen seiner Männer, und er würde in lautes, unflätiges Gezeter ausbrechen. Würde er mich anbrüllen, was zum Teufel ich hier zu suchen hatte? Vielleicht würde er mich bedrohen. Ich hatte mit allem gerechnet, nur nicht mit dem, was jetzt geschah.

Der Mann ließ einen kurzen Blick über die Anwesenden schweifen. Soweit ich das in diesem düsteren Zimmer erkennen konnte, lag deutliche Verachtung um seinen Mund. Dann wandte er sich an den Burschen, der gelesen hatte, befahl ihm per Handzeichen ihm zu folgen, machte auf der Stelle kehrt und verließ, ohne ein Wort zu sagen, den Raum.

Der Bursche warf einen kurzen, sorgenvollen Blick auf mich. Es schien, als überlegte er, ob er den Anführer auf mich aufmerksam machen sollte. Dann entschied er sich jedoch dagegen, rief »Sofort, Hauptmann!«, hob grüßend die Hand und machte sich daran seinem Herrn zu folgen.

Ich war wie vor den Kopf geschlagen. Es konnte doch nicht sein, daß mich der letzte Schutz, den ich hatte, verließ und mich seinen wilden Kumpanen auslieferte! Es konnte doch nicht sein, daß dem Anführer meine Anwesenheit völlig entgangen war! Es war mir noch nie in meinem Leben passiert, daß jemand meine Gegenwart so völlig mißachtet hatte. Sonderbarerweise ärgerte mich das am meisten. Ich mußte verhindern, daß man mich mit Sam und den anderen zurückließ.

»Halt, Herr Hauptmann!« rief ich daher, ohne weiter nachzudenken. Der Neuankömmling, der sich schon darangemacht hatte, den Schankraum zu durchqueren, blieb einige Augenblicke regungslos stehen, dann drehte er sich langsam um und kehrte in das Hinterzimmer zurück. Er hatte seinen Hut abgenommen und seine dunklen, fast schwarzen Augen musterten mich mit einer Mischung aus Erstaunen und unverhohlener Belustigung. Es war wohl diese Belustigung, die mich dazu trieb, jede Vorsicht fallenzulassen. Eigentlich hatte ich doch den Anführer höflich ersuchen wollen, mich gehen zu lassen. Doch nun spürte ich, wie mein Temperament mit mir durchging: »Wie können Sie es wagen., mich hier mit Ihren ungehobelten Leuten zurückzulassen?« fuhr ich ihn an. »Sie müssen doch bemerkt haben, daß man mich gegen meinen Willen festhält.«

Mit diesen Worten hatte ich erreicht, daß die Belustigung aus den dunklen Augen verschwand. Er warf Sam einen durchdringenden Blick zu und hob fragend eine Augenbraue. Sam überragte seinen Anführer um Haupteslänge, und wenn man seine starken Arme sah, dann konnte er es an Kraft mit diesem sicher aufnehmen. Und doch war er nun überraschend kleinlaut und die Arroganz, die er mir gegenüber an den Tag gelegt hatte, war verschwunden: »Die Lady fragte nach dem Wirt, Sir«, erklärte er stammelnd, »und da dachten wir, es sei nicht verkehrt ein bißchen nachzufragen, wo doch der alte Styrabaker . . .«

Er unterbrach sich, da sich der Hauptmann schon wieder mir zugewandt hatte: »Sie suchten den Wirt?« fragte nun auch er, und seine Stimme klang überraschend angenehm. Seine Sprache war ohne eine Spur des breiten Yorkshire-Dialekts, der seinen Mannen eigen war. Und doch schien auch er so schwer von Begriff zu sein wie diese.

»Was erscheint Ihnen daran so seltsam?« fragte ich ungehalten. »Es ist doch keineswegs abwegig, in einem Wirtshaus einen Wirt zu erwarten, oder doch?«

»Nein, natürlich nicht«, gab der Mann zu. »Das Ungewöhnliche daran ist, daß ihn eine junge Dame sucht. Eine Dame ohne jede Begleitung, wenn ich mich nicht irre.«

Dieser Vorwurf war berechtigt und vielleicht ärgerte er mich gerade deshalb. Wie kam dieser Mann dazu, mir Vorschriften zu machen?

»Vor dem Haus steht keine Kutsche. Deshalb vermutete ich, Sie seien mit den Männern hergekommen und dienten zu ihrer ...« Er unterbrach sich und fuhr dann mit einem Lächeln fort: »... Unterhaltung.«

»Nein, das bin ich nicht und das tue ich auch nicht!« rief ich empört. »Ich bin zu Fuß gekommen. Alleine.«

Der Fremde hob erneut eine Augenbraue. »Ach, tatsächlich?« fragte er erstaunt. Dann ließ er seinen Blick auf meine verschmutzten Rocksäume gleiten, bemerkte meine unansehnlichen, durchweichten Stiefelchen und schien mir zu glauben.

»Wo liegt denn die Kutsche?« fragte er.

»Wir haben einen Unfall gehabt ...«, begann ich zu erklären.

Der Mann nickte. »Das dachte ich mir schon«, sagte er. »Allzuweit entfernt kann das nicht passiert sein, wenn Sie den Weg hierher zu Fuß gewagt haben. Sagen Sie mir, aus welcher Richtung Sie kamen, damit ich entscheiden kann, wie man Ihnen am besten hilft.«

Ich schnappte nach Luft. Damit er entscheiden konnte!

»Danke, ich komme gut alleine zurecht«, verkündete ich trotzig, schürzte meine Röcke und schickte mich an, erhobenen Hauptes an ihm vorbei hinauszurauschen. Seltsamerweise war ich sicher, daß er mich nicht aufhalten würde. Und er tat es auch nicht.

»Natürlich«, sagte er statt dessen und verbeugte sich leicht, während ich an ihm vorüberging.

Die anderen sprachen kein Wort. Ich war gerade dabei, die Schankraumtür zu öffnen und mich zu fragen, was ich wohl weiter unternehmen sollte, als mich die Stimme des Anführers veranlaßte stehenzubleiben.

»Sie wollten sich an den Wirt wenden, da Sie Hilfe brauchten«, sagte er ruhig.

Ich erschrak, da er so dicht hinter mir stand. Ich hatte nicht bemerkt, daß er mir gefolgt war.

»Nun ist der Wirt nicht da. Hilfe brauchen Sie doch trotzdem.«

Ich wandte mich um und blickte ihm direkt ins Gesicht, das ich wegen der inzwischen hereingebrochenen Dunkelheit nur schemenhaft erkennen konnte. Ich hatte noch nie einen Straßenräuber gesehen. Und nach den Geschichten, die Mally mir erzählt hatte, hatte ich mir brutale, verwegene Burschen vorgestellt. Männer, denen man ansah, daß sie stahlen, brandschatzten, daß sie nicht davor zurückschreckten, ihre erbarmungswürdigen Opfer zu erwürgen. Ich mußte mir nun eingestehen, daß ich mich geirrt hatte. Waren die Männer, mit denen ich es zuerst zu tun hatte, ungepflegt und grob in ihrem Verhalten, ungehobelt in ihren Ausdrücken, so waren sie mir doch nicht wirklich brutal erschienen. Und dieser Mann hier, der der Kopf, der Anführer der Bande war, wirkte beinahe wie ein Gentleman, wirkte weniger brutal als so mancher der Herren, die ich in Ballsälen und bei Konzerten kennengelernt hatte. Wie man sich doch irren konnte. Ich würde in Zukunft nie mehr dem äußeren Schein vertrauen können.

»Nun?« fragte der Fremde und neigte leicht den Kopf.

Ich spürte, wie die Röte in meine Wangen schoß. Ich hatte bei meinen Überlegungen vergessen, meinen Blick von seinem Gesicht abzuwenden. Was war das auch für ein Gesicht! Ich hatte noch nie so faszinierende Augen gesehen. Und dieser seltsame Kontrast zwischen den weichen wohlgeformten Lippen und dem harten energischen Kinn. Ich war ziemlich verwirrt. Ja, ich mußte sogar sehr verwirrt gewesen sein. Wie sonst war zu erklären, daß ich begann, diesem Straßenräuber zu vertrauen und ihm die genaue Lage unserer Kutsche und die unglückliche Situation meiner Begleiter zu verraten.

Nachdem ich ihm alles erzählt hatte, hätte ich mir allerdings am liebsten die Zunge abgebissen. Wie konnte ich nur so etwas Verrücktes tun? Für die Bande würde es nun ein leichtes sein, Mally und den bedauernswerten Harry zu überwältigen und all unser Hab und Gut mitsamt der Kutsche in ihren Gewahrsam zu bringen. Was für eine Närrin bin ich gewesen! Doch nun war es zu spät. »Falls Sie vorhatten, hier zu übernachten, so ist das leider nicht möglich«, sagte der Mann, als ich meine Erzählung beendet hatte.

»Gibt es denn sonst irgendein Gasthaus in der Nähe?« wollte ich wissen.

Der Fremde schüttelte den Kopf. Dann wandte er sich um und rief seinen Leuten, die uns durch die offene Tür schweigend beobachtet hatten, zu: »Fletcher, Stevens! Ihr habt gehört, wo die Kutsche liegt! Reitet dorthin und seht, wie ihr helfen könnt. Jem!« Auf diesen Ruf trat der Bursche, der zuerst gelesen hatte, aus dem Dunkeln einer Nische des Schankraumes hervor und kam näher.

»Du reitest nach Grandfox Hall und bereitest Palmer auf die baldige Ankunft von Miss ...« Er wandte sich an mich: »Wie sagten Sie, war Ihr Name?«

»Matthews«, stammelte ich verwirrt. »Sophia Matthews.«

Für einen Moment hatte ich den Eindruck, als würde mein Name den Hauptmann überraschen. Doch ich hatte mich wohl geirrt, denn er wandte sich ohne einen Kommentar wieder seinem Burschen zu: »... auf das Kommen von Miss Matthews vor. Sage ihm, Miss Matthews sei, hmmm, eine Freundin von Lady Sylvia, und bitte Mrs. Lindon, sich um sie zu kümmern. Wenn du das geregelt hast, besorge eine Kutsche und fahre zum Unfallort, um die Begleiter von Miss Matthews abzuholen. Wir sehen uns anschließend.«

»Soll ich Miss Matthews nach Grandfox Hall mitnehmen, Hauptmann?« fragte der Bursche.

»Nein, das erledige ich selbst«, entschied dieser, worauf Jem die Hacken zusammenschlug, sich knapp verbeugte und das Gasthaus verließ. Sam und sein Freund trotteten ihm weniger dienstbeflissen hinterher. Der Anführer wandte sich abermals zum Hinterzimmer zurück und befahl dem kleinen Jeff, sich um seine betrunkenen Kumpane zu kümmern. »Und vergiß nicht den Hund mitzunehmen und alle Fenster und Türen dichtzumachen, wenn du das Haus verläßt. Kann ich mich darauf verlassen?«

Der Mann murmelte etwas Unverständliches und machte sich daran, mit Schreien und Hieben seinen Freund John aufzuwecken.

Nachdem der Anführer seine Befehle erteilt hatte und nun darauf vertraute, daß alles in seinem Sinne erledigt würde, wandte er sich wieder mir zu: »Sind Sie bereit, Miss Matthews? Können wir gehen?«

Er schien mein Einverständnis zu erwarten. Jedenfalls ergriff er die Klinke und hielt mir die Tür auf. Ich hatte nichts dagegen, das unwirtliche Haus endlich zu verlassen, und trat ins Freie.

Kalter Abendwind blies mir entgegen. Untertags, vor allem wenn die Sonne schien, vergaß man fast, daß bereits der September begonnen hatte und es nicht mehr lange dauern würde, bis der Herbst ins Land zog. Die Abende waren jedoch schon reichlich kühl, die Winde, die vom Meer her kamen, wurden zunehmend rauher. Mich fröstelte. Der Fremde schien das zu bemerken. Er legte einen Arm um meine Schulter, um mich zu wärmen. Ich wunderte mich selbst darüber, daß ich ihn gewähren ließ. Es war sonst nicht meine Art, fremden Männern zu gestatten, sich Freiheiten herauszunehmen. Aber an diesem Tag war wohl nichts so wie sonst. Und auch der Mann an meiner Seite unterschied sich grundlegend von den Männern, die ich bisher kennengelernt hatte. Seinen Arm auf meiner Schulter, gingen wir hinter das Haus, wo seine Stute noch immer wartete.

»Ich hoffe, es macht Ihnen nichts aus, sich vor mich auf den Sattel zu setzen«, sagte der Fremde. »Wir haben kein weiteres Pferd hierhergebracht. Wir wollten kein Aufsehen erregen.«

Er schwieg abrupt, als hätte er bereits zuviel gesagt. Hatte ich für kurze Zeit vergessen, daß es sich bei dem Mann an meiner Seite um einen Straßenräuber handelte, so fiel es mir jetzt um so nachdrücklicher wieder ein.

»Wohin wollen Sie mich bringen?« fragte ich und ignorierte die dargebotene Hand, die mir helfen wollte, das Pferd zu besteigen.

»Nach Grandfox Hall«, wiederholte der Fremde den Namen,

den ich bereits im Gasthaus gehört hatte. »Das ist der Landsitz des Earl of Cristlemaine.«

Fassungslos blickte ich zu ihm auf. »Der Landsitz des Earl of Cristlemaine!« rief ich ungläubig. »Wie können Sie annehmen, daß ich zum Landsitz des Earl of Cristlemaine gebracht werden möchte? Ich kenne Seine Lordschaft doch gar nicht!«

»Ich wäre Ihnen sehr verbunden, wenn Sie nicht so laut sprechen würden«, sagte der Mann, ohne auf meine Worte einzugehen.

»Ich kenne den Earl of Cristlemaine nicht«, wiederholte ich nun flüsternd. »Das weiß ich«, erwiderte der Mann. Die Sicherheit, mit der er das zum Ausdruck brachte, verwunderte mich.

»Wie können Sie das wissen?« fragte ich deshalb.

Der Mann zögerte und blickte mit einem eigentümlichen Lächeln zu mir herab: »Nun, sagen wir, ich habe es einfach vermutet. Aber Sie brauchen sich keine Sorgen zu machen. Seine Lordschaft ist nicht zu Hause. Er befindet sich bei Freunden zur Jagd. Mit seiner Rückkehr wird nicht vor nächster Woche gerechnet.«

»Sie sind ja gut informiert«, stellte ich fest.

Der Räuber grinste: »Man tut, was man kann.«

»Aber trotzdem, ich kann doch unmöglich in ein fremdes Haus...«

Der Mann unterbrach mich: »Wollen Sie im Freien übernachten?«

»Natürlich nicht«, gab ich zu.

»Nun denn. Darf ich Ihnen also in den Sattel helfen?«

Er wartete meine Antwort nicht ab, und ich wurde von seinen starken Armen hochgehoben und auf das Pferd gesetzt. Mir war ganz schwindlig zumute. In was für ein Abenteuer war ich denn da geraten? Ob ich wohl alles nur träumte und bald aufwachen würde, um festzustellen, daß ich mich daheim, im Hause meines Bruders, befand? Überrascht stellte ich fest, daß ich das gar nicht wollte. Um nichts in der Welt hätte ich darauf verzichten wollen, die Bekanntschaft dieses ungewöhnlichen Mannes gemacht zu haben. Er hatte sich hinter mich auf den Sattel geschwungen und sein Pferd in Bewegung gesetzt. Ich spürte seinen Körper dicht hinter meinem Rücken, spürte, wie die Wärme wohltuend durch mein dünnes Kleid drang. Unwillkürlich mußte ich mich wohl zurückgelehnt haben, denn ich vernahm ein kurzes, feines Lachen, das mich auffahren ließ. Sofort saß ich wieder mit steifem Rücken vor ihm im Sattel. Eine unbequeme Haltung, wie ich bald feststellte. Und auch nahezu unmöglich beizubehalten bei dem unebenen Boden, über den unser Ritt führte. Also ließ ich mich wieder zurücksinken und lehnte meinen Rücken an seine Brust. Niemand würde uns sehen, und es war sicherer, wollte ich nicht vom Pferd fallen. Und angenehmer war es auch. Da ich mich schon über die Maßen unschicklich benahm, beschloß ich, auch meine Neugierde nicht länger zu bezähmen.

»Haben Sie auch einen Namen?« fragte ich über die Schulter zurück.

Der Mann lachte: »Meine Freunde nennen mich Jojo«, antwortete er.

Jojo. Ich war mir nicht ganz schlüssig, ob ich fand, daß der Name zu ihm paßte. Ob ich ihn wohl auch fragen konnte, warum er Straßenräuber geworden war? Es war ja offensichtlich, daß dieser Mann schon bessere Zeiten gesehen hatte. Vielleicht war er vor nicht allzu langer Zeit Diener in einem vornehmen Hause gewesen und in Ungnade gefallen. Vielleicht aber war er selbst ein vornehmer Herr gewesen, den widrige Umstände dazu getrieben hatten, sich dem Unwesen auf der Landstraße zuzuwenden. Spielschulden vielleicht. Nein, ich wollte nicht an offene Wunden rühren.

»Wer ist Lady Sylvia, als deren Freundin ich mich ausgeben soll?« fragte ich statt dessen.

»Das ist die Schwester Seiner Lordschaft«, erklärte Jojo, als sei das nichts Außergewöhnliches.

»Sie glauben doch nicht wirklich, daß ich bereit bin, mich für die Freundin der Schwester Seiner Lordschaft auszugeben«, brüllte ich über die Schulter zurück. Der Wind war stärker geworden, und ich mußte laut sprechen, wenn ich von meinem Begleiter überhaupt gehört werden sollte.

»Die Dame weiß doch, daß sie mich noch nie gesehen hat und wird...«

Jojo lachte. »Nichts wird sie«, sagte er amüsiert, »weil sie nämlich gar nicht da ist. Lady Sylvia weilt zur Zeit in London. Sie sehen also, es kann gar nichts passieren.«

»Kann gar nichts passieren?« wiederholte ich ungehalten über die Gelassenheit, mit der dieser Jojo mich in seinen unglaublichen Plan einweihte.

»Und was ist mit der Dienerschaft? Sie glauben doch nicht, daß ein herrschaftlicher Haushalt mir nichts dir nichts eine fremde Person bei sich beherbergt, allein auf Ihre Aussage hin, sie sei mit der Schwester des Hausherrn befreundet!«

»Sie vergessen Jem«, erklärte Jojo ruhig. »Jem ist Stallbursche auf Grandfox Hall. Wenn er sagt, daß Sie die Freundin von Mylady sind, wird keiner der Dienstboten einen Anlaß sehen, daran zu zweifeln.«

Diese Bemerkung war wirklich überraschend. Was konnte einen Stallburschen, der auf einem gräflichen Landsitz eine gute Stelle hatte, veranlassen, sich einer Bande Straßenräuber anzuschließen?

»Ihr Wort in Gottes Ohr«, meinte ich ergeben und fügte mich meinem Schicksal. Vielleicht gelang der Plan dieses Straßenräubers wirklich, und ich würde mich in nicht allzu langer Zeit in einem weichen, sauberen Bett wiederfinden. Wirklich ein verlockender Gedanke. Den Rest des Weges ritten wir schweigend. Jojo kannte ohne Zweifel die Gegend ganz genau. Und so ritt er querfeldein über Felder und Wiesen, durch die dichten Waldungen. Obwohl nun schon alles in tiefstes Dunkel getaucht war und das fahle Licht des zunehmenden Mondes die Nacht kaum merklich erhellte, schien er keine Schwierigkeiten zu haben, sich zu orientieren oder mich vor Ästen zu warnen, die gefährlich tief auf unseren Weg herabreichten. Diese Fähigkeit wird sicherlich für seine Raubzüge unbezahlbar sein, dachte ich mit Schaudern.

Und doch, seltsamerweise fürchtete ich mich nicht mehr. Hätte mir einmal jemand prophezeit, ich würde mich freiwillig von einem Straßenräuber in ein Haus bringen lassen, das ich nicht kannte, hätte dieser Mensch gesagt, ich würde das Abenteuer nicht beängstigend, sondern angenehm aufregend finden, hätte man mir gesagt, ich würde mich in der Anwesenheit des Räubers ungewöhnlich wohl fühlen – ich hätte ihn beschimpft, ein Narr zu sein. Und doch waren das genau die Gefühle, die ich jetzt empfand.

Wir hatten eben den Wald verlassen und waren über eine schmale Wiese galoppiert, als Jojo das Tempo zügelte und das Pferd schließlich vor einem kunstvollen, schmiedeeisernen Gittertor zum Stehen brachte.

»So, da wären wir«, erklärte er. »Das ist ein Seiteneingang zu Grandfox Hall. Es ist besser, wir lassen Simplicity hier stehen und gehen das letzte Stück zu Fuß.«

Er schwang sich aus dem Sattel und streckte mir beide Arme entgegen, um mir hinunterzuhelfen. Ich spürte den warmen, festen Griff, mit dem er mich umfing und mich sanft und sicher auf die Erde stellte. Ich konnte in der Dunkelheit Jojos Blick nicht deuten, und doch hatte es beinahe den Anschein, als wolle er mich in seine Arme nehmen. Aber entweder hatte ich mich geirrt oder er hatte es sich anders überlegt, jedenfalls ließ er mich nach kurzem Zögern los.

»Ihr Verlobter sollte Ihnen nicht gestatten, so allein quer durch das Königreich zu reisen. Hat er denn wirklich so wenig Verstand, daß er nicht erkennt, in welche Gefahr sich ein Mädchen damit begibt? Noch dazu, wenn es so ungewöhnlich hübsch ist, wie Sie es sind?«

Dieses Kompliment traf mich unerwartet. Ich bin sicher rot geworden und war froh, daß man das aufgrund der Dunkelheit nicht sehen konnte.

»Mein Verlobter?« wiederholte ich und fühlte mich seltsamerweise dazu gedrängt diesen Irrtum aufzuklären: »Aber ich bin doch gar nicht verlobt.«

Jojo zog eine Augenbraue hoch, und ich hatte den Eindruck, als würde er mir nicht glauben. »Das ist ja erstaunlich«, murmelte er.

Noch ein eindringlicher Blick in mein Gesicht, dann wandte er sich ab und begann vorsichtig, das Gittertor einen Spaltbreit zu öffnen, nur so weit, daß wir uns hindurchzwängen konnten.

»Das Tor quietscht, wenn man es vollständig öffnet. Ich darf nicht vergessen es bei nächster Gelegenheit einmal ölen zu lassen.«

Er würde doch nicht vorhaben, das Herrenhaus eines Tages zu überfallen, schoß es mir durch den Kopf. Ob ich wohl die Dienerschaft auf dieses unversperrte Tor aufmerksam machen sollte? Es würde das mindeste sein, womit ich mich für die erwiesene Gastfreundschaft bedanken konnte, wenn sie mir überhaupt gewährt wurde.

Ich spürte, wie die Aufregung wieder in mir wuchs. Was für unangenehme Szenen würden mir mit der Dienerschaft bevorstehen? Ob sie mich wohl mit Beschimpfungen von der Türschwelle jagen würde? Und was würde dann aus Mally und dem verletzten Harry werden, wenn dieser Jem sie nach Grandfox Hall bringen würde? Falls er sie überhaupt dorthin brachte. Jojo schien meine Zweifel zu ahnen. Seine große warme Hand schob sich in meine.

»Du kannst mir wirklich vertrauen, Sophia«, meinte er schlicht.

»Das sagt sich so leicht«, entgegnete ich mutlos. »Wer gibt mir jedoch die Garantie, daß alles so ablaufen wird, wie Sie es mir versprochen haben? Wer sagt, daß Sie die Situation nicht doch dazu ausnützen, sich in Besitz meiner ganzen Habe zu bringen. Wer ...« Ich unterbrach mich, da Jojo stehengeblieben war und mir seine Hände auf die Schultern legte. Wir standen jetzt ganz nahe beisammen. Ich konnte seinen Atem spüren und seinen Blick, der eindringlich mein Gesicht studierte, als wolle er daraus lesen, ob ich das wirklich ernst gemeint hatte, was ich soeben sagte. Wider alle Vernunft hatte ich es nicht wirklich ernst gemeint.

»Versprich mir, daß du mir vertraust«, sagte Jojo ernst.

Ich weiß nicht, was mich dazu gebracht hatte, stumm zu nikken. Ich weiß allerdings noch viel weniger, was mich dazu gebracht hat, den Mann zu küssen, als er sich nun niederbeugte und ganz sanft seine Lippen auf meine drückte. Ich war wohl wirklich verrückt geworden. Aber es war ein himmlisches Gefühl, so verrückt zu sein. Viel zu rasch ließ Jojo mich los: »Ich führe dich jetzt zum Haupthaus«, sagte er.

Ich ließ mich widerstandslos an der Hand führen, noch ganz benommen von seinem Kuß. Edward hatte mich einmal geküßt, als wir allein gewesen waren, und ich es nicht hatte verhindern können. Doch dieser Kuß war mit dem des Hauptmannes nicht zu vergleichen. Armer Edward! Ob er überhaupt wußte, daß man so sanft und gleichzeitig so wild und leidenschaftlich küssen konnte?

Ich hatte nicht auf den Weg geachtet, den Jojo mich führte, doch nun kamen wir an einer langen Rosenhecke entlang, an deren Ende er unvermittelt stehenblieb. Vor uns lag in voller Würde das prachtvolle Herrenhaus des Earl of Cristlemaine. Es war ein harmonischer Backsteinbau mit unendlich vielen Kaminen. An einen breiten Hauptbau schlossen, etwas zurückversetzt, zwei Nebengebäude an, die vermutlich zu einem späteren Zeitpunkt angebaut worden waren, sich jedoch mit dem Mittelhaus zu einer harmonischen Einheit zusammenfügten. Die weißen Rahmen der großen Sprossenfenster leuchteten in der Dunkelheit. Die westliche Ecke des Hauses schien vollständig mit wildem Wein überwachsen zu sein. Einige Fenster waren hell erleuchtet und ihr warmer Kerzenschimmer schien mich willkommen zu heißen. Von hier aus waren es nur mehr wenige Meter über einen mit Kies bestreuten Vorplatz bis hin zur weißen Steintreppe. Diese führte zur breiten Eingangstür hinauf. Mir war, als hätte sich mir noch nie so ein beeindruckender Anblick geboten. Der blankpolierte Messingtürklopfer, in der Form eines Löwenkopfes, der von zwei Laternen rechts und links der Eingangstür beleuchtet war, schien mich erwartungsvoll anzustarren.

»Ich werde dich jetzt wohl besser verlassen«, murmelte Jojos Stimme dicht an meinem Ohr. Ich drehte mich rasch um.

»Du kannst nicht mit mir gehen?« fragte ich ängstlich.

Ich hatte mich so sicher gefühlt in seiner Gegenwart. Und doch wußte ich, wie dumm meine Frage gewesen war. Jojo schüttelte auch schon den Kopf. Ich versuchte ein kleines Lächeln: »Nein, das wäre wohl wirklich nicht angebracht.«

Ich hatte erwartet, daß er mich zum Abschied noch einmal in seine Arme nehmen würde, doch Jojo streckte mir nur seine Hand zum Gruß entgegen. Da war ich es, die die Initiative ergriff. Ich stellte mich auf die Zehenspitzen und drückte ihm einen Kuß auf die Wange. »Adieu, Jojo«, flüsterte ich, und mir war zum Heulen zumute. »Vielen Dank für deine Hilfe. Und viel Glück.«

»Nichts zu danken«, antwortete mein Gegenüber, und seine Stimme klang ungewöhnlich rauh. »Deine guten Wünsche kann ich wirklich brauchen. Auf Wiedersehen, meine Liebe.«

Ich wollte ihn einfach noch nicht gehen lassen.

»Auf Wiedersehen?« fragte ich daher. »Werden wir uns denn je wiedersehen, Jojo?«

Mit seinen dunklen Augen blickte er mich sekundenlang schweigend an, doch seine Antwort war nicht die, die ich mir erhofft hatte.

»Wer weiß, was die Zukunft bringt«, sagte er vage.

Was hatte ich auch erwartet? Eine glühende Liebeserklärung etwa? Einen Treueschwur, bis daß der Tod uns scheidet? Es war an der Zeit, daß ich in die Wirklichkeit zurückkehrte. Ich ließ Jojo stehen und ging erhobenen Hauptes auf die Steinstufen zum Eingang von Grandfox Hall zu.

III.

Während ich die Stufen hinaufschritt, versuchte ich mich gedanklich darauf vorzubereiten, daß man mich tatsächlich nicht einlassen würde. Welcher Butler würde denn wirklich eine wildfremde Frau ins Haus lassen, die nichts vorweisen konnte als die zweifelhafte Empfehlung eines Stallburschen? Falls dieser mein Kommen überhaupt angekündigt hatte. Wer sagte mir denn, daß die Gefolgsleute die Befehle ihres Anführers wirklich ernstnahmen? Wahrscheinlich würde ich doch die Nacht im Freien verbringen müssen. Und dann konnte ich nur hoffen, daß ich Mally und die Kutsche wiederfand. Ich trug nur einen sehr geringen Geldbetrag bei mir. Dieser würde nie ausreichen, mir einen Kutschenplatz nach Rampstade Palace zu mieten, der das Ziel meiner Reise war.

Kaum hatte ich den Klopfer betätigt, wurde die Tür auch schon geöffnet und ein älterer, sehr würdiger Butler stand vor mir. Mag ihm mein spätes Erscheinen auch sonderbar vorgekommen sein, so war er viel zu gut geschult, um sich irgendwelche Zeichen der Verwunderung anmerken zu lassen.

»Miss Matthews, nehme ich an«, sagte er höflich und verbeugte sich angemessen. »Willkommen auf Grandfox Hall.«

Mit diesen Worten trat er zur Seite, um mich vorzulassen. Ich fand mich in einer holzgetäfelten Halle wieder, die von unzähligen Kerzen in Lüstern und Wandleuchtern erhellt war. Von beiden Seiten der Eingangshalle führten breite Holztreppen zu einer Balustrade, die von einem kunstvoll gedrechselten Geländer begrenzt war. Große Gemälde an beiden Längsseiten des Raumes zeigten wohl die Landschaft von Yorkshire in verschiedenen Jahreszeiten. In großen Porzellanvasen waren Herbstblumen in bunten Farben zu kunstvollen Sträußen zusammengestellt. Ich war von diesem Anblick so überwältigt, daß ich fast vergessen hätte, mein Kommen zu erklären. Es schien tatsächlich, als würde das Haus im Inneren das halten, was seine geschmackvolle und einladende Fassade versprach.

Ich wollte eben damit beginnen, dem Butler von meinem Kutschenunglück zu erzählen, als im Obergeschoß eine Tür geöffnet wurde und das Rascheln von schweren Seidenröcken zu vernehmen war. Eine ältere Dame, stilvoll in schlichtes Schwarz gekleidet, die Haare zu adretten weißen Löckchen gedreht, erschien an der Balustrade. An ihrem Gürtel an der Taille hing ein umfangreicher Schlüsselbund, der bei jedem ihrer kleinen Schritte klingelte.

»Das ist Mrs. Lindon, die Haushälterin«, erklärte mir der Butler, um sich dann umzuwenden: »Miss Matthews ist soeben eingetroffen, Mrs. Lindon.« Die Haushälterin stieg in flinken, kleinen Schritten zu uns herab und knickste höflich.

»Jem hat uns erzählt, was Sie durchgemacht haben, Sie Ärmste«, sagte sie mitfühlend. »So ein Pech, daß die Kutsche gerade auf dieser einsamen Straße einen Unfall haben mußte. Es ist wirklich eine Schande, daß man diesen Weg noch nicht besser ausgebaut hat. Aber wissen Sie, die meisten Reisenden entscheiden sich doch dafür, die Poststraße zu wählen, auch wenn diese einen beachtlichen Umweg macht. Was für ein Glück, daß Jem Sie gefunden hat. Wenn ich denke, wie viele Stunden Sie im Freien zubringen mußten! Kein Wunder, daß Sie ganz blaß sind, wenn Sie mir diese Bemerkung gestatten.«

Ich gestattete gerne, ganz überwältigt von dem freundlichen Empfang.

»Kommen Sie bitte mit mir, Miss Matthews«, forderte sie mich auf. »Ich zeige Ihnen am besten gleich das Zimmer, das wir für Sie vorbereitet haben. Sie werden sich sicher frisch machen wollen. Wie Ihnen Jem, der Bursche, bereits gesagt haben wird, weilen die Herrschaften zur Zeit nicht im Hause. Lady Sylvia wird untröstlich sein, wenn sie erfährt, daß sie während Ihres Aufenthaltes auf Grandfox Hall nicht anwesend war. Mylady wird in den nächsten Tagen zurückerwartet. Sie möchten nicht diese Tage bei uns verbringen und auf sie warten?«

Erschrocken fuhr ich zusammen. Nur das nicht! Rasch beeilte ich mich zu beteuern, daß es mir auch leid täte, meine Freundin nicht wiederzusehen. Meine Reise sei jedoch dringend und unaufschiebbar. Sicher war ich rot geworden, als ich diese Lüge aussprach. Es fiel mir schwer, diese freundliche Haushälterin zu hintergehen. Diese schien meine Schwindelei nicht bemerkt zu haben und eilte nun diensteifrig neben mir die breite Treppe zum ersten Stock hinauf.

»Ich werde mir erlauben, Ihnen ein kleines Abendessen ins Zimmer stellen zu lassen, wenn es Ihnen recht ist«, sagte sie nun, während sie eine der Türen öffnete. »Sie werden sicher Hunger haben.«

Da ich tatsächlich reichlich hungrig war, weil ich seit dem Frühstück nichts mehr zu mir genommen hatte, konnte ich diesem verlockenden Vorschlag nur dankbar zustimmen. Dann fragte ich nach meinen Begleitern. Auch in diesem Punkt wurde ich von Mrs. Lindon beruhigt: »Machen Sie sich bitte keine Sorgen, liebe Miss Matthews. Ich habe sofort nach Jems Eintreffen zwei Burschen an die Unfallstelle geschickt. Ich bin sicher, daß Ihre Kammerfrau und der arme verletzte Kutscher in Kürze hier eintreffen werden. Ich habe auch schon alle nötigen Vorkehrungen für ihre Übernachtung getroffen. Und Jem ist ein sehr geschickter Bursche. Er wird die Kutsche mir nichts dir nichts wieder repariert haben, glauben Sie mir.«

Ich lächelte dankbar. Mrs. Lindon war also voll des Lobes über den Stallburschen. Ob sie wohl ahnte, welches Doppelleben er führte? Ich konnte nicht glauben, daß diese freundliche Frau so ein Verhalten gutgeheißen hätte. Und doch: Stand es mir zu, Jem zu verraten? Das wäre meinen Rettern gegenüber nicht fair gewesen. Sie haben mir vertraut, als sie mich hierhergebracht hatten. Ich würde dieses Vertrauen nicht mißbrauchen. Also schwieg ich und ließ mich in das Gästezimmer führen. Der Raum war ganz in Grün gehalten, die Bettvorhänge zeigten Blätter in verschiedenen Grünschattierungen, auf denen sich zartrosa Blüten rankten. Das gleiche Muster fand sich auch auf den duftigen Vorhängen, die bereits vor die Fenster gezogen waren.

»Dieses Zimmer hat Lady Sylvia erst kürzlich anläßlich ihres letzten Aufenthaltes neu eingerichtet«, wurde mir erklärt. »Sie nennt es gerne das Rosenzimmer, da man von hier aus einen wunderschönen Blick über den Rosengarten hat. Die Rosen sind Myladys ganzer Stolz. Sie müssen sich ihn unbedingt ansehen, bevor Sie weiterreisen.«

Ich erklärte, daß ich das gerne tun würde und dachte insgeheim, falls mich die Orientierung nicht vollkommen verlassen hatte, war es der Rosengarten gewesen, durch den mich Jojo eben geführt hatte. Eigentlich sonderbar, daß niemand wissen wollte, wie ich auf Grandfox Hall gelangt war. Ob die beiden Bediensteten dachten, ich sei den ganzen Weg alleine gelaufen?

»Ich habe warmes Wasser bringen lassen«, unterbrach Mrs. Lindon meine Gedanken und deutete auf einen gefüllten Keramikkrug. »Jetzt werde ich Sie besser alleine lassen. Ich hoffe, Sie haben alles, was Sie benötigen. Wenn Sie Hilfe brauchen, bitte zögern Sie nicht zu klingeln.« Dabei wies sie mit der Hand auf eine kunstvoll bestickte Klingelschnur. »Sobald Ihre Kammerfrau eintrifft, werde ich sie zu Ihnen bringen, Miss Matthews.«

Ich bedankte mich freundlich. Mrs. Lindon knickste, sagte, daß sie hoffe, ich würde mich auf Grandfox Hall wohl fühlen und ließ mich allein.

Als erstes beeilte ich mich, mich meiner schmutzigen und nassen Stiefel zu entledigen. Dann goß ich warmes Wasser in die Waschschüssel und wusch ausgiebig meine Hände und Gesicht. Ein Blick in den Spiegel über dem Waschtisch zeigte mir, daß ich einen alles andere als ordentlichen Eindruck machte. Meine Haare waren zerzaust, und das Band, mit dem ich sie gewöhnlich aus der Stirne hielt, war verrutscht. Auch der Ritt durch den Wald hatte seine Spuren hinterlassen. Tannennadeln und vereinzelt auch kleine Blätter steckten zwischen meinen dunkelblonden Locken. Und dann erst mein Reisekleid. Ob sich der Schaden wohl jemals beheben ließ, den Schmutz und Nässe ihm zugefügt hatten? Der weiße Spitzenkragen hatte jeden Halt verloren und hing nun grau und unansehnlich an meinem Hals. Ich bot wirklich kein attraktives Bild. Und dennoch hatte Jojo mich hübsch genannt. Dennoch hatte er mich in die Arme genommen und geküßt. Ich weiß nicht, wie lange ich so dastand und gedankenverloren meine Lippen im Spiegel betrachtete. Dachte ich wirklich, dieser Kuß hätte mein Gesicht verändert? Er hatte es nicht. Überhaupt: Es hatte keinen Sinn noch einen Gedanken an das Vergangene zu verschwenden. Ich würde genug damit zu tun haben, die auf mich zukommenden Probleme zu bewältigen. Rasch schlüpfte ich aus dem Kleid. Die fürsorgliche Mrs. Lindon hatte einen eleganten Morgenmantel bereitgelegt, der vermutlich Lady Sylvia gehörte. Diesen ergriff ich nun dankbar und streifte ihn über. Alle Versuche, anschließend mein Kleid mit dem warmen Wasser zu reinigen, scheiterten kläglich, und ich konnte nur hoffen, daß bald die Kutsche mit meiner übrigen Garderobe eintraf.

Die dicke Daunendecke auf dem breiten Himmelbett war so verlockend aufgeschlagen, daß ich nicht widerstehen konnte. Ich schlüpfte hinein und streckte mich wohlig aus. Dann bin ich wohl eingeschlafen, und ich erwachte erst wieder, als ich sanft an der Schulter geschüttelt wurde. Verwirrt setzte ich mich auf und mußte mich erst wieder zurechtfinden. Dann erkannte ich das Rosenzimmer und erblickte die beiden Frauen, die neben meinem Bett standen, ihre Blicke erwartungsvoll auf mich gerichtet.

»Ich hätte Sie so gerne schlafen lassen, Miss Matthews«, entschuldigte sich Mrs. Lindon, »doch Mrs. Mallow bestand darauf Sie umgehend aufzusuchen, um Ihnen mitzuteilen, daß sie wohlbehalten in Grandfox Hall eingetroffen ist.«

Meine Müdigkeit war wie weggeblasen. »Mally!« rief ich erfreut und sprang auf, um meine alte Kinderfrau zu umarmen. »Ach, wie schön, dich wiederzusehen. Wie ist es dir ergangen? Komm, setze dich zu mir. Du mußt mir haargenau schildern, was sich bei euch zugetragen hat.«

Ich sah, daß Mally bereits Gelegenheit gehabt hatte, Mantel und Stiefel auszuziehen. Ihr Gesicht war gewaschen, die grauen Haare wieder ordentlich aufgesteckt. Ich hatte eigentlich erwartet, daß Mally mich umgehend mit einem Schwall von Vorwürfen begrüßen würde. Doch sie war ungewohnt schweigsam, als sie den schweren Lederfauteuil heranzog, um sich darauf niederzulassen.

»Ich werde die Damen lieber alleine lassen. Sie haben sich sicher eine ganze Menge zu erzählen«, meinte die taktvolle Mrs. Lindon und trippelte hinaus, nicht ohne mein verschmutztes Kleid mitzunehmen, das ich achtlos über einen Stuhl geworfen hatte.

Was Mally wohl dazu sagen würde, daß ich ihr eine Bande Straßenräuber zu ihrer Rettung geschickt hatte? Sicherlich würde sie sehr empört sein. Doch bot sie ein Bild von fröhlicher Gelassenheit.

»Ich bin wirklich stolz auf Sie, Miss Sophia«, begann sie völlig unerwartet. »Ich muß Ihnen gestehen, daß ich nicht geglaubt hatte, daß Sie die Sache so meisterhaft in den Griff bekommen würden. Und was ist das doch für ein schönes Haus! Und diese Mrs. Lindon ist eine außergewöhnlich feine Dame. Die Freundlichkeit, mit der sie mich willkommen hieß und das ganze ohne sich anzubiedern, wenn Sie wissen, was ich meine. Nein, das haben Sie wirklich fein organisiert. Mr. Stinford hätte das nicht besser machen können.«

Jetzt war ich wirklich überrascht. Mally mußte schon sehr zufrieden sein, wenn mein Verhalten mit dem von Edward Stinford zu vergleichen war. Edward war ohne Zweifel ihr Favorit. Ja manchmal hatte ich schon den Verdacht gehabt, daß sie diesem Mann mehr Achtung entgegenbrachte als meinem Bruder James oder mir.

Mally sah sich zufrieden im Gästezimmer um und lobte die geschmackvolle Einrichtung und das wärmende Feuer, das im Kamin entzündet worden war. Dann entdeckte sie einen Krug mit Limonade, der auf dem Nachtkästchen bereitstand und sie schenkte jedem von uns ein Glas ein. Aufseufzend nahm sie einen großen Schluck und streckte sich in ihrem breiten, bequemen Stuhl aus.

»Zuerst bin ich natürlich ganz ungeduldig gewesen«, begann sie zu erzählen. »Ich stand da neben der umgekippten Kutsche, und Harry wollte und wollte einfach nicht aufwachen.

Nicht eine Menschenseele ist vorbeigekommen. Und dabei sind Sie doch stundenlang fortgewesen. Sie glauben gar nicht, was für eine Erleichterung es war, als endlich diese netten Bauernburschen kamen, die Sie geschickt hatten, Miss Sophia. Nicht auszudenken, was geschehen wäre, wenn uns Straßenräuber aufgespürt hätten.«

»Nicht auszudenken«, wiederholte ich matt und verblüfft. Wenn die Gute wüßte, dachte ich.

»Wie hätte ich mich denn wehren sollen, als Frau so ganz alleine? Mit einem Kutscher, der dalag wie tot. Wie habe ich Mr. Stinford herbeigesehnt...« Sie hatte wohl meinen Blick aufgefangen, der alles andere als Zustimmung verhieß, denn sie begann meine Hand zu tätscheln und sagte begütigend: »Ja, ja, ist schon gut. Sie haben es ja auch ohne Mr. Stinford geschafft. Und dennoch ist es jammerschade, daß Sie ihn nicht heiraten wollen. Er ist so ein feiner Mensch. Aber nein, Sie müssen ja diesem Luftikus nachjagen ...«

Ich kannte Mallys Meinung über George Willowby zur Genüge.

»Und dann ist Harry aufgewacht?« wollte ich wissen.

»Ja, Gott sei es gedankt. Ich war gerade aus dem Wald zurück, wo ich mir einen passenden Prügel gesucht hatte, wie Sie es mir geraten hatten, da fing Harry an, wirres Zeug zu stammeln. Er war noch immer nicht ganz klar im Kopf, als die beiden Burschen eintrafen. Inzwischen scheint es ihm schon besser zu gehen. Jem, der Stallbursche, hat uns beide mit einer sehr komfortablen Kutsche hierhergebracht. Wirklich aufmerksam von den Bediensteten hier. Mrs. Lindon hat schon dafür gesorgt, daß Harry ein Bett bekommt. Und sogar einen Arzt will man rufen lassen. Wenn das nicht der Gipfel der Fürsorge ist! Und was das Erfreulichste ist, es ist den kräftigen Bauernburschen gelungen, die Kutsche wieder auf die Räder zu stellen. Es scheint, als habe sie nicht allzuviel Schaden bei dem Unfall erlitten. Und wenn dieser Stallbursche nicht gekommen wäre, um uns abzuholen, dann hätten wir vielleicht sogar mit unserer eigenen Kutsche fahren können. Vorausgesetzt, einer der Burschen hätte sie kutschiert. Natürlich wäre das nicht halb so bequem gewesen.«

»Und die Bauernburschen?« fragte ich neugierig. »Waren sie auch wirklich freundlich zu dir?«

»Aber natürlich, Miss Sophia«, beruhigte sie mich. »Rauhe Schale, weicher Kern, würde ich sagen. Natürlich nicht die feinsten Manieren. Aber wer würde das auch von der Landbevölkerung erwarten? Doch sie waren wirklich recht hilfreich.«

Sie hatte ihren Bericht abgeschlossen und forderte mich auf, nun meinen Teil des Abenteuers zum besten zu geben. Es war mir mit einem Male unmöglich, die Wahrheit zu sagen. Wie hätte ich meiner alten Kinderfrau meine Erlebnisse im Gasthaus

»Zu den drei Bettlern« erzählen sollen, ohne sie unnötig aufzuregen? Wie hätte ich ihr erklären sollen, daß die netten, hilfsbereiten Bauernburschen in Wirklichkeit eben jene Straßenräuber waren, vor denen sie sich so gefürchtet hatte? Wie hätte ich ihr Jojo beschreiben sollen und die Art, wie ich auf Grandfox Hall gelangte? Wie hätte ich mein Vertrauen in einen gewöhnlichen Straßenräuber rechtfertigen sollen?

»Oh, ich bin zum Gasthaus zurückgegangen, das wir auf der Fahrt gesehen hatten. Dort habe ich Lord Cristlemaines Burschen getroffen und um Hilfe gebeten. Er hat dann alles weitere für mich organisiert«, erklärte ich leichthin und war froh, daß es in diesem Augenblick an der Tür klopfte und Mrs. Lindon eintrat. Hinter ihr kam ein Mädchen herein, das ein Tablett mit zahlreichen verlockend duftenden und dampfenden Schüsseln und Platten hereintrug.

»Es ist wirklich ein erfreulicher Zufall, daß Sie eine Freundin der Schwester des Earls sind«, sagte Mally, als sie sich erhob. Ich blickte sie verwundert an. Sollte die Gute tatsächlich die Geschichte mit der angeblichen Freundschaft glauben? Allerdings, warum auch nicht. Schließlich lernte ich in Winchester genügend Leute kennen, die ich Mally nicht vorstellte.

»Ja, das ist wirklich ein glücklicher Zufall«, bestätigte ich matt.

»Mrs. Lindon war so freundlich mich einzuladen, mein Dinner mit ihr gemeinsam einzunehmen«, bemerkte sie nun überraschenderweise. »Wenn es Ihnen nichts ausmachte, würde ich dieser Einladung gerne Folge leisten. Vielleicht bekomme ich dabei auch die Gelegenheit, noch etwas mehr von diesem wunderschönen Haus zu sehen.«

»Aber natürlich«, stimmte ich zu. »Ich bin ohnehin schon sehr müde. Ich werde nur ein paar Bissen essen und mich dann gleich niederlegen.«

Ich küßte Mally auf beide Wangen und wünschte Mrs. Lindon eine gute Nacht. Die beiden verabschiedeten sich, und gemeinsam mit dem Mädchen, das sittsam knickste, verließen sie den Raum.

So blieb ich also zurück in meinem gemütlichen Gästezimmer, bei einem einsamen, delikaten Abendessen. Und während ich so an dem kleinen Tisch saß und mir voll Genuß ein Glas vollmundigen Weins zu Gemüte führte, da wanderten meine Gedanken zurück zu jenem Tag, an dem Georges Brief kam, der schuld daran war, daß ich so überstürzt zu meiner Reise in den Norden aufgebrochen war.

IV.

Es ist jetzt gut drei Wochen her, da saßen mein Bruder James, seine Frau Elizabeth und ich gemeinsam beim Frühstück, als Wickham, unser Butler, eintrat, um uns die Post zu bringen. Er stellte das kleine Silbertablett, auf dem die Briefe lagen, an meinen Platz, obwohl es strenggenommen die Aufgabe der Hausherrin war, die Post zu verteilen. Und seit James im letzten Dezember geheiratet hatte, kam mir diese Rolle eigentlich nicht mehr zu.

Vor etwas mehr als drei Jahren hatte eine heimtückische Krankheit unsere Eltern kurz nacheinander hinweggerafft. Ich war damals achtzehn Jahre alt gewesen und hatte mich gerade in London befunden, um unter der Ägide von Mamas Schwester, meiner Tante Helen, mein Debüt zu geben. Die Nachricht vom Tode meiner Eltern war ein harter Schlag für mich. Unverzüglich kehrte ich nach Hause zurück. Nur zwei kurze Monate lang hatte ich das lebhafte und aufregende gesellschaftliche Treiben in der Hauptstadt in vollen Zügen genossen.

Es war gut, daß ich in meinem Elternhaus sofort alle Hände voll zu tun hatte. Da James damals noch unverheiratet war, übernahm ich die Aufgaben der Hausherrin und versuchte, so gut ich es vermochte, in die Fußstapfen meiner Mutter zu treten. Mama war bei den Pächtern und den Dienstboten gleichermaßen angesehen und beliebt gewesen. Es war anfangs nicht leicht für mich gewesen, dieser neuen Aufgabe gerecht zu werden. Zudem hatte sich meine Mutter fürsorglich um die Alten und Kranken gekümmert, regelmäßig die Pächter des Anwesens besucht und einen vorbildlichen Haushalt geführt. War ich auch durch all die mir völlig neuen Aufgaben von der Trauer um meine Eltern abgelenkt, so waren die beiden doch auf Matthews Manor noch lange allgegenwärtig.

Die gemeinsame Trauer hatte auch das ohnehin schon gute Verhältnis zu meinem Bruder noch weiter vertieft. James war nur ein knappes Jahr älter als ich. Wir glichen uns durch unser dunkelblondes Haar und die blauen Augen derart, daß man uns leicht für Zwillinge hätte halten können. James hatte sich von klein auf für die Landwirtschaft interessiert. Durch die Verantwortung, die er so plötzlich übernehmen mußte, entwickelte er sich bald zu einem würdigen Nachfolger von Papa. Es gelang ihm nicht nur, das Ererbte zu erhalten, sondern durch günstige Investitionen und eine geschickte Hand in geschäftlichen Dingen, dieses sogar zu vermehren. So waren wir in den letzten Jahren zwar nicht wirklich reich, aber doch durchaus wohlhabend geworden.

Nach dem Trauerjahr nahmen wir auch das gesellschaftliche Leben wieder auf. Der Honourable James Matthews und seine Schwester waren überall gerngesehene Gäste. Wir nahmen an vielen Bällen in unserem Heimatort Winchester teil, wurden oft eingeladen und gaben auch selbst zahlreiche Feste und Unterhaltungen auf Matthews Manor. Diese Ereignisse waren mit denen in London natürlich nicht zu vergleichen. Manchmal sehnte ich mich nach der Hauptstadt. Ich hätte so gerne Bälle und Konzerte besucht, bei denen nicht bereits von vorneherein feststand, daß ich so gut wie alle Anwesenden kannte. Und doch war mir bewußt, daß James und auch ich auf unserem Gut unabkömmlich waren.

Alles in allem verbrachten mein Bruder und ich jedoch eine sehr fröhliche Zeit auf diese Weise. Eine Zeitlang wurden wir zu allen Veranstaltungen von George Willowby begleitet. George war der zweite Sohn eines unserer Grundstücksnachbarn. Sein Vater hatte durch Spiel und diverse Damenbekanntschaften, über die man in Winchester nur hinter vorgehaltener Hand sprach, sein gesamtes Vermögen durchgebracht. Er lebte nun zurückgezogen im Stammhaus seiner Vorfahren, dem einzigen, was ihm noch geblieben war. Die Gemahlin dieses unsteten Mannes, eine reizende Dame, an die ich mich gut erinnere, da sie uns als Kinder oft spannende Geschichten vorgelesen hatte, wenn wir George besuchten, war schon vor Jahren aus Gram gestorben. Georges älterer Bruder, der einst den Titel eines Barons und den Landsitz erben würde, wurde kaum zu Hause gesehen. Wenn man den Gerüchten Glauben schenken durfte, die von der Hauptstadt nach Winchester drangen, so setzte Richard die unselige Tradition seines Vaters fort. Er führte in London ein Leben in Saus und Braus, lebte vom Spiel und einigen reichen Freunden, die dumm genug waren, ihn auszuhalten. Er vergnügte sich mit Damen, die nicht der ersten Gesellschaft angehörten, und wenn man von irgendeinem Skandal zu hören bekam, konnte man sicher sein, daß Richard auf die eine oder andere Weise seine Finger mit im Spiel hatte. Ich kannte den Mann nicht sonderlich gut. Er war fast zehn Jahre älter als ich, und er hat mich aufgrund dieses Altersunterschiedes schon als Kind kaum beachtet. Ich hielt ihn für einen zynischen Tunichtgut von zweifelhaftem Charakter und fand es nicht bedauerlich, daß ich ihn so selten zu Gesicht bekam.

Wie anders dagegen war George, sein um acht Jahre jüngerer Bruder. Seit ich denken konnte, war er der Mann, den ich heiraten wollte. Er hat mir schon als Junge imponiert, als er sich als einziger getraute, ein ungezähmtes Pferd zu besteigen. Er hatte sich zwar nicht lange im Sattel gehalten, bevor ihn der Hengst in weitem Bogen abgeworfen hatte, aber das hatte meiner Bewunderung keinen Abbruch getan. George kannte die lustigsten Geschichten, und er konnte selbst am herzlichsten darüber lachen. George war fröhlich und lebhaft und bildete dadurch einen starken Kontrast zu meinem Bruder James, der der Ernstere und Vernünftigere der beiden Freunde war. George nahm sein Leben leicht und spielerisch. Er war charmant und unterhaltsam. Er flirtete unbekümmert mit jeder Schönheit, die ihm über den Weg lief, und doch hatte ich, obwohl wir nie darüber sprachen, das Gefühl, daß uns mehr verband als nur Freundschaft. Ich spürte, daß für ihn eine künftige Verbindung mit mir ebenso selbstverständlich war wie für mich.

Vor einem Jahr dann hatte uns George mit der Nachricht überrascht, daß er bei den »Horse Guards« eintreten werde. Irgendein entfernter Onkel hatte sich bereit erklärt, ihm ein Offizierspatent zu kaufen, und George kam eines Morgens freudestrahlend nach Matthews Manor geritten, um uns die freudige Neuigkeit zu verkünden. Ich fiel aus allen Wolken. Unsere Freundschaft war schon soweit gediehen, daß ich mir berechtigte Hoffnungen machte, George würde in absehbarer Zeit um meine Hand anhalten, und nun sollte er Winchester verlassen, um in London in ein Regiment einzutreten.

»Es ist doch kein Abschied für immer«, hatte er ausgerufen, als wir uns für einige Minuten alleine im kleinen Salon aufhielten und mir tröstend seinen Arm um die Schulter gelegt. Ich wußte, daß es töricht war, aber mir war sehr nach Weinen zumute. Wie egoistisch von mir, mich nicht zu freuen, wenn George endlich das erreicht hatte, was er sich sehnlichst wünschte.

»Ach, Kleines«, hatte er gesagt und den Finger unter mein Kinn gelegt, um meinen Kopf zu heben, den ich auf die Brust hatte sinken lassen, damit er die Tränen nicht sehen konnte, die in meinen Augen brannten. »Du brauchst doch nicht um den guten, alten George zu weinen, er ist das nicht wert.«

»Doch«, hatte ich widersprochen, und da hatte er sich vorgebeugt und mich ganz zart auf die Wange geküßt.

In diesem Augenblick hatte James den Salon betreten, nachdem er von seinem Morgenritt zurückgekehrt war. Der Bann war gebrochen. Kurz darauf war George abgereist, und da er nie ein guter Briefschreiber gewesen war, mußten wir uns mit knappen Mitteilungen zufriedengeben, in denen er ständig wiederholte, wie gut es ihm in der Armee gefiel und wie außergewöhnlich ihm seine schneidige Uniform stand. Doch auch diese Nachrichten wurden seltener und blieben schließlich ganz aus. Jetzt, in Friedenszeiten, brauchte ich wenigstens nicht zu befürchten, daß ihm etwas zustoßen könnte, doch ich war sehr enttäuscht, daß er nichts mehr von sich hören ließ.

Eines Abends schließlich, als mein Bruder und ich wie gewöhnlich in der Bibliothek zusammensaßen, um die wichtigsten Probleme und die Tagesereignisse zu besprechen, hatte mir James ruhig und sachlich erklärt, daß er sich mit Miss Elizabeth Hurdon verlobt hatte. Diese Mitteilung hatte mich nicht völlig unvorbereitet getroffen. Wir kannten Elizabeth bereits seit unserer Kindheit, und doch hatten wir sie damals nicht richtig beachtet. Sie war zwei Jahre jünger als ich, die Tochter eines Pfarrers aus der Umgebung und hatte erst in diesem Jahr ihr Debüt gegeben. Ihre Eltern waren hoch achtbare Leute. Der Pfarrer selbst der dritte Sohn eines Viscount. Doch sie waren nicht mit materiellen Gütern gesegnet. Da überdies sechs weitere Geschwister zu versorgen waren, war an einen Aufenthalt der ältesten Tochter in der Hauptstadt nicht zu denken. Natürlich war es mir nicht entgangen, daß James in letzter Zeit auffallend viel Zeit in Elizabeths Gesellschaft verbrachte. Doch das hatte mich nicht weiter gewundert, denn aus dem unscheinbaren Kind war eine überaus hübsche junge Dame geworden. Sie war blond, mit großen, haselnußbraunen Augen, die immer aufleuchteten, sobald sie James erblickte. Sie war ein ernstes, stilles Mädchen, und wenn ich es recht überlegte, so würde sie eine passende Ehefrau für meinen Bruder abgeben. Ich konnte James daher zu seiner Wahl nur gratulieren, und meine Glückwünsche kamen von Herzen. Und doch begann ich mir insgeheim Sorgen um meine eigene Zukunft zu machen. Bald würde eine neue Herrin meine Stelle auf Matthews Manor einnehmen, und diese hatte dann das Recht, das Zepter in die Hand zu nehmen und die Dinge nach ihren Vorstellungen zu gestalten und zu verändern. Auch wenn ich annahm, daß James mich nie aus meinem Elternhaus vertreiben würde, so wußte ich doch, daß es Zeit für mich war, an die Gründung einer eigenen Familie zu denken. Ich wäre gerne für einige Zeit nach London gegangen, aber leider war das nicht möglich, da Tante Helen in der Zwischenzeit gebrechlich und bettlägerig geworden war. Sie wurde zwar von zwei ihrer Cousinen liebevoll betreut, wie sie in ihren häufigen Briefen versicherte, so daß ich mir keine Sorgen zu machen brauchte. Und doch hatte ich durch ihre Krankheit keine geeignete Anstandsperson mehr, die mich in die feine Londoner Gesellschaft hätte einführen können. George ließ nichts mehr von sich hören. Manchmal, in Momenten, wenn ich besonders mutlos war, zweifelte ich daran, daß es wirklich aussichtsreich war, weiter von einer gemeinsamen Zukunft zu träumen. Obwohl ich natürlich nicht wirklich bereit war, all die schönen Träume aufzugeben, die ich seit meiner Jungmädchenzeit gehegt hatte. Wenn ich doch nach London hätte fahren können, dann hätte ich George treffen und um seine Liebe kämpfen können. Aber so waren mir die Hände gebunden. Und dann war da natürlich noch Edward Stinford. Seine Heiratsanträge waren zahlreich, doch ich konnte mich nicht dazu durchringen, sie anzunehmen.

Also blieb mir keine andere Wahl, als im Hause meines Bruders zu bleiben und zu versuchen, mich mit der jungen Ehefrau zu arrangieren. Das erwies sich als gar nicht so schwierig. Elizabeth war unter der Obhut einer äußerst dominanten Mutter aufgewachsen. Sie war es gewohnt, sich unterzuordnen. Ich hatte den Eindruck, als sei sie sogar froh darüber, sich nicht um den Haushalt ihres Gatten kümmern zu müssen und die weitreichenden Pflichten der Herrin auf Matthews Manor zu übernehmen. Elizabeth war still und bescheiden und hatte bald die Herzen unserer langjährigen Dienstboten erobert. Sie war beliebt und wurde umsorgt – doch die erste Geige spielte weiterhin ich. Meine Schwägerin ging mir eifrig zur Hand, wenn ich sie um einen Gefallen bat. Sie schmückte jeden Raum mit kunstvollen Blumengestecken, die sie persönlich zusammenstellte und verbrachte die Abende, an denen wir nicht ausgingen, am liebsten über ihren Stickrahmen gebeugt. Stundenlang konnte sie sich damit beschäftigen, führte die feinsten Petit-Pointarbeiten aus, zu denen mir die Geduld fehlte. Ich saß in dieser Zeit mit James über den Wirtschaftsbüchern, die uns vom Verwalter vorgelegt worden waren oder wir diskutierten über Änderungen oder Neuerungen, die James auf dem Gut einführen wollte. Alles in allem boten wir drei sicher ein harmonisches Bild. Und wir führten ja auch ein harmonisches Leben. Doch manchmal, wenn ich darüber nachdachte, beschlich mich das schlechte Gewissen, meine kleine Schwägerin so in eine Nebenrolle zu drängen. Seit einigen Monaten stand zudem fest, daß Elizabeth ein Kind erwartete. Da wußte ich endgültig, daß ich mich zu einer Veränderung meines Lebens würde durchringen müssen.

Mally, voll des Eifers, daß endlich wieder Nachwuchs ins Haus stand und sie wieder ihre angestammte Position als Kinderfrau übernehmen konnte, nahm mich eines trüben Nachmittags ernsthaft ins Gebet: »Es ist nicht gut, wenn ihr beide weiter so tut, als ob Master James nie geheiratet hätte«, hatte sie mir erklärt. »Jetzt, da die kleine Lady ihm einen Erben schenken wird, ist es Zeit, daß sie die Herrin in diesem Hause wird. Und ebenso ist es an der Zeit, daß Sie sich nach einer eigenen Familie umsehen. Wollen Sie denn wirklich hierbleiben, als ledige Verwandte und als gute Tante, die ihre Neffen und Nichten verwöhnt, bis sie alt und grau ist?«

Mally hatte den Nagel auf den Kopf getroffen. Nein, das wollte ich ganz bestimmt nicht. Aber Edward Stinford heiraten, den sie so ins Herz geschlossen hat, das wollte ich auch nicht. Er würde stundenlang mit mir über seine Besitzungen sprechen und würde, wie bisher, stets tausenderlei Gründe finden, warum seine Art zu wirtschaften der meines Bruders vorzuziehen sei. Er würde, wie bisher, nie nach meiner Meinung fragen, und wenn ich sie trotzdem äußern sollte, diese als Laune oder dummes Weibergeschwätz abtun. Zudem haßte Edward London. Er war zwar noch kaum dort gewesen, und doch kannte er genug Gerüchte und Geschichten, die seine Meinung bestätigten, daß London ein Tummelplatz von unverantwortlichen Lebemännern war, die sich um nichts als ihre Kleidung sorgten, die blankpolierte Stiefel und frischgestärkte Hemdkragen als Mittelpunkt ihres Interesses ansahen und mit Spiel und Spaß ihre Zeit vergeudeten, anstatt sich mit Fleiß und Ehrfurcht dem Haus und Hof ihrer Väter zu widmen. Natürlich war ein Funken Wahrheit in dem, was Edward über das Leben in der Hauptstadt sagte. Und doch war gerade das ein Beweis, daß er nie und nimmer der passende Ehemann für mich sein würde. Ich hatte schließlich das Temperament meiner lieben Mutter geerbt, die die Dinge auch meist selbst in die Hand genommen hatte und die gerne ab und zu in Frohsinn, Leidenschaft und gesellschaftlichem Glanz schwelgte, alles Dinge, die Edward Stinford aus tiefstem Herzen verachtete. Und überhaupt, wie sollte ein Mann wie er, der stets praktisch, doch nie modisch gekleidet war, der vermögend, langweilig, aber sicherlich ehrbar war, je auch nur den Funken einer Chance bei mir haben? Da ich mir doch Hoffnungen machte, die Frau eines Mannes zu werden, der zwar weder Vermögen noch diese Fülle an ehrbaren Eigenschaften aufwies. Dafür aber zwei blaue Augen, die mir so vergnügt und unverschämt zublinzeln konnten, daß mein Herz jedesmal einen Luftsprung machte, und der einen liebevollen, stets lachenden Mund hatte, den ich so gerne geküßt hätte.

Und gerade in diese Zeit der Überlegungen um meine Zukunftspläne platzte eines Morgens unvermutet das Schreiben von George. Ich hatte die zahlreichen Einladungskarten, die auf dem kleinen Silbertablett lagen, an meinen Bruder weitergereicht und, da der Brief alleine an mich adressiert war, mich entschuldigt und in mein Zimmer zurückgezogen, um ihn in Ruhe lesen zu können. Natürlich hatte ich die Schrift sofort erkannt, und ich fragte mich, was es wohl damit auf sich haben konnte, daß das Schreiben an mich persönlich gerichtet war und nicht an James, wie das bei den früheren Briefen der Fall gewesen war.

»Liebe Sophia«, war zu lesen, »ich stecke in einer verteufelten Klemme und brauche dringend Deine Hilfe. Ich werde in Kürze mit Hetty zu meiner Großmutter aufbrechen, die zur Zeit auf ihrem Landsitz Rampstade Palace in Yorkshire weilt. Ich erwarte Dich dort. Bitte komme so schnell Du kannst. Ich weiß, Du läßt mich nicht im Stich. Dein alter Freund George W.«

Das war wieder einmal typisch George Willowby. Er versetzte einen in Aufregung und ließ einen dann im ungewissen. Kein Wort darüber, warum er mich brauchte. Keine Erklärung. Kein höflich gestelltes Ersuchen. Dachte er denn wirklich, er bräuchte nur zu fordern und ich würde alles liegen und stehen lassen, um zu ihm zu kommen? Wenn er das wirklich dachte, ...

dann hatte er ganz recht. Denn während ich mich noch entrüstete, ging ich im Geiste schon alle Möglichkeiten durch, wie ich am schnellsten nach Rampstade Palace gelangen konnte.

Ich hatte Georges Großmutter einmal persönlich kennengelernt. Das war vor einigen Jahren gewesen, als sie ihrem Enkel einen ihrer seltenen Besuche im Hause ihres ungeliebten Schwiegersohnes abstattete. Und doch war meine Erinnerung an die alte Dame kaum verblaßt. Ich sah sie noch vor mir stehen, als ob es heute wäre. Eine hagere Lady, die so groß war, daß sie mich fast um zwei Köpfe überragte. Sie hatte mich mit ihren grauen, leicht hervorstehenden Augen prüfend gemustert, und ich weiß noch, wie unwohl ich mich dabei gefühlt habe. Die Prüfung schien jedoch zu ihrer Zufriedenheit ausgefallen zu sein, denn sie klopfte mit ihrer knochigen Hand neben sich auf das Sofa, um mich aufzufordern, bei ihr Platz zu nehmen. Ich weiß noch, daß sie ein zart lilafarbenes Nachmittagskleid trug, das am Hals mit Perlmuttknöpfen verschlossen war. Die einzige Zierde waren schmale beigefarbene Spitzen an Handgelenk und Kragen. Außer den mächtigen Rubinohrringen, die von ihren ungewöhnlich großen, weißen Ohrläppchen baumelten, trug sie keinerlei Schmuck. Die Hände, die einen schwarzen Ebenholzstock umklammerten, steckten in schlichten Kalbslederhandschuhen. Ein unbeteiligter Beobachter hätte nie erraten, daß es sich bei der strengen, einfach gekleideten Lady um die steinreiche Herzoginwitwe von Rampstade handelte. Und doch mußte sie geradezu unerhört reich sein.

George hatte uns von ihrem großen Haus am Grosvenor Square vorgeschwärmt, in dem er sich so gerne aufgehalten hätte, wenn er in der Hauptstadt war. Doch zu seinem Bedauern wurde er nur selten dorthin eingeladen. Dann gab es noch ausgedehnte Besitzungen irgendwo in Cornwall und eben diesen Hauptsitz in Yorkshire, wo George mich jetzt treffen wollte. Ich wußte, daß es allein dieses Vermögen war, das George veranlaßte, immer wieder die Nähe seiner Großmutter zu suchen. Denn es war ganz offensichtlich, daß die beiden kein herzliches Verhältnis miteinander verband. George fürchtete sich geradezu vor der scharfen Zunge der alten Dame und vor dem durchdringenden Blick ihrer grauen Augen. »Ich fühle mich immer wie ein ungezogener Schulbub, wenn Großmutter mich ansieht«, hatte George uns einmal gestanden. »Es ist fast so, als könne man keinen Fehler vor ihr verbergen.«

Dieses Gefühl hatte auch ich gehabt, als ich an besagtem Nachmittag neben der Herzogin Platz genommen hatte. Ich war ständig auf der Hut gewesen, nur ja keinen Fehler zu begehen und nichts zu sagen, was Mylady hätte erzürnen können. Ich versuchte fieberhaft, mich von der besten Seite zu zeigen, während ihre Fragen pausenlos auf mich einprasselten. Sie hatte alles von mir wissen wollen: meine Herkunft, die Ausdehnung unserer Ländereien, meine Lieblingsbeschäftigungen, die voraussichtliche Höhe meiner Mitgift sowie meine Pläne für die Zukunft. Was ich sagte, schien ihren Gefallen zu finden, denn sie erwähnte George gegenüber, ich sei ein recht angenehmes, junges Ding. Es könne ihm nicht schaden, mit meinem Bruder und mir engeren Kontakt zu pflegen. Vielleicht würde er dadurch auf vernünftigere Gedanken kommen. Und doch hatte ich nach diesem Gespräch, aus dem ich huldvoll entlassen worden war, das unangenehme Gefühl gehabt, als halte mich Mylady für ein unreifes Mädchen, das gerade dem Schulzimmer entwachsen war und nicht wert, daß man sich näher mit ihm befaßte.

Myladys Gatte, der dritte Herzog von Rampstade, war schon vor etlichen Jahren verstorben und hatte seine Gemahlin zwar nicht mit einem sicher innig gewünschten Sohn, dafür mit zwei Töchtern hinterlassen. Da er der letzte männliche Nachkomme derer von Rampstade gewesen war und über keinen männlichen Erben verfügte, war sein gesamter Reichtum Mylady zugefallen. Und diesen Reichtum wollten sich nun, nachdem auch die beiden Töchter kurz nach ihrem Vater verstorben waren, mehrere Verwandte der alten Dame für sich sichern. Da war einmal eine verarmte Cousine der Herzoginwitwe, die ständig bei ihr lebte und als eine Art Gesellschafterin angesehen werden konnte. George war sich sicher, daß »die arme Tante Heather«, wie jedermann die Dame zu nennen schien, nach dem Tod seiner Großmutter nicht leer ausgehen würde. Aber so treu ergeben ihr ihre Cousine auch war, so war es doch nicht anzunehmen, daß Mylady ihren Reichtum einer kinderlosen Frau vermachen würde, die nicht viel jünger war als sie selbst. Georges Bruder Richard hatte sich anfangs auch in die Reihe der Erbkandidaten eingeordnet, die um Mylady herumscharwenzelten. Das war ihm jedoch schnell langweilig geworden, und er zog es vor, statt dessen in London zu bleiben, die Zeit mit Spielen, Freunden, Frauen und Müßiggang zu vertreiben und ward nicht mehr in der Nähe seiner Großmutter gesehen.

»Womit er aus dem Rennen sein dürfte«, wie George einmal, nicht ohne Genugtuung, feststellte. Damit hätte George die besten Chancen haben müssen. Wenn, ja wenn da nicht Max gewesen wäre, der Sohn von Myladys zweiter Tochter. George hatte das Gefühl, als würde die alte Dame diesen Cousin Max sogar favorisieren, was er als ungeheuerliche Ungerechtigkeit empfand.

»Denn wer kümmert sich hier um Großmutter?« hatte er eines Tages verbittert ausgerufen und war wild gestikulierend in unserem Empfangszimmer auf Matthews Manor auf- und abgeschritten. »Wer besucht sie denn in Bath oder in einem der anderen langweiligen, unmondänen Kurorte? Wer leistet ihr Gesellschaft und hört sich geduldig ihre ständigen Vorhaltungen an? Ich! Wer erträgt tage-, ja wochenlang das nichtssagende Geplauder von Tante Heather? Ich! Denkst du, Max macht sich diese Mühe? Nein, das tut er nicht. Er besucht Großmutter nur ab und zu einmal, wenn er gerade zufällig an ihrem Schloß vorbeikommt. Dabei wohnt er gar nicht weit entfernt. Sein Land grenzt direkt an das von Rampstade. Da wäre es doch ein leichtes für ihn, öfter mal vorbeizuschauen. Was wäre denn, wenn ich mich so selten blicken ließe? Dann wäre mir eine ihrer gefürchteten Strafpredigten sicher. Glaubst du, sie schilt Max? Nie und nimmer! Max ist ihr Liebling. Und ich habe keine Ahnung, warum!«

Da konnte ich ihm auch nicht weiterhelfen. Ich hatte diesen Cousin nie kennengelernt. Und doch erkannte ich, daß George eifersüchtig war. Es schien, als könne Max tun, was er wollte, er käme bei seinem Cousin nie gut weg. Max war ein Zyniker. Max war viel zu oft bei Großmutter zu Besuch, Max kam viel zu selten zu Großmutter auf Besuch, Max war eingebildet, Max dachte wohl, nur weil er besser focht, sei er ihm in allem überlegen, Max war selbstgerecht und unausstehlich, Max, Max, Max. George hätte wohl noch stundenlang abfällige Bemerkungen über seinen Vetter machen können. Das machte mich begierig darauf, diesen Mann kennenzulernen. Ich konnte mir einfach nicht vorstellen, daß George, mein großer, sportlicher George, der so unterhaltsam, so charmant und so mutig, ja bisweilen sogar tollkühn war, Grund dazu haben sollte, eifersüchtig zu sein auf seinen Cousin, der noch dazu ein paar Jahre älter war als er. Doch Cousin Max hatte noch einen weiteren Makel, der vermutlich in Georges Augen noch bei weitem schwerer wog, als die anderen: Er war selbst begütert.

»Geradezu unanständig reich«, wie es George ausgedrückt hatte. »Was will denn der Kerl noch? Hat nicht nur den Titel von seinem Vater übernommen, sondern auch dessen gesamtes Vermögen. Reicht ihm denn das nicht? Muß er mir auch noch mein Erbe von Großmutter streitig machen? Es ist alles so ungerecht!«

Ich erinnere mich an dieses Gespräch deshalb noch so gut, weil ich George nie vorher so niedergeschlagen und voller Selbstmitleid erlebt hatte. Natürlich hatte er mein volles Mitgefühl, und doch war ich damals irgendwie unangenehm berührt gewesen. Ich liebte ihn ja, weil er so voller Zuversicht und Tatkraft war. Ich habe seit damals vermieden, das Gespräch je wieder auf die Großmutter, den Cousin oder die ganze leidige Erbschaft zu bringen. Auch ihm schien unsere Unterhaltung im nachhinein peinlich zu sein, jedenfalls erwähnte er seine Verwandten daraufhin höchst selten. Nur dann, wenn er wieder zu einem seiner häufigen Besuche bei der Herzoginwitwe aufbrach oder um mir Grüße zu bestellen, wenn er von dort zurückkam.

An diesem Abend, als ich im Rosenzimmer von Grandfox Hall über all das Vergangene nachgrübelte, bedauerte ich, daß ich George nicht öfter aufgefordert hatte, mir über seine Besuche auf Rampstade Palace zu berichten. Dann hätte ich eher erahnen können, was mich jetzt dort erwartete.

Auch daß Hetty, Georges jüngere Schwester, ihren Bruder begleitete, erschien mir seltsam. Ich kannte Hetty kaum. Sie war um drei Jahre jünger als ich und müßte daher inzwischen achtzehn geworden sein. Vor ungefähr fünf Jahren war sie in ein Internat für höhere Töchter in Bath eingetreten. Nach dem Tode ihrer Mutter hatte sie auch die Ferien nicht zu Hause, im frauenlosen Haushalt ihres Vaters, verbracht, sondern war stets zu dessen Schwester gefahren, die mit ihrer Familie in Brighton lebte. Der Kontakt zu ihren Brüdern schien mir ein äußerst lockerer zu sein, und ich konnte mich nicht daran erinnern, daß George je von ihr gesprochen hatte. So war das einzige Bild, das ich mir von ihr machen konnte, das eines dreizehnjährigen Mädchens, das sich bei mir verabschiedete, bevor sie ihre Reise nach Bath antrat. Meine Erinnerung ist schon reichlich verblaßt, und ich weiß nur noch, daß es ein tränenreicher Abschied war und daß ihre blonden Locken, auf denen ein kleiner Strohhut saß, vor Aufregung wippten.

Durch ein leises Pochen an der Tür wurde ich aus meinen Überlegungen gerissen. Eines der Hausmädchen trat ein, um das Geschirr abzuräumen. Sie brachte mir auch meine Tasche, in die ich all das eingepackt hatte, was ich für eine Übernachtung auf der Reise am dringendsten benötigte. Ein anderes Mädchen brachte einen Krug mit frischem, warmen Wasser, den ich dankbar entgegennahm. Allerdings auch mit einem Anflug von schlechtem Gewissen. Ein Blick auf die kleine Uhr, die auf dem Kaminsims stand, zeigte mir, daß sich die Zeiger schon Mitternacht näherten. Ich hatte keineswegs beabsichtigt, die Dienerschaft durch meinen ungebetenen Besuch über Gebühr wachzuhalten. Und sicher hatten die beiden schon längst auf ein Klingelzeichen von mir gewartet, während ich, ganz in meine Gedanken versunken, vergessen hatte zu läuten.

Da ich am nächsten Morgen noch die letzte Etappe meiner anstrengenden Reise vor mir hatte, beschloß ich, nun sofort zu Bett zu gehen. Ich hatte durch die Abkürzung, die Harry eingeschlagen hatte, vollkommen die Orientierung verloren und konnte daher nicht abschätzen, wie weit wir noch zu fahren haben würden. Ich konnte nur hoffen, daß der Kutscher am nächsten Morgen schon wieder so weit hergestellt war, um die Kutsche zu lenken, und daß das Fahrzeug wirklich keinen allzugroßen Schaden erlitten hatte, wie Mally mir am Abend versichert hatte. Mit diesen Gedanken schlüpfte ich wieder unter die dicke Daunendecke und war bald darauf eingeschlafen. In der Nacht hatte ich einen ebenso lebhaften wie seltsamen Traum, den ich mir nach dem Aufwachen kaum mehr ins Gedächtnis zurückrufen konnte. Das einzige, was ich noch deutlich vor mir sah, waren zwei dunkle, fast schwarze Augen, die mit einem unergründlichen Lächeln auf mich herabblickten.

V.

Ich erwachte am nächsten Morgen erst, als Mally energisch die Bettvorhänge aufzog und mir eine Tasse heiße Schokolade auf das Nachtkästchen stellte.

»Was für ein herrlicher Tag, Miss Sophia!« verkündete sie sichtlich gut gelaunt. »Die Sonne scheint! Endlich haben sich diese unangenehmen feuchten Herbstnebel verzogen.« Während ich mich verschlafen aufrichtete, um das heiße Getränk zu schlürfen, mußte ich anerkennend feststellen, daß Mally diesen Morgen nicht untätig verbracht hatte. Auf einem Haken an der Tür des Kleiderschranks hing mein olivgrünes Reisekleid, das nicht nur aus einem der Koffer geholt, sondern auch aufgebügelt worden sein mußte, denn es machte einen tadellosen Eindruck. Der dazu passende Strohhut lag auf der Frisierkommode bereit. Ebenso die feinen, zartgrünen Handschuhe aus Kalbsleder, die ich erst kürzlich in Winchester erstanden hatte. Meine Lederstiefelchen standen frischgeputzt und glänzend neben der Zimmertür.

Während die flinken Hausmädchen frisches Wasser und nach Lavendel duftende Handtücher brachten, konnte Mally nicht aufhören über die Schönheit des Hauses zu schwärmen. Besonders hatte es ihr jedoch die überaus freundliche Aufnahme angetan, die wir hier gefunden hatten. Leider mußte sie mir aber auch mitteilen, daß unser Kutscher keineswegs wiederhergestellt war. Der Arzt, den man gestern freundlicherweise an sein Krankenlager hatte rufen lassen, hatte ihm strengste Bettruhe verordnet. Doch wie sich gleich herausstellte, hatte Mally gemeinsam mit der umsichtigen Mrs. Lindon auch dieses Problem bereits gelöst: »Stellen Sie sich vor, Mrs. Lindon war so freundlich vorzuschlagen, daß der arme Harry noch einige Tage auf Grandfox Hall bleiben soll, um sich zu erholen. Und sie wird uns einen Burschen des Earl als Kutscher zur Verfügung stellen! Wenn das nicht zuvorkommend ist! So können wir die Reise gleich heute fortsetzen.«

Ich mußte ihr recht geben. Auch ich fand dieses Angebot ungewöhnlich großzügig.

»Obwohl ich noch gerne auf diesem herrlichen Besitz geblieben wäre«, fuhr meine Kinderfrau fort, »so kommt mir ein rascher Aufbruch doch sehr entgegen. Sie wissen doch, daß ich so schnell wie möglich wieder zu Hause sein möchte. Ich hoffe daher, der Vorschlag ist in Ihrem Sinne.«

Ich stellte meine Tasse ab und nickte. Natürlich wußte ich, daß es Mally dazu drängte, möglichst rasch zu meiner Schwägerin zurückzukehren. In den nächsten Monaten wurde die Geburt des Erben von Matthews Manor erwartet. Das wollte sie keinesfalls versäumen. »Ich muß unbedingt unserer kleinen Lady in ihrer schweren Stunde beistehen und den kleinen Erdenbürger empfangen, wie es ihm gebührt«, hatte mir Mally des öfteren erklärt. Und es hatte den Anschein, als hielte sie sich selbst für die einzige geeignete Geburtshelferin. Die rasche Rückkehr nach Winchester war auch Bedingung dafür gewesen, daß sie sich überhaupt dazu bereit erklärt hatte, mich auf dieser Reise als Anstandsdame zu begleiten.

Ich schlüpfte schweren Herzens aus dem gemütlichen Bett und wollte eben mit der Morgentoilette beginnen, als sich Mally erschrocken an die Stirne griff und ausrief: »Wo habe ich bloß meine Gedanken! Jetzt hätte ich fast vergessen das Wichtigste zu erzählen! Sie erraten nie, wer gestern spätabends hier eingetroffen ist? Lady MacIvor!«

Mit lautem Klappern stellte ich den Krug zurück auf den Waschtisch: »Wer ist das?« fragte ich entgeistert. Ich hatte noch nie von einer Lady MacIvor gehört. Was für ein peinlicher Umstand, von einer wildfremden Frau in einem fremden Haus überrascht zu werden! Doch was Mally nun zu sagen hatte, versetzte mich erst recht in Aufregung.

»Na, Ihre Freundin. Lady Sylvia. Mrs. Lindon sagte mir, daß Mylady seit ihrer Heirat den Namen MacIvor trägt. Aber das müssen Sie doch sicherlich wissen.«

Die letzten Worte klangen beinahe vorwurfsvoll.

Ich war wie vor den Kopf geschlagen. »Ja, natürlich«, murmelte ich schwach und ließ mich auf den nächsten Stuhl fallen. Flucht! dachte ich. Ich mußte fliehen. Sofort. Hinaus aus diesem Haus. Doch gleich darauf wußte ich, daß das nicht möglich war. Da war der kranke Kutscher, der versorgt werden mußte, da war die Dienerschaft, die von meinem Aufenthalt wußte, da war Mally, der ich nie hätte erklären können, was wirklich vorgefallen war. Nein, es führte kein Weg daran vorbei. Ich mußte mich Lady Sylvia stellen und konnte nur hoffen, daß sie Verständnis für meine Lage aufbringen würde.

Zuerst aber mußte ich mich schnellstens ankleiden. Nicht auszudenken, wenn Mylady hier heraufkommen würde und mich im Nachthemd vorfände. Dann stieg Hoffnung in mir auf. Die fremde Dame war spätabends hier eingetroffen. Vielleicht hatte sie von meinem Hiersein noch gar nichts erfahren. Doch diese Hoffnung machte Mally mit ihrer nächsten Ankündigung zunichte: »Mylady erwartet Sie zum Frühstück«, sagte sie.

Rasch wusch ich Gesicht und Hände, während Mally in einem fort dahinplauderte: »Ist das nicht ein erfreulicher Zufall, daß Ihre Freundin zufällig schon früher von ihrem Aufenthalt in London zurückgekommen ist? Wie müssen Sie sich darüber freuen! Sie haben sie doch eine Ewigkeit nicht mehr gesehen, nicht wahr?«

Notgedrungen bestätigte ich, daß ich mich außerordentlich freute. Im Geiste jedoch formulierte ich schon die Entschuldigungsworte, die ich beim Frühstück vorbringen wollte. Die nächsten Worte ließen mich aufhorchen.

»Ich habe heute früh schon mit Mylady gesprochen«, erzählte Mally freudig. »Wirklich eine sehr vornehme und angenehme Dame. Sie hat sich sehr gefreut, als sie von Ihrem Besuch erfuhr. Sie bestand jedoch darauf, Sie so lange schlafen zu lassen, wie Sie möchten, Sie seien sicher ruhebedürftig nach dem Unfall. Ich habe ihr erzählt, daß wir einen Unfall hatten, Miss Sophia.«

Diese Worte hörte ich mit großer Verwunderung. Die Lady freute sich also, mich zu sehen? Wie seltsam.

Ich ließ mir von Mally in mein Kleid helfen und bändigte meine Locken mit einem Samtband, das sie mir bereitgelegt hatte. Während ich meine Stiefelchen zuschnürte, hoffte ich einen genügend respektablen Eindruck zu machen, damit die Dame mir glaubte, daß ich mich am Vorabend in einer ernsten Notlage befunden hatte.

In diesem Augenblick erschien Mrs. Lindon, um mich ins Frühstückszimmer zu geleiten.

Sie klopfte an einer der großen Flügeltüren und trat ein: »Miss Matthews, Mylady«, verkündete sie und knickste.

»Aber meine liebe Mrs. Lindon«, hörte ich eine wohlklingende Stimme sagen, »Sie brauchen doch meine liebe Freundin nicht so formell anzukündigen.«

Ich war klopfenden Herzens und mit einer mir selbst kaum bekannten Schüchternheit neben Mrs. Lindon in das Frühstückszimmer getreten. Durch ihre Worte völlig aus der Fassung gebracht, mußte ich miterleben, wie die fremde Dame auf mich zutrat, mich herzlich umarmte, mich auf beide Wangen küßte und ausrief: »Liebste Sophia, du ahnst ja gar nicht, wie ich mich freue, dich wiederzusehen.«

»Ich glaube, ich sollte erklären ...«, fing ich etwas beklommen zu stottern an. Lady MacIvor warf einen bedeutungsvollen Blick auf die Lakaien, die dabei waren, die Speisen auf dem Buffet anzurichten und unterbrach mich: »Aber nein, meine Liebe, du brauchst mir doch nichts zu erklären. Ich habe von deinem Unfall gehört. Wenn ich bedenke, was dir dabei hätte zustoßen können! Welch ein Glück, daß du dich in der Nähe von Grandfox Hall befandest und wie klug von dir, hier Unterschlupf zu suchen. Hast du alles zu deiner Zufriedenheit vorgefunden?«

Ich konnte mich nur beeilen, dies zu versichern, worauf mir Mrs. Lindon ein glückliches Lächeln schenkte und den Raum verließ.

Mylady führte mich zu Tisch und nahm mir gegenüber Platz. Sofort begannen die Lakaien uns all die herrlichen Gerichte vorzulegen, die für uns zubereitet worden waren. Mylady persönlich goß den Tee ein.

Ich wußte nicht, was ich von all dem halten sollte. Zudem hatte ich mir Lady Sylvia etwa gleichaltrig vorgestellt. Sie war jedoch um einiges älter. Ich schätzte sie auf Anfang dreißig. Obwohl sie mit ihrem modischen blaugrauen Kleid, mit der hochangesetzten Taille und dem flotten Schnitt ihrer dunklen Haare sehr jugendlich aussah. Da ich den Wink verstanden hatte, nicht offen zu sprechen, solange Dienstboten im Raum waren, widmete ich mich ganz meinem Frühstück, während wir uns ausgiebig über das Wetter während der letzten Tage unterhielten. Ich fand es außerordentlich nett von Lady Sylvia, daß sie mich nicht vor den Dienstboten bloßstellen wollte, und doch harrte ich mit unangenehmem Gefühl im Magen auf das Gespräch, das mir noch bevorstand.

Lady Sylvia schien meine Befangenheit nicht zu bemerken und plauderte so lebhaft, daß es mir gelang, meine Fassung wiederzufinden. Als die Lakaien uns schließlich allein ließen, gelang es mir, meiner Gastgeberin freimütig ins Gesicht zu blicken. Dabei kamen mir ihre Gesichtszüge auf seltsame Weise vertraut vor, und es war mir, als hätte ich sie schon einmal zuvor gesehen. Doch dieser Eindruck verschwand so schnell wie er gekommen war, und vor mir saß wieder eine völlig Fremde, die auf eine Erklärung wartete.

»Es muß Ihnen alles sehr merkwürdig vorkommen«, begann ich. »Sie werden sich sicher fragen, wie eine wildfremde Person dazu kommt, sich in Ihrem Haus oder vielmehr im Hause Ihres Bruders einzuquartieren ...«

»Sie werden es mir sicher gleich erklären«, entgegnete mein Gegenüber gelassen.

Ich mußte lachen. So jemanden wie Lady Sylvia hätte ich wirklich gerne zur Freundin gehabt. So kam es, daß ich viel mehr berichtete, als ich eigentlich vorgehabt hatte. Ich erzählte, daß ich dringend zu Freunden gerufen worden war, daß mir nur die alte Reisekutsche zur Verfügung stand. Die neue wurde von meiner Schwägerin für ihre Fahrten ins Elternhaus benötigt. In ihrem delikaten Zustand konnte ihr das alte, schlecht gefederte Fahrzeug nicht zugemutet werden. Ich sagte, daß ich bereits seit fünf Tagen unterwegs war, schilderte unseren Unfall auf der abgelegenen Straße und kam dann ins Stocken, weil ich nicht wußte, wie ich die Erlebnisse im Gasthaus und meine Bekanntschaft mit den Straßenräubern schildern sollte. Ich bemerkte, wie der Blick meiner Gastgeberin, die mir bisher interessiert zugehört hatte, immer skeptischer wurde, während ich Wirres und Unzusammenhängendes über Bekannte aus dem Wirtshaus von mir gab. Schließlich hielt ich diese Skepsis nicht mehr aus. Ich wollte die Geschichte so schnell wie möglich hinter mich bringen. Also erzählte ich ihr von Jojo. Ich erzählte, daß ich ihn im verlassenen Gasthaus getroffen hatte, daß es sein Plan gewesen war, mich hierher zu bringen, und daß er die Idee gehabt hatte, mich als Freundin von Mylady auszugeben. Natürlich konnte ich kaum hoffen, daß mir Lady Sylvia Glauben schenken würde. Doch wider Erwarten entspannten sich ihre Züge: »Ach, Sie haben Jojo getroffen!« rief sie aus. Und das in einem Tonfall, als sei für sie nun alles geklärt.

»Sie kennen Jojo?« fragte ich entgeistert. Es war doch kaum zu glauben, daß eine so vornehme Dame einen Straßenräuber zu ihren Bekannten zählte.

»Aber natürlich kenne ich ihn!« rief sie aus und lachte. »Er ist doch ...« Irgend etwas veranlaßte sie nicht weiterzusprechen. »Was hatten Sie für einen Eindruck von ihm?« fragte sie statt dessen.

»Oh, er war sehr freundlich und hilfsbereit. Er selbst war es, der mich hierher in dieses wunderschöne Haus brachte. Und er hat zwei Burschen seiner Bande ausgeschickt, damit sie unsere umgekippte Kutsche aus dem Straßengraben zogen und das Fahrzeug mit meiner Kammerfrau und dem Kutscher hierherbrachten«, erklärte ich.

Lady Sylvia schaute mich fragend an: »Zwei Burschen seiner ... wie haben Sie das genannt?«

Ich zuckte mit den Schultern. »Ich habe ›Bande‹ gesagt. Ich weiß auch nicht, wie man das nennt bei solchen Leuten. Ich dachte ›Bande‹ sei das richtige Wort.«

Zu meiner Verwunderung versetzten meine Worte die Dame zuerst in offensichtliches Erstaunen. Und dann fing sie an zu lachen. Und sie lachte und lachte und schien sich gar nicht beruhigen zu können. Da ich den Grund für ihre Erheiterung nicht kannte und sie anscheinend auch nicht gewillt war, mir diesen zu verraten, kam ich mir reichlich albern vor. Daher war ich froh, als kurz darauf der würdige Butler eintrat und verkündete, die Kutsche sei für die Reise bereit.

Lady Sylvia erhob sich und wischte sich die Lachtränen aus den Augenwinkeln.

»Auf Wiedersehen, Sophia«, sagte sie, während sie mir die Hand zum Abschied reichte. Angesichts der Anwesenheit des Butlers fiel sie wieder in das vertraute ›du‹.

»Es hat mir wirklich Freude gemacht, mit dir zu plaudern. Entschuldige meinen Lachanfall. Glaube mir, das hatte gar nichts zu bedeuten.« Sie küßte mich auf beide Wangen, während ich mich beeilte, mich für die Gastfreundschaft und das hervorragende Frühstück zu bedanken.

»Gute Reise, meine Liebe«, sagte sie darauf. »Und grüße Jojo von mir.«

»Aber ich weiß doch nicht, ob ich ihn je wiedersehe«, entgegnete ich seltsam beklommen.

»Aber sicher wirst du das, sei unbesorgt«, antwortete sie.

VI.

Wie sich herausstellte, hatte uns der Stallmeister von Lord Cristlemaine nicht nur einen seiner Burschen als Kutscher zur Verfügung gestellt, sondern auch veranlaßt, daß die beiden Pferde, die beim letzten Pferdewechsel angeschirrt worden waren, zur Poststation zurückgebracht werden. An ihrer Stelle wurden unserem Gefährt zwei Rotfüchse vorgespannt. Ein Blick auf diese Pferde, und ich wußte, daß diese ein schnelleres Tempo vorlegen würden als die beiden Mietgäule.

Ich suchte vor der Abreise noch schnell Harry auf, um mich zu vergewissern, daß es ihm an nichts fehlte. Dem Guten ging sein Mißgeschick so zu Herzen, daß er sich in einem fort dafür entschuldigte, daß er uns nicht zu unserem Ziel kutschieren konnte. Es dauerte einige Zeit, bis ich ihn beruhigt hatte und bis er mir glaubte, daß ich ihm nicht die Schuld an dem gestrigen Unfall anlastete und ich ihm nicht im geringsten böse war. So war es erst um die Mittagszeit, als Mally und ich endlich wieder in unserer altersschwachen Kutsche Platz nehmen konnten. Ich hatte insgeheim gehofft, daß es Jem sei, der mit uns kommen würde. Doch es war ein kleiner, drahtiger, älterer Stallbursche, der Conrad hieß. »Ist Jem in der Nähe?« fragte ich ihn, bevor er auf den Kutschbock stieg. »Ich wollte mich gerne bei ihm für seine Hilfe bedanken.«

»Ne, Jem ist nicht da«, lautete die Antwort. »Weiß nicht, wo er steckt. Hab' ihn seit gestern nicht mehr gesehen.«

Ich konnte mir gut vorstellen, wo sich Jem in diesem Augenblick befand. Sicher begleitete er Jojo gerade auf einem seiner Raubzüge. Oder war es zu riskant, bei hellichtem Tag Raubüberfälle zu begehen? Vielleicht wollte es der Zufall, und sie überfielen gerade unsere Kutsche, dachte ich amüsiert.

»Ist gar nicht weit bis zum Palace«, meinte Conrad. »Mit einem schnellen Pferd kann man's in einer guten halben Stunde schaffen. Allerdings nur, wenn man querfeldein reitet. Auf der Straße dauert's erheblich länger, weil die so viele Kurven macht. Und außerdem führt sie außen am Gut vom alten Fishmaker vorbei. Na ja, und mit dem wackeligen Gefährt, Sie verzeihen schon, Madame, ist es auch besser, man geht's nicht allzu scharf an, sonst bricht es am Ende noch auseinander.«

Das wollten wir natürlich nicht riskieren, und so fügte ich mich darein, den Rest des Weges im Schrittempo zurückzulegen. Die Landschaft, die langsam am Kutschenfenster vorbeizog, war ungewöhnlich malerisch. Das Laub an den Bäumen leuchtete in den intensiven Farben des Herbstes.

»Das gehört noch alles zu Grandfox Hall«, erklärte Conrad. »Wir fahren sicher noch zwei Stunden auf unserem Land. Dabei ist die größte Ausdehnung der Ländereien gar nicht auf der Ostseite, sondern drüben im Westen. Dort erstreckt es sich direkt bis zum Land, das zu Rampstade gehört.«

»Die beiden Ländereien grenzen direkt aneinander?« fragte ich überrascht.

Conrad nickte: »Ja, drüben im Westen tun sie's. Hier im Osten ist noch der Landsitz des alten Fishmaker dazwischen. Ist eher ein kleines Anwesen. Aber der alte Kauz wollte nicht, daß die Straße über seinen Grund führt, und drum muß sie so einen weiten Bogen machen. Wirklich zu blöd so etwas.«

Die aufmerksame Mrs. Lindon hatte uns einen prall gefüllten Picknickkorb beim Fenster hereingereicht, bevor sich die Kutsche in Bewegung gesetzt hatte. Über diesen machte sich Mally bald mit Heißhunger her. Und auch ich hatte Lust auf einen der rotbäckigen Äpfel, die mich aus dem Korb anlachten. So verlief die Fahrt recht harmonisch. Mally döste die meiste Zeit vor sich hin. Ich grübelte darüber nach, was wohl die Ursache für Lady Sylvias Heiterkeitsausbruch gewesen war, aber ich konnte mir keinen Reim darauf machen.

Eines hatten die Abenteuer des letzten Tages sicherlich bewirkt: Mich würde so schnell nichts mehr erschüttern können. Und mit dieser beruhigenden Erkenntnis sah ich viel gelassener den Dingen entgegen, die mich auf Rampstade Palace erwarteten.

Wir erreichten das Ziel unserer Reise, nach einigen kleinen Erfrischungspausen, mitten am Nachmittag.

Die Kutsche fuhr in den breiten Vorhof ein, und da lag im strahlenden Licht der Nachmittagssonne der weit ausladende Palast vor mir. Er war aus großen grauen Quadern gebaut, zwei hohe Türme flankierten das Hauptgebäude. Die Seitentrakte waren vermutlich erheblich später dazugebaut worden, denn sie wiesen ganz andere Stilelemente auf. Was für ein stolzer und wuchtiger Bau! Er war umgeben von einem gepflegten Rasen, der sich in sattem Grün bis zu kunstvoll geschnittenen Hecken erstreckte. Bevor noch der Kutscher absteigen konnte, kam ein Lakai in der Livree des Herzogshauses, um uns den Schlag zu öffnen. Auch das mächtige Eingangsportal öffnete sich, und der Butler trat mit zwei weiteren Dienern heraus, deren Aufgabe es anscheinend war, sich um das Gepäck zu kümmern. Ich verabschiedete mich freundlich von Conrad und ließ mich dann gemeinsam mit Mally vom Butler in die Eingangshalle führen.

Hatte die Eingangshalle auf Grandfox Hall mich durch ihre warme, gemütliche Atmosphäre in ihren Bann gezogen, so war ich hier durch die Erhabenheit und die Weite der Räume fasziniert. Ich hatte noch nie eine so eindrucksvolle Halle betreten. Die hohen weißen Wände endeten in einer reich mit Stuck verzierten Decke. Weiße Flügeltüren von enormen Ausmaßen führten in die angrenzenden Räume. Wuchtige, dunkle Möbel bildeten einen eindrucksvollen Kontrast. Auf dem kalten, grauen Marmorboden lagen Orientteppiche in verschwenderischer Anzahl, und auch die breite Treppe ins obere Geschoß war mit einem dicken Läufer ausgelegt.

Doch nun war nicht die richtige Zeit, um alles ausgiebig zu bestaunen. Eine kleine Gestalt in weinrotem Tuch, mit einem Häubchen auf ihren ergrauten Locken, eilte herbei, um mich zu begrüßen. Ich konnte mich zwar nur mehr dunkel erinnern, diese Dame schon einmal kennengelernt zu haben. Aber es konnte niemand anderes sein als Georges Tante Heather. Es war mir etwas peinlich, als mir klar wurde, daß ich ihren Familiennamen nicht kannte und daher nicht wußte, wie ich sie anreden sollte. Doch es stellte sich heraus, daß das gar nicht nötig war.

»Willkommen, willkommen, mein Kind«, sagte die Dame und

reichte mir ihre kleine, kalte Hand. »Endlich sind Sie da. Wir haben schon auf Sie gewartet. Besonders natürlich George.« Diese Auskunft war von einem schelmischen Zwinkern begleitet, dessen Ursache ich nicht erkannte. »Hatten Sie eine angenehme Reise? Und das ist also die Kinderfrau. Willkommen, willkommen!« Sie reichte auch Mally die Hand.

Die Diener gingen vorbei, um unser Gepäck nach oben zu tragen.

»Sie werden sich sicher frisch machen wollen, nicht wahr?« fragte mich die Dame. »Und bitte, sage doch Tante Heather zu mir. Wir wollen doch nicht förmlich sein, da du doch bald sozusagen zur Familie gehörst, nicht wahr? Ich habe doch recht? Natürlich habe ich recht.«

Wieder erschien dieses schelmische Zwinkern auf ihrem Gesicht. Eine seltsame Frau. Was meinte sie wohl damit, daß ich bald zur Familie gehörte? Vermutlich meinte sie, ich solle mich als Gast wie zur Familie gehörig fühlen.

»Ist George im Hause?« fragte ich.

»Ach, der liebe gute George«, rief die Tante aus. »Der ist leider nicht da. Ausgeritten sind die beiden, weißt du. Er wußte ja nicht, daß du gerade jetzt kommen würdest. Ach, wird er ärgerlich sein, daß er dich nicht bei deiner Ankunft begrüßen konnte. War die Fahrt recht anstrengend?«

Ich verneinte und fragte mich, ob ich mich wohl je an die sprunghaften Redeschwälle der Tante gewöhnen würde. Da nahm sie den Faden schon wieder auf. »Am besten bringe ich dich in dein Zimmer. Und die liebe Kinderfrau auch. Ach, seid uns willkommen.« Mit diesen Worten machte sie eine weit ausholende Geste und schritt vor uns die Treppe hinauf. »Cousine Agathe ist gar nicht gut beisammen«, fuhr sie fort und war unerwartet in einen Flüsterton verfallen. »Der Doktor sagte, es seien die Garnelen gewesen. Ich weiß aber, es war der Hase. Hase ist ihr noch nie bekommen.«

Cousine Agathe mußte meine Gastgeberin, die Herzoginwitwe, sein. Es gelang mir, ein paar Worte des Bedauerns zu äußern, dann fuhr Miss Heather wieder fort: »Wie auch immer«, sagte sie, »Cousine Agathe kann dich leider nicht empfangen. Zumindest nicht heute. Wie sehr sie es auch bedauern mag, sie braucht jetzt Ruhe. Absolute Ruhe. Ach, da sind Sie ja, Mrs. Bilgate.« Die letzten Worte waren an die Haushälterin gerichtet, die uns entgegenkam.

»Das ist unsere liebe Mrs. Bilgate«, wandte sie sich wieder an mich, »die treue Seele dieses Hauses. Was würden wir wohl ohne sie anfangen, frage ich mich oft.«

Mrs. Bilgate ließ diese Lobpreisungen über sich ergehen und verzog keine Miene. Sie dürfte diese Worte schon unzählige Male gehört haben. »Guten Tag, Miss Matthews«, sagte sie statt dessen und versank in einen Knicks.

»Mrs. Bilgate wird dir dein Zimmer zeigen. Und auch deiner lieben, lieben Kammerfrau. Mich müßt ihr jetzt entschuldigen. Ich muß nach Agathe sehen. Sie wird sich schon fragen, was aus mir geworden ist. Sicher ist sie schon bitter, bitter böse auf mich, weil ich so lange weggeblieben bin. Wir sehen uns später.« Mit diesen Worten hob sie die Hand, winkte mir leicht zu und hastete mit eiligen Schritten den langen, breiten Korridor hinunter.

Mally warf mir einen Blick zu und verdrehte die Augen. Es hatte den Anschein, als würde sie an der redseligen kleinen Dame wenig Gefallen finden.

»Wenn Sie mir bitte folgen wollen«, sagte die Haushälterin und wies mit einer steifen Geste auf zwei nebeneinanderliegende Zimmertüren. »Wir haben zwei benachbarte Zimmer für Sie und Ihre Kammerfrau hergerichtet, Miss Matthews«, sagte sie und schritt uns mit erhabenem Haupt voran, um eine der Türen zu öffnen. »Das ist Ihr Zimmer, Miss Matthews.« Darin stand ein rothaariges Mädchen, das eben dabei war meine Koffer auszupacken. »Und das ist Melissa. Melissa ist eines unserer Mädchen, und sie wird Ihnen zur Hand gehen, solange Sie Gast in unserem Hause sind. Bitte, teilen Sie ihr alle Ihre Wünsche mit. Melissa wird sie gerne erfüllen. Natürlich stehe auch ich Ihnen jederzeit zur Verfügung.« Diese Worte wurden korrekt, wenn auch nicht eben herzlich, vorgebracht. Ich bedankte mich höflich für die Fürsorge. Mrs. Bilgate neigte majestätisch das Haupt und rauschte hinaus.

»Eine unangenehme Frau«, stellte Mally fest, ohne sich um die Anwesenheit des Mädchens zu kümmern. »Wenn es Ihnen nichts ausmacht, möchte ich mich jetzt gerne ein bißchen zurückziehen. Die lange Reise hat mich doch mehr mitgenommen als ich dachte.« Als Mally sich zurückgezogen hatte, beeilte ich mich, Melissa zu begrüßen und ihr zu versichern, daß wir sicher gut miteinander auskommen würden. Das Mädchen war über meine Worte sichtlich erfreut, und sie strahlte schüchtern über ihr ganzes sommersprossiges Gesicht.

Während ich mir mit dem Wasser, das bereitgestellt worden war, den Reisestaub von Gesicht und Händen wusch, bat ich das Mädchen meine Reisetasche zu holen, die augenscheinlich in der Kutsche vergessen worden war. Sie eilte pflichteifrig davon und ich beschloß, mich dem Ungetüm von einem Kleiderschrank zuzuwenden, um festzustellen, welches meiner Kleider ich für den ersten Abend auf Rampstade Palace tragen wollte. Schließlich würde ich ja bei dieser Gelegenheit George wiedersehen. Da mußte ich so hübsch aussehen wie nur irgend möglich.

Da vernahm ich plötzlich ein Geräusch vom Fenster her. Es schien, als habe jemand einen Kieselstein gegen die Scheibe geworfen. Gleich darauf dasselbe noch einmal. Ich lief zum Fenster, öffnete es so rasch ich konnte und beugte mich vor, um zu sehen, was da draußen vor sich ging.

Unten auf dem kiesbestreuten Weg stand, die Hände in die Taschen seiner rehledernen Reithosen vergraben, niemand anderer als George. Mein Herz machte einen Sprung. Ich hatte beinahe schon vergessen gehabt, wie gut er aussah. Seine blonden Locken waren vom Wind zerzaust, seine blauen Augen strahlten mir entgegen.

»Hallo, Kleines!« rief er herauf. Das heißt, eigentlich war es mehr ein lautes Flüstern als ein Rufen. »Schön, daß du da bist!«

Ach, wie tat es gut, das zu hören. Es war offensichtlich, daß sich George wirklich freute mich zu sehen. Bedeutete das etwa am Ende doch, daß er sich entschieden hatte, um meine Hand anzuhalten? Hatte seine Tante etwa das gemeint, als sie sagte, ich würde zur Familie gehören ...?

Ich spürte, wie mein Herz wie wild zu klopfen begann.

»Ich muß mit dir reden«, flüsterte er. »Alleine.«

»Aber wie soll das gehen?« fragte ich bedauernd. »Wenn uns jemand sieht!«

»Darauf können wir keine Rücksicht nehmen«, entgegnete George eindringlich. »Ich muß mit dir sprechen, bevor dich Großmutter oder die Tante sehen.«

»Aber deine Tante hat mich doch schon gesehen«, wandte ich ein. »Sie war es doch, die mich bei meinem Eintreffen empfangen hat.« George stieß einen leichten Fluch aus.

»Trotzdem«, sagte er. »Wir müssen gleich miteinander sprechen. Ich warte auf dich beim östlichen Seitenausgang des Hauses.«

Gerade als ich etwas erwidern wollte, ging die Türe auf und Melissa kam zurück mit meiner Reisetasche in der Hand. Rasch schloß ich das Fenster. Ob mir Melissa wohl diesen östlichen Seitenausgang zeigen konnte? Ich ließ mir von ihr in mein kornblumenblaues Kleid helfen, von dem ich wußte, daß es mir besonders gut stand, nestelte ein gleichfarbiges Band in meine Haare und schlüpfte in die dazu passenden Schuhe.

»Kannst du mich zum östlichen Seitenausgang des Hauses bringen, ohne daß es jemandem auffällt?« wandte ich mich schließlich an das Mädchen. Dieses blickte mich erstaunt an und nickte. Ich konnte nur hoffen, daß das Mädchen mein Vorgehen bei sich behielt und nicht die ganze Dienerschaft davon informierte.

»Es wird jetzt schon früh kühl«, sagte sie anstelle einer Bemerkung und zog eine Stola aus dem Koffer, die mir meine Schwägerin, die praktisch veranlagte Pfarrerstochter, heimlich in das Gepäck geschmuggelt haben mußte. Um den hübschen Eindruck, den George von mir haben sollte, nicht zu gefährden, weigerte ich mich, den Schal um die Schultern zu legen. Ich nahm ihn jedoch über den Arm gelegt mit. Schließlich hatte ich ja gerade vor zwei Tagen die Erfahrung gemacht, wie kalt Spätsommerabende in dieser Gegend sein konnten. Melissa führte mich aus dem Zimmer, den Gang entlang, bis zu einer kaum sichtbaren Tapetentür. Dahinter verbarg sich eine Treppe, die die Dienerschaft wohl gelegentlich benützte. Diese führte direkt zu dem Seitenausgang, von dem George gesprochen hatte.

Ich dankte Melissa, wartete ab, bis diese wieder durch die Tapetentür verschwunden war, öffnete die andere Tür und trat ins Freie. Es war niemand zu sehen. Ich blickte nach allen Seiten. Der Kiesweg, der entlang des Hauses führte, war leer. Gerade als ich mich fragte, welchen dummen Scherz George mir wohl spielen mochte, hörte ich seinen verhaltenen Ruf. Sein Kopf erschien über einer Hecke, und er winkte mir, zu ihm zu kommen.

Ich schürzte die Röcke und ging quer über den Rasen auf ihn zu. Da nahm George meine Hand fest in seine und zog mich mit sich hinter eine Gruppe von Bäumen. Von einem dichten Gebüsch umgrenzt stand dort eine kleine Bank. Hier waren wir vor neugierigen Blicken aus dem Haus geschützt.

Mein Herz klopfte nicht mehr stark, nein, es begann wie wild zu rasen. Dieser Empfang! Dieses heimliche Rendezvous! Konnte das etwas anderes bedeuten, als daß George es endlich wirklich ernst meinte? Warum sonst sollte er mich in diese lauschige, romantische Ecke des Gartens holen, als um mir einen Heiratsantrag zu machen? Ich hätte jubeln können in diesem Augenblick.

Seine nächsten Worte holten mich jedoch schlagartig auf den Boden der Wirklichkeit zurück. George sprach zwar von Heirat, aber auf eine ganz andere Art und Weise, als ich mir das vorgestellt hatte: »Sophia«, sagte er, »ich weiß nicht, wie ich es dir sagen soll. Also sage ich es frei heraus: Ich ... wir, also, ich habe uns verlobt.«

Das klang nicht romantisch.

»Was hast du getan?« fragte ich etwas ratlos.

»Ich habe gesagt, wir seien verlobt. Ich habe es Großmutter gesagt, und die hat es der lästigen Tante Heather gesagt, und jetzt weiß es das ganze Haus und auch schon ein paar meiner

Verwandten. Und über kurz oder lang wissen es alle.« Es klang nicht so, als würde sich George freuen, daß eine Verlobung mit mir allgemein bekannt würde. Und doch hatte er seiner Großmutter gesagt, wir beide wären verlobt. War seine wirre Rede etwa doch der, wenn auch ungewöhnliche Versuch, mir einen Antrag zu machen? Ich war mir darüber nicht im klaren und fragte ihn.

»Ein Heiratsantrag?« rief er entgeistert und nicht gerade charmant aus. »Aber natürlich mache ich dir keinen Heiratsantrag!«

Er schien diese Idee geradezu absurd zu finden. Und dabei hatte ich insgeheim so fest damit gerechnet. Es war wirklich enttäuschend. Warum war ich denn überhaupt hierher gefahren? Ärgerlich stellte ich fest, daß mir die Tränen in die Augen traten.

George bemerkte es auch. Er blickte mich entgeistert an und ließ sich auf die Bank fallen: »Du hast doch nicht etwa wirklich geglaubt...« Er ergriff meine eiskalten Hände und zog mich neben sich auf die Bank. »Oh, Kleines, bitte, weine doch nicht! Das wäre doch nie gutgegangen mit uns beiden«, meinte er verlegen, um dann heroisch hinzuzufügen: »Du hast etwas Besseres verdient als mich.«

Diese Worte trugen erst recht dazu bei, daß ich in Tränen ausbrach, und George zog mich an sich, während ich heulte und schluchzte und mich gar nicht mehr beruhigen konnte. George versuchte dabei ständig, mir ein Taschentuch zuzustecken, um zu verhindern, daß ich seinen teuren, tadellos geschnittenen Reitrock durchnäßte.

»Und ich habe immer gedacht, du magst mich«, stammelte ich und schneuzte mich ausgiebig.

»Aber ich mag dich ja. Ich mag dich sogar sehr gern«, meinte er und klopfte mir beruhigend auf den Rücken.

Ich setzte mich auf und versuchte meine Fassung wiederzufinden, was mir nach einigen Minuten auch leidlich gelang: »Warum hast du dann gesagt, wir seien verlobt?« wollte ich schließlich wissen.

»Glaub' mir, ich hab's nur getan, weil ich keine andere Wahl hatte. Nie hätte ich dir sonst, dich sonst...« Er unterbrach sich und blickte mich verlegen an: »Glaub' mir, ich wollte dir nicht weh tun, Kleines. Ich hätte dich nie in die Sache hineingezogen, wenn ich gewußt hätte, wie es um dich steht. Aber ich habe mir immer gedacht, wir seien Freunde. Und einen Freund kann man doch bitten, einem zu helfen, wenn man Hilfe benötigt, nicht wahr? Kannst du das verstehen, Kleines?«

Und ob ich das verstand! Wenn er gewußt hätte, wie es um mich steht! Wie das klang! Es war mir plötzlich zutiefst peinlich, daß ich ihm so einen tiefen Einblick in meine Seele geboten hatte. Das machte mich ärgerlich. Ärgerlich auf mich und ärgerlich auf George. Dieser Zorn half mir, zumindest kurzfristig, über meine Traurigkeit hinwegzukommen, und so war ich in der Lage, ohne Zittern zu antworten: »Wir sind ja auch Freunde, George. Also, wo ist das Problem?«

George atmete sichtlich auf: »Das klingt schon eher nach dem Mädchen, das ich seit so vielen Jahren kenne«, sagte er. »Ich werde dir die Geschichte von Anfang an erzählen, damit du vollständig im Bilde bist.«

Ich legte mir meine Stola um die Schultern und zog sie fest vor der Brust zusammen. Jetzt war ich wirklich froh, daß ich sie mitgenommen hatte. Es war bereits wieder merklich kühl geworden. Und der Umstand, daß die Stola nicht recht zu meinem Kleid paßte und den guten Gesamteindruck verdarb, hatte angesichts der Tatsache, daß George mich nicht zu seiner Frau machen wollte, keine Bedeutung mehr.

»Meiner Großmutter, der Herzogin, geht es nicht sehr gut«, begann er zu erzählen. »Nicht sehr schlecht, aber eben auch nicht gut. Sie verbringt viel Zeit im Bett und der Quacksalber, der sie für viel Geld behandelt, verschreibt ihr alle möglichen Mittel. Ohne großen Erfolg, wie mir scheint. Na, jedenfalls: Vor etwa zwei Wochen erreichte mich in London ein Brief, in dem sie meine umgehende Anwesenheit hier in Rampstade verlangte. Sie schrieb, daß sie die leidige Erbschaftsangelegenheit endlich geklärt wissen wollte, da sie ihr baldiges Ende nahen fühlte. Ich sagte also zu Hetty, sie solle die Koffer packen, suchte bei den Horse Guards um umgehenden Urlaub wegen dringender Familienangelegenheiten an, und wir reisten hierher.«

»Hetty war bei dir in London?« fragte ich überrascht. »Ich dachte, sie sei üblicherweise bei eurer Tante in Brighton.«

»Nein, nein, sie war bei mir. Auf Besuch. Ja, und da habe ich sie mitgenommen«, erklärte George. »Ich habe dir doch geschrieben, daß Hetty mit mir fährt, nicht wahr?«

Ja, das hatte er geschrieben. In demselben Brief, in dem er dringend um mein Kommen bat. Bis jetzt hatte ich jedoch keine Ahnung, wozu ihm mein Hiersein nützen könnte.

»Großmutter hatte mir in ihrem Brief geschrieben, daß sie erwarte, daß ich mich umgehend vereheliche. Und daß dafür nur eine Frau in Frage käme, die ihre ausdrückliche Billigung habe. Sie hat also schon eine passende Gemahlin für mich ausgesucht.«

Ich blickte ihn fragend an und plötzlich ging mir ein Licht auf: »Sie meinte doch nicht etwa mich?« rief ich entgeistert. George grinste und nickte: »Doch, sie meinte tatsächlich dich. Ich konnte es erst auch nicht recht glauben. Sie hat dich schließlich nur ein einziges Mal gesehen, und das ist Jahre her. Du mußt wirklich einen gewaltigen Eindruck bei ihr hinterlassen haben.«

»Ja, aber ...«, stotterte ich fassungslos.

»Kein aber. Großmutter meint, du seist die einzige Frau, die zu mir passe. Sie meint, dir sei es zuzutrauen, mich zu bändigen und einen ordentlichen Menschen aus mir zu machen.« Er verzog seine Lippen zu einem spöttischen Grinsen: »Jetzt weißt du, warum ich dich keinesfalls heiraten kann. Ich kann dir diese unlösbare Aufgabe doch nicht zumuten.«

Mir schien, als habe sich hinter dem scheinbar belustigten Gesichtsausdruck eine Spur Bitterkeit versteckt. Sofort war mein Mitgefühl erregt. Ich wollte nicht, daß George schlecht von sich dachte! Natürlich war er ein Luftikus, wie Mally ihn bezeichnete. Aber in ihm steckte ein guter, ehrlicher Kern. Daran gab es für mich nicht den geringsten Zweifel. Wenn ich ihm half, diesen guten Kern zu entdecken, dann würde er vielleicht seine Liebe zu mir entdecken. Vielleicht würde so doch noch alles gut!

»Als ich hier angekommen war«, riß mich George aus meinen hoffnungsfrohen Gedanken, »teilte mir Großmutter mit, daß sie beschlossen habe, in Kürze ihr Testament zu machen. Sie sagte, es würde nur eine Fassung geben, die sie nie mehr umzuändern beabsichtige. Sie stellte mich vor die Wahl, mich entweder ohne Aufschub mit dir zu verloben – oder die ganze Beute ginge an Max. Verstehst du jetzt«, fragte er mich hoffnungsfroh und ergriff meine Hände, »warum ich unbedingt sagen mußte, wir seien bereits verlobt? Ich wollte, daß sie den Notar rufen konnte, damit endlich alles unter Dach und Fach gebracht wird. Du wirst mich doch nicht im Stich lassen, Sophia?«

Ich fühlte seinen flehentlichen Blick auf mir und war hin- und hergerissen. Natürlich wollte ich George nicht im Stich lassen. Aber deshalb gleich eine Verlobung vorzutäuschen ...

»Du hättest mich zumindest vorher fragen können!« warf ich ihm vor.

»Ich hatte Angst, du würdest nicht mitspielen«, antwortete er ehrlich. »Ich dachte, es sei klüger, dich vor vollendete Tatsachen zu stellen. Bitte, sei nicht böse, Kleines. Es ist ja nur für kurze Zeit. Sobald Großmutter das Testament verfaßt hat und der Notar es zur Aufbewahrung nach York mitgenommen hat, werde ich ihr die Wahrheit sagen. Das verspreche ich dir!«

In diesem Augenblick wurden Schritte auf dem Kiesweg hörbar und eine Stimme rief: »Mr. Willowby! Sind Sie hier, Mr. Willowby? Ihre Gnaden verlangt nach Ihnen! Mr. Willowby!«

George zog meine Hand an seine Lippen und hauchte einen Kuß in die Handfläche: »Mein Schicksal liegt in dieser kleinen Hand.«

Mit diesen bedeutungsschweren Worten erhob er sich und schlenderte dem Diener entgegen.

Ich blieb wie versteinert sitzen, seine Lippen schienen noch auf meiner Hand zu brennen. Ich hatte ein äußerst ungutes Gefühl, bei dieser Maskerade mitzumachen. Und doch, hatte ich wirklich eine andere Wahl? Ich fröstelte, stand auf und machte mich auf den Weg zurück in mein Zimmer.

VII.

Als ich zurückkam, wurde ich von Melissa bereits ungeduldig erwartet. Es war offensichtlich, daß mein langes Fortbleiben sie in Unruhe versetzt hatte. Sie sagte jedoch kein Wort darüber, sondern teilte mir mit, daß mich Miss Heather zum Tee erwartete. Ein Diener hatte diese Nachricht bereits vor einigen Minuten gebracht, und ich mußte mich beeilen, wenn ich Georges Tante nicht warten lassen wollte. Ich warf einen Blick in den Spiegel, um mich zu vergewissern, daß meine Haare noch in Ordnung waren. Dann ließ ich mich ohne weiteren Aufschub zum Wohnzimmer geleiten. Ich hatte erwartet, dort Miss Heather vorzufinden und suchte intensiv nach einer plausiblen Entschuldigung dafür, daß ich sie hatte warten lassen. Doch zu meiner Überraschung war der Raum leer. Melissa hatte mich nur bis zur Türe begleitet und sich mit einem angedeuteten Knicks zurückgezogen. Ich blickte mich etwas ratlos in dem leeren Zimmer um. Ob Melissa die Uhrzeit mißverstanden hatte, zu der mich Georges Tante erwartete? Oder befand ich mich vielleicht im falschen Raum? War es besser, zu warten oder wieder in mein Gästezimmer hinaufzugehen? Ich entschied mich dafür zu warten. In der Zwischenzeit wollte ich mich ein wenig umsehen. Wie alle Räume in Rampstade Palace beeindruckte auch dieses Wohnzimmer durch seine ungeheuren Ausmaße. Wie in der Vorhalle, so war auch hier der Boden mit schweren Teppichen in den satten Farben des Orients belegt. Die wuchtigen Möbel standen, bis auf eine voluminöse Sitzgruppe nahe an dem großen Kamin, in Reih und Glied an den Wänden. Von den hohen, mit Seide tapezierten Wänden blickten aus den Gemälden in stiller Gelassenheit die Vorfahren derer von Rampstade hernieder.

Es handelte sich durchweg um wenig einnehmende, ernste Gesichter, die dem Betrachter unweigerlich Ehrfurcht einflößten. Das mochte allerdings auch daran liegen, daß die Gemälde schon lange nicht mehr gereinigt worden waren. So wirkten sie um so düsterer. Schwere dunkelrote Samtvorhänge mit tiefhängenden Schabracken säumten die schmalen, hohen Fenster. In dem einzigen Kamin an der Längsseite des Zimmers flackerte ein lebhaftes Feuer. Doch auch diese Flammen konnten nicht wirklich Wärme in diesen kalten Raum bringen. Man konnte dieses Wohnzimmer mit Recht großartig nennen. Doch niemand wäre wohl auf die Idee verfallen, es als gemütlich zu bezeichnen.

Wenn ich an die anheimelnde Wärme auf Grandfox Hall dachte. Was für ein Unterschied! Und doch war ich beeindruckt von der Würde, die dieses Schloß ausstrahlte. Von der Erhabenheit und der respekteinflößenden Ruhe.

Ich war eben dabei, das Bildnis des ersten Herzogs näher in Augenschein zu nehmen, als ich hinter mir einen leichten Luftzug verspürte. Das konnte nur bedeuten, daß die Flügeltür einen Spalt geöffnet worden war. Ich drehte mich rasch um, um festzustellen, wer gekommen war, um mir Gesellschaft zu leisten.

Im Türrahmen stand eine zierliche Blondine in einem hübschen, moosgrünen Samtkleid. Die Haare waren zu Stoppellocken gedreht und mit einer blumengeschmückten Schleife am Hinterkopf zusammengehalten. Als sie mich erblickte, weiteten sich ihre Augen und ein erschrecktes »Oh!« entfuhr ihren Lippen. Sie war über und über rot geworden, und es schien fast so, als hätte sie am liebsten die Flucht ergriffen. Mein erster Eindruck war, daß ich dieses Mädchen noch nie zuvor gesehen hatte, und ich wunderte mich, warum ich ihr so offensichtlich Unbehagen einflößte. Dann fiel mir ein, daß es sich nur um Georges Schwester Hetty handeln konnte. Doch auch das erklärte nicht ihren angstvollen Blick.

Ich ging auf sie zu und streckte ihr die Hand zum Gruß entgegen: »Du bist sicher Hetty«, sagte ich betont freundlich, in der Hoffnung, die Furcht würde aus dem kleinen Gesicht weichen. »Du hast dich aber verändert! Ich hätte dich kaum wiedererkannt.«

Das Mädchen kicherte nervös, murmelte etwas, das wie »sehr erfreut« klang und versank in einen tiefen Knicks, in dem sie verharrte.

Ich war wirklich ratlos und fragte mich, was dieses seltsame Verhalten wohl zu bedeuten hatte. »So steh doch auf, Hetty!« rief ich aus. Während sich das Mädchen, immer noch mit gesenktem Blick, gehorsam erhob, kamen mir ernstliche Zweifel. Dieses Verhalten paßte so gar nicht zu der aufgeweckten, jungen Dame, die ich als Dreizehnjährige in Erinnerung hatte. »Du bist doch Hetty?« vergewisserte ich mich.

»Ja, ich bin Hetty Willowby, Madam, ich wollte sagen, Miss Matthews«, stammelte sie.

»Seit wann sind wir denn so förmlich miteinander?« rief ich aus, »du hast mich doch immer Sophia genannt. Weißt du denn das nicht mehr?«

»Aber natürlich, wie dumm von mir. Ich dachte nur, nach dieser langen Zeit...«, entgegnete Hetty verlegen.

In diesem Augenblick schlenderte ihr Bruder ins Zimmer. Wie immer, wenn ich ihn sah, begann mein Herz wie wild zu klopfen. Es gab wohl keinen Menschen, der besser aussah als George Willowby. Er war korrekt für einen Abend auf dem Lande gekleidet. Die gestärkten Spitzen seiner Hemdkragen waren dem herrschenden Diktat der Mode entsprechend hoch, doch sicher nicht so hoch wie er sie in London getragen haben würde. Das Halstuch war in kühne Falten gelegt, die Haare zu einer gekonnten Windstoßfrisur gebürstet. Ich war sicher, daß George wie jeder modebewußte Gentleman viel Zeit mit der Auswahl seiner Garderobe verbrachte. Doch er trug alles mit der für ihn typischen, nachlässigen Eleganz, die ich an ihm so mochte. Unterschied er sich doch dadurch von all den eitlen Gecken, die sich derart ausstaffierten, daß sie kaum mehr in der Lage waren, sich zu bewegen.

George warf einen raschen Blick von mir zu Hetty und meinte dann fröhlich: »Na, habt ihr euch schon begrüßt, ihr beiden? Ihr habt euch ja wirklich eine Ewigkeit nicht gesehen. Habt ihr euch denn überhaupt wiedererkannt?«

Hetty, die sich gleich nach seinem Eintreten auf die Seite ihres Bruders geflüchtet hatte, sagte mit ihrer leisen Stimme: »Sophia hat mich gleich wiedererkannt, nicht wahr?«

»Aber natürlich habe ich das!« bestätigte ich nicht ganz wahrheitsgemäß. Wie klein sie war, dachte ich. Sie reichte George kaum bis zur Schulter. Sie konnte seit ihrem dreizehnten Lebensjahr kaum mehr gewachsen sein.

»Tante Heather läßt sich entschuldigen«, erklärte George. »Großmutter hat sie nicht gehen lassen. Sie will, daß Tantchen ihr beim Abendessen Gesellschaft leistet.« Da trat der Butler ein und verkündete, daß das Dinner serviert sei.

So speisten wir also nur im engsten Kreise, und es wurde ein sehr fröhlicher Abend. In der Gesellschaft ihres Bruders taute Hetty zusehends auf. Sie erzählte einige nette Geschichten, die sie in London erlebt hatte, war aber wortkarg, als ich sie nach den Schuljahren in Bath befragte. Es schien, als wolle sie über diese Zeit nicht sprechen, und ich fragte mich, ob sie wohl in dem Internat ein schlimmes Erlebnis gehabt haben mochte. Das würde auch das seltsame Verhalten erklären, das sie mir gegenüber bei der Begrüßung gezeigt hatte.

Die Herrin des Hauses sollte ich erst Tage später zu Gesicht bekommen. Es hieß, daß sich Ihre Gnaden müde und kraftlos fühle. Jeder Besuch wurde vom Arzt strikt untersagt. Nur ihre treue Kammerfrau und ihre Cousine Heather wurden in das Krankenzimmer vorgelassen. Sie befahl weder George noch Hetty zu sich und auch auf einen Antrittsbesuch meinerseits wurde verzichtet. So hatte ich Zeit, mich in Ruhe einzugewöhnen. Die Geschwister und ich unternahmen lange, ausgedehnte Ritte über die Besitzungen, Hetty hatte ihre anfängliche Scheu mir gegenüber überwunden, und so erlebten wir eine lustige Zeit miteinander. An den Abenden saßen wir entweder gemeinsam in der Bibliothek und spielten Karten oder wir verbrachten Stunden im Billardzimmer des verstorbenen Herzogs. George versuchte uns unter viel Gelächter die Grundzüge dieses Spiels beizubringen. Es waren heitere, fröhliche Tage, und doch schien eine ständige Spannung in der Luft zu liegen. Es schien, als würde jeder von uns auf etwas warten und keiner so recht wissen worauf.

Am vierten Tag nach meiner Ankunft verließ mich Mally, um nach Hause zurückzukehren.

»Schauen Sie, Miss Sophia«, hatte sie mir erklärt, »wozu soll es gut sein, daß ich dableibe und untätig umhersitze? Sie brauchen mich hier nicht als Anstandsdame. Die alte Herzogin ist da, die Quasseltante und Miss Hetty auch.«

Natürlich mußte ich ihr recht geben. Auf Rampstade Palace konnte sie mir wirklich keine Hilfe sein. Ich hatte Melissa als Zofe, die sich um meine Garderobe und das Zimmer kümmerte. Zudem wußte ich, daß Mally sich danach sehnte, zu meiner Schwägerin zurückzukommen, um dabei zu sein, wenn sich der große Augenblick näherte. Auch wenn dieser noch Wochen auf sich warten lassen würde. Vor allem aber war mir sehr daran gelegen, daß Mally abgereist war, bevor sie von meiner geheimnisvollen Verlobung mit George Willowby erfuhr. Wie hätte ich ihr erklären sollen, daß ich mich so überstürzt und ohne James zu fragen, in eine Verlobung gestürzt hatte? Nicht auszudenken, wenn sie meinen Bruder darüber informieren würde! James hätte ich die wahren Hintergründe der Scheinverlobung enthüllen müssen, und er hätte dieses Vorgehen niemals gutgeheißen. Ihm war zuzutrauen, daß er die Herzogin von den Absichten ihres Enkels in Kenntnis setzte. Vielleicht glaubte James aber gar nicht, daß es sich nur um eine Scheinverlobung handelte, schließlich hatte ich oft genug durchblicken lassen, wie sehr mir George gefiel. Vielleicht dachte er, George hätte mich sitzengelassen, wenn wir diese Verlobung lösten. Vielleicht würde er ihn fordern oder zur Heirat zwingen. Nein, es war wirklich besser, wenn Mally so rasch als möglich abreiste! Ich unterstützte also ihre Reisepläne und bemühte mich, ihre Bedenken, sie würde mich vielleicht doch im Stich lassen, zu zerstreuen.

So kam es also, daß Mally bald nach ihrer Ankunft wieder in der inzwischen fachmännisch reparierten Kutsche saß und in Richtung Heimat fuhr. Diesmal war es ein Bursche von Rampstade Palace, der die Kutsche lenkte. Er würde sie bis Grandfox Hall bringen, wo Harry die Zügel übernehmen konnte.

Als ich George bat, all dies für mich in die Wege zu leiten, erlebte ich eine große Überraschung: »Grandfox Hall!« rief er aus und schien nahe daran zu sein, die Fassung zu verlieren, »Grandfox Hall! Was treibt denn dein Kutscher in Grandfox Hall?«

»Unsere Kutsche war in den Straßengraben gekippt und der Kutscher hatte sich bei dem Unfall verletzt«, gab ich unser Erlebnis in knappen Worten wieder. »Glücklicherweise fanden wir Aufnahme in Grandfox Hall . . . Äußerst freundliche und zuvorkommende Aufnahme«, setzte ich hinzu, weil ich seine Besorgnis nicht verstehen konnte.

»Ja, aber wie bist du gerade auf Grandfox Hall gekommen?«

Ich war drauf und dran, ihm die Geschichte mit den Straßenräubern zu berichten, entschied mich aber dann doch dagegen. George würde viel zu viele Fragen stellen. Fragen, die ich ihm entweder nicht beantworten konnte oder wollte. Nein, da war es schon besser, wenn ich sagte: »Ich bin eine Freundin von Lady Sylvia. Habe sie vor Jahren mal kennengelernt.« Ich war stolz auf mich. Mein Tonfall klang plausibel und beiläufig.

»Du kennst Sylvia?« fragte George in unwilligem Ton. »Dann kennst du also Max. Ich finde wirklich, das hättest du mir sagen können.«

»Max?« fragte ich verständnislos.

»Na, Max. Meinen Cousin Max«, wiederholte er ungeduldig.

»Doch nicht der Cousin Max, der dir dein Erbe streitig macht?«

»Welcher denn sonst?« fuhr George mich an. »Ich habe sonst keinen Cousin, der so heißt. Du mußt doch wissen, daß Grandfox Hall der Stammsitz der Cristlemaines ist.«

»Natürlich weiß ich das«, gab ich zurück. »Aber wie sollte ich denn wissen, daß es sich bei dem von dir so wenig geliebten Cousin Max um den Earl of Cristlemaine handelt? Du hast mir weder den Nachnamen noch seinen Titel je gesagt.« Ich machte eine Pause, um wieder zu Atem zu kommen: »Und wenn es dich beruhigt, ich habe Seine Lordschaft nicht zu Gesicht bekommen. Er war nämlich gar nicht zu Hause!«

Auf Georges Gesicht, das eben noch so finster geblickt hatte, erschien wieder sein bekannt fröhliches Lächeln: »Was für eine Furie du doch bist«, sagte er, wie mir schien mit einer Mischung von Zärtlichkeit und Anerkennung. Dabei legte er mir die Hand auf die Schulter. »Richtig schade, daß wir beide nicht wirklich heiraten.«

Ich wollte eben etwas Scherzhaftes darauf antworten, als Hetty um die Hausecke gebogen kam. Wir sahen sie beide, und George nahm sofort die Hand von mir.

»Kein Wunder, daß du Max nicht angetroffen hast«, fuhr er fort. »Ich hoffe, ich habe ihm das Leben hier auf dem Lande gründlich verleidet.«

Hetty stellte sich zu uns und legte mit einer besitzergreifenden Geste die Hand auf den Arm ihres Bruders. ›Dumme Gans‹, dachte ich, ›du kannst noch so eifersüchtig über deinen Bruder wachen. Eines Tages kommt eine Frau und nimmt ihn dir weg. Warum sollte nicht ich diese Frau sein?‹ George blickte zu Hetty hinunter und warf ihr einen Blick zu, den ich nicht zu deuten vermochte. Dann fuhr er fort: »Einige Tage bevor du hier eingetroffen bist, Sophia, hat uns Max mit einem seiner seltenen Besuche beehrt. Leider hatte Seine Lordschaft diesmal verdammtes Pech. Großmutter hat ihn zwar zu sich vorgelassen, aber das Gespräch mit ihr verlief nicht so, wie er sich das erwartet hatte. Großmutter war an diesem Tag bei besserer Gesundheit und saß sogar in ihrem Lehnstuhl im Frühstückszimmer, als Max kam. Aber sie war verteufelt schlechter Laune. Als Max sich vor ihr verbeugte und sich nach ihrem Befinden erkundigte, da fuhr sie ihn mit verächtlichem Schnaufen an. Kannst du dich noch daran erinnern, wie Großmutter schnauft, wenn sie wütend ist?« fragte er mich und begann, wenn auch ohne Erfolg, mir dieses Geräusch vorzuführen. Hetty schien das komisch zu finden, denn sie fing heftig zu kichern an. Ich jedoch wartete ungeduldig darauf, daß George mit seiner Erzählung fortfuhr.

»Wie dem auch sei, Großmutter war Max nicht gewogen an diesem Tag. ›Sieh an, Seine Lordschaft gibt uns also wieder einmal die Ehre!‹ hatte sie gebellt. Max hat sich durch diese scharfen Worte nicht im geringsten aus der Ruhe bringen lassen und nur gesagt, daß er sich freue, daß es Großmutter schon wieder so gut ginge, daß sie in der Lage war, mit ihm zu streiten.« George grinste: »Das hat mir mächtig imponiert, muß ich zugeben. Ich wollte, ich hätte einmal soviel Schneid, so mit der alten Dame zu sprechen. Das Erstaunliche ist nämlich, daß sie das im allgemeinen mit Humor aufnimmt. Während sie mich stets abkanzelt, obwohl ich mich bemühe, freundlich zu sein und alles zu tun, was sie verlangt.«

Das Lächeln war aus seinem Gesicht gewichen und hatte einem trotzigen Blick Platz gemacht. Dieser erhellte sich jedoch schlagartig wieder, als er weitererzählte: »An diesem Tag jedoch war er bei Mylady an die Falsche geraten. ›Ich dulde in meinem Haus keine derartigen Bemerkungen!‹ hatte sie ausgerufen. ›Du hast also mein Schreiben bekommen?‹ In diesem Moment war mir mit Entsetzen klargeworden, daß sie nicht nur mir einen Brief hatte zukommen lassen! Sie hatte auch Max eine passende Braut zugedacht! Und dieser war dumm genug, ihren Vorschlag zurückzuweisen! Ich hätte Maria Stainsfield zwar auch um nichts in der Welt heiraten wollen, aber das hätte ich doch meiner Großmutter nicht so direkt ins Gesicht gesagt! Damit hatte ich natürlich alle Trümpfe in der Hand, als ich verkünden konnte: ›Ich habe mich verlobt!‹«

Hetty war rot geworden und fing aus unerfindlichen Gründen zu kichern an. Ihr Bruder legte ihr begütigend die Hand auf die Schulter, aber es dauerte einige Zeit, bis sich Hetty tatsächlich beruhigte. Ich hatte in ihrer Gegenwart das Thema »Verlobung« noch nie angeschnitten, denn ich hatte nicht gewußt, ob sie über die wahren Hintergründe im Bilde war. Nun schien mir jedoch dieses dumme Kichern ein eindeutiger Beweis dafür zu sein, daß sie über die Lüge ihres Bruders Bescheid wußte.

»›Oh, gratuliere, das freut mich‹, hatte Max daraufhin erwidert«, fuhr George fort, »und er hat mir sogar die Hand geschüttelt! Mit keinem Wimpernzucken ließ er erkennen, wie sehr es ihn ärgerte, daß ich nun besser im Rennen lag als er. Es war vermutlich diese gleichbleibende Freundlichkeit, die auch unsere Großmutter gereizt machte, denn sie begann regelrecht zu brüllen! Ihr Kopf rötete sich vor Wut, und vor Zorn sprangen ihre Adern am Hals hervor! Kurz befürchtete ich, sie würde einen Herzanfall bekommen, oder daß zumindest ihre Augen aus dem Gesicht fielen, denn diese standen bereits bedenklich weit hervor. ›Ja, gratuliere ihm nur!‹ hatte sie geschrien, ›du hast allen Grund dazu, denn ich vermache ihm alles. Du hast wohl gedacht, du wärst besonders schlau, wenn du meine Befehle mißachtest! Aber diesmal irrst du dich. Jetzt werde ich dir die Rechnung präsentieren! Keinen Penny hast du von mir zu erwarten! Und nun verschwinde, ich kann dein Gesicht nicht mehr sehen! Nie mehr, hörst du? Nie mehr, nie, nie, nie! Hinaus!‹ Sie hatte so gebrüllt, daß man ihre Stimme im ganzen Haupthaus hören konnte. Die Dienerschaft kam angerannt und die alte Plusbellow, die verhutzelte Kammerfrau Ihrer Gnaden, du hast sie sicher schon gesehen, Sophia, bestand darauf, daß Großmutter umgehend wieder zu Bett gebracht werde. Max nahm seinen Hut, schlug die Hacken zusammen, wie er das wohl in seiner Militärzeit gelernt hatte, verbeugte sich vor Großmutter und mit einem knappen Gruß an mich – Hetty war nicht anwesend gewesen – schritt er aus dem Zimmer. Seit damals haben wir ihn hier nicht wieder gesehen, und ich hoffe, wir sehen ihn auch so bald nicht wieder. Ich fürchte nämlich, daß der alten Dame ihr Verhalten schon wieder leid tut. Sie wird die nächstbeste Gelegenheit wahrnehmen, um sich mit Max zu versöhnen. Allerdings glaube ich nicht, daß es ihr Stolz zuläßt, den ersten Schritt zu tun. Aber ich bin sicher, daß sie sich an dem Tag versöhnen, an dem Max hier wieder auftaucht. Und bis dahin muß ich unbedingt alles unter Dach und Fach haben, bevor sie es sich wieder anders überlegt.«

»Aber Testamente kann man doch zu Lebzeiten jederzeit ändern!« warf ich ein, ganz benommen von dem Gehörten.

George schüttelte den Kopf: »Großmutter sagte, wenn sie ein Testament verfasse, dann sei es endgültig. Nein, ich glaube nicht, daß sie es jemals ändert. Großmutter ist bekannt dafür, daß sie zu ihrem Wort steht.«

VIII.

Dann, nach einer halben Woche, war es also soweit: die Herzoginwitwe nahm wieder am Familienleben teil. Die letzten Tage hatte ich ausschließlich in Gesellschaft von George und Hetty verbracht und auch die redselige Tante nur selten zu Gesicht bekommen. Einmal hatte sie mir zur Verlobung gratuliert und ausgerufen, daß man es bereits nach wenigen Tagen bemerke, was für einen wohltuenden Einfluß ich auf ihren lieben, lieben George ausüben würde. Ich hatte mich verlegen bedankt und mich nicht wohl dabei gefühlt. Ich fragte mich, wie wir diese angebliche Verlobung je wieder lösen könnten, ohne ein skandalöses Aufsehen zu erregen. Es war typisch für George, daß er sich keine Gedanken über die Konsequenzen seiner Handlungen machte. Ich staunte darüber, daß ich auf einmal so kritisch über ihn dachte. Genau genommen hatte sich mein Verhältnis zu ihm wirklich geändert. Er war nicht mehr der makellose, strahlende Held, als den ich ihn in Winchester gesehen hatte. Ein paar Tage des Zusammenlebens zeigten mir doch deutlich seine Nachteile und Fehler. Und dennoch, ich war gerne mit George beisammen, ich fühlte mich wohl in seiner Gesellschaft, ich genoß es, mit ihm zu lachen und zu plaudern, auch wenn wir manchmal dabei in Streit gerieten. Kurz, ich mochte George noch immer außerordentlich gern.

Daher schob auch ich das Problem der Verlobungsauflösung beiseite. Sollte uns diese Auflösung nicht gelingen, dann würden wir eben wirklich heiraten, dachte ich unbekümmert. Schließlich war ich sicher, daß auch George mich gerne mochte. Unabhängig davon, ob George das Erbe seiner Großmutter würde antreten können oder nicht, meine Mitgift würde ausreichen, um uns eine sorgenfreie Zukunft zu ermöglichen. Es gab viele, durchaus glückliche Ehen in meinem Bekanntenkreis, die nicht aus der großen Liebe heraus geschlossen worden waren, warum sollten wir nicht auch so eine führen? Seltsamerweise schoben sich bei diesen Gedanken zwei dunkle, fast schwarze Augen in meine Erinnerung, die mich skeptisch anblickten.

Ich traf mich an diesem Morgen mit Hetty und George zur gewohnten Stunde, und gemeinsam betraten wir das Frühstückszimmer. Wir waren eben dabei, fröhlich Pläne für unser Tagesprogramm zu machen, als wir abrupt verstummten. Das Bild, das sich uns in diesem Raum bot, traf uns völlig unerwartet. Ihre Gnaden hatte das Bett verlassen und saß nun in einem breiten Lehnstuhl am Kopfende der langen Tafel aus poliertem Holz. Waren wir in den vergangenen Tagen immer nur von einem Lakaien bedient worden, so schien heute die gesamte Dienerschaft versammelt zu sein. Mrs. Plusbellow, die unermüdliche Kammerfrau, legte eben eine leichte Decke über die Schultern ihrer Herrin. Miss Heather, die an der Längsseite des Tisches zur Linken ihrer Cousine saß, verhielt sich ungewohnt schweigsam und blickte uns mit einem nervösen, fahrigen Lächeln entgegen.

»Ha, da seid ihr ja!« brummte die Gastgeberin, »reichlich spät, wie ich feststellen muß!«

George stürzte unverzüglich an die Seite seiner Großmutter und zog ihre Hand an seine Lippen. Ein Verhalten, das ihr nicht zu behagen schien. Mir auch nicht. Ich mochte es nicht, ihn so unterwürfig zu sehen, nicht einmal seiner herrischen Großmutter gegenüber. »Aber, liebste Großmutter«, sagte er auch schon, »wenn wir gewußt hätten, daß du uns heute die Ehre gibst...«

»Pah, die Ehre gibst«, äffte ihn die alte Dame nach, »ich geb' euch nicht die Ehre in meinem eigenen Haus!« Sie funkelte George an. Hetty und mir schenkte sie keine Beachtung. Dann fragte sie unvermittelt: »Wo ist Max? Warum kommt er nicht?«

»Aber, weißt du denn nicht mehr, Großmutter«, warf ihr Enkel vorsichtig ein, »du selbst hast ihm doch das Haus verboten.«

»Blödsinn!« widersprach die Herzogin energisch. »Max wollte Maria Stainsfield nicht heiraten. Recht hatte er! Ich habe diese verzopfte Miss auch nie leiden können. Sophia Matthews gefällt mir besser. Max soll Sophia Matthews heiraten.«

Während ich, unfähig mich zu rühren, dastand und meiner Gastgeberin entgeistert entgegenblickte, fing Hetty nervös zu kichern an.

»Aber, liebe Großmutter«, warf George nun schon ein bißchen energischer ein, »Sophia ist doch mit mir verlobt! Weißt du denn nicht mehr, du hast doch als Bedingung ... ich meine, du hast sie doch für mich ausgewählt.« Er blickte etwas hilflos zuerst zu Hetty und dann zu mir.

Die anwesende Dienerschaft hatte längst mit ihrer Arbeit innegehalten und verfolgte aufmerksam das interessante Schauspiel, das sich ihnen bot.

Miss Heather war aufgesprungen. »Aber, liebe, liebe Agathe!« rief sie aus. »Du darfst dich doch nicht aufregen. Nein, wirklich meine Liebe, ich muß dich bitten, dich zu beruhigen.«

Sie hatte begütigend die Hand auf die Schulter ihrer Cousine gelegt, die diese unwirsch beiseite schob.

Diesen Augenblick hielt George für geeignet, die Aufmerksamkeit seiner Großmutter auf meine Anwesenheit zu lenken: »Und hier haben wir Miss Matthews. Ich brauche sie dir wohl nicht mehr vorzustellen, nicht wahr, meine Liebe?« Er hatte mich am Oberarm gepackt und mich gnadenlos zum Kopfende des Tisches gezogen. Da die Herzogin keine Anstalten machte, mir die Hand zum Gruß zu reichen, hielt ich es für das beste, in einen stummen Knicks zu versinken. Als ich wieder hochkam, bemerkte ich, daß sie mich mit ihren hervorstehenden grauen Augen eindringlich musterte. Ich zwang mich, die Augen nicht sittsam zu Boden zu schlagen, sondern diesem intensiven Blick standzuhalten.

»Du bist noch hübscher geworden«, sagte sie unvermittelt, »und du scheinst Mut zu haben. Du wärst genau die Richtige für Max.«

Als sie merkte, daß George einen umgehenden Protest erheben wollte, schnitt sie ihm mit einer energischen Handbewegung das Wort ab: »Ich weiß, George. Ich weiß«, sagte sie.

Dann forderte sie uns auf Platz zu nehmen. Die Diener erwachten aus ihrer Erstarrung und begannen das Frühstück, das auf großen Warmhalteplatten bereitstand, zu servieren. Ich fragte mich, ob ihnen dieses morgendliche Gespräch Stoff für Gelächter und Unterhaltung im Küchengeschoß geben mochte.

Oder waren sie durch das ständige Zusammenleben mit der Herzogin derartige Auftritte gewohnt?

Das Frühstück wurde in vollkommenem Schweigen eingenommen, bis Mylady sich ohne Vorwarnung an ihre Cousine wandte: »Erinnere mich daran, daß ich den Notar rufen lasse.«

Als er dies vernommen hatte, ging ein Leuchten über Georges Gesicht, das so strahlend war, daß es fast lächerlich wirkte. Ich mußte mir fest auf die Lippen beißen, um nicht laut zu lachen.

»Ja, natürlich, wenn du meinst, meine Liebe. Aber willst du nicht noch ...«

Ihre Gnaden unterbrach den drohenden Redefluß durch das Heben ihrer Hand. Das schien ein gewohntes Zeichen für Miss Heather zu sein, denn sie schwieg abrupt still. Da für Ihre Gnaden das Thema beendet war, setzten wir unser Frühstück schweigend fort.

Kurz darauf war es abermals die alte Dame, die die Stille durchbrach. Die Diener hatten eben frischen Toast serviert und Schüsselchen mit hausgemachter Orangenmarmelade wurden dazu gereicht, als sie ganz beiläufig verkündete: »Dieses Jahr findet der Ball am Siebenundzwanzigsten statt.« Diese Information setzte sowohl ihre Cousine, als auch die Kammerfrau, als auch George in helle Aufregung. Ich wechselte einen Blick mit Hetty und erkannte, daß sie genausowenig Ahnung hatte, was diese Ankündigung bedeutete, wie ich.

»Aber, meine Liebe, dieses Jahr doch nicht! Du weißt, du mußt dich schonen, schonen und nochmals schonen!« rief Miss Heather aus.

»Wirklich, Euer Gnaden. Dr. Broker wird es nie erlauben, daß Ihr Euch einer derart großen Strapaze aussetzt, wenn Sie mir diese Bemerkung gestatten«, meldete sich die Kammerfrau zu Wort, die bisher in seltsam starrer Haltung stumm hinter dem Lehnstuhl ihrer Herrin gestanden war.

»Nein, wirklich liebe Großmutter«, mischte sich zudem George ein. »Ich finde auch, es wäre besser, wenn wir den Ball in diesem Jahr ausfallen ließen. Angesichts deiner angegriffenen Gesundheit ...«

»Wenn ich deine Meinung hören will, werde ich dich fragen!« fuhr ihn die Herzogin ernstlich erzürnt an. Und dann setzte sie, als hätte sie keinen der Einwände gehört, gelassen fort: »Ihr habt gehört, am Siebenundzwanzigsten. Die Mädchen sollen die Karten schreiben.« Mit dieser Bemerkung waren wohl Hetty und ich gemeint, wenn ich ihren strengen Blick richtig interpretierte.

»Plusbellow, mein Stock!« Die Kammerfrau, die wieder in trübes Schweigen zurückgesunken war, reichte Mylady umgehend den gewünschten schwarzen Ebenholzstock mit dem breiten, silbernen Griff. Gemeinsam mit Miss Heather halfen sie der alten Dame aus dem Stuhl und lehnten die Hilfe von George ab, der beflissen eingreifen wollte. Mit der Herzogin verschwanden auch die Kammerfrau und Miss Heather, obwohl ihre Teetassen noch zur Hälfte gefüllt waren. Und mit diesen drei Damen zog sich ebenfalls die Mehrzahl der Diener zurück.

»Uff!« stöhnte George und lehnte sich erleichtert in seinem Stuhl zurück. »Das hätten wir wieder einmal überstanden. War es sehr schlimm für dich, Sophia?«

Ich warf ihm einen warnenden Blick zu und deutete auf den Lakaien, der immer noch im Raum war und sich an den Gläsern, die auf dem Beistelltischchen standen, zu schaffen machte. Er schien zwar völlig in seine Arbeit vertieft zu sein, und doch hatte ich das sichere Gefühl, daß er mit gespitzten Ohren unserer Unterhaltung lauschte.

»Es ist gut, Winston«, sagte George, der meinen Blick richtig gedeutet hatte. »Wir kommen alleine zurecht. Wir läuten, wenn wir Hilfe brauchen.«

Winston verbeugte sich korrekt und verließ das Zimmer.

»Ich kann mir nicht helfen, ich mag die alte Dame«, sagte ich wahrheitsgemäß. »Ich finde sie originell und für ihr Alter geistig bewundernswert rege.«

»Du magst sie!« rief die sonst so ruhige Hetty leidenschaftlich aus. »Du ahnst ja nicht, wie sehr ich mich vor ihr fürchte! Stell dir vor, als ich sie das erste Mal sah ...« An dieser Stelle wurde sie durch George unterbrochen, der unter lautem Klirren seine

Teetasse auf den Unterteller stellte. Hetty ließ sich jedoch davon nicht beirren. »Als ich sie nach so langer Zeit das erste Mal wieder sah, da hat sie mich mit ihrer schroffen Art richtig in Angst und Schrecken versetzt. Sie ist so dominant, so brüsk...«

»Aber, meine liebe Schwester«, unterbrach George sie abermals, »du wirst dich doch nicht wirklich vor deiner eigenen Großmutter fürchten.«

»Aber du tust es doch auch!« rief Hetty aus.

Ich hatte keine Lust, den Streit der Geschwister eskalieren zu lassen und fragte daher: »Was für einen Ball meinte die Herzogin?«

George war sofort abgelenkt und wandte sich wieder mir zu. Auch Hetty lauschte interessiert. »Großmutter hat am sechsundzwanzigsten September Geburtstag. Und es ist Tradition, daß an einem Tag rund um dieses Datum ein Ball auf Rampstade Palace stattfindet. Ein Maskenball, genauer gesagt.«

»Oh, wie aufregend!« rief Hetty aus.

»Ein Maskenball mitten im September?« fragte ich erstaunt.

»Diese Tradition geht auf Großmutters Vorliebe sich zu verkleiden zurück. In ihrer Jugend soll sie eine wahre Leidenschaft für Maskenbälle entwickelt haben. Großvater, so hat man mir erzählt, wollte seiner Gemahlin zu ihrem dreißigsten Geburtstag eine besondere Freude machen und organisierte heimlich einen Maskenball. Und diesen gibt es jetzt seit beinahe fünfzig Jahren. Bisher ist er nur einmal ausgefallen. Das war vor zwölf Jahren, als Großvater, Mutter und Tante Anne in einem Jahr starben. Und dieses Jahr dachten wir, daß sich Großmutter zu schwach fühlen würde, ein derartiges Fest abzuhalten. Aber wie du siehst, haben wir die alte Dame unterschätzt.«

»Verfügt Rampstade Palace auch über einen Ballsaal?« wollte Hetty wissen und ihre Wangen glühten vor Begeisterung.

»Aber natürlich, hast du das vergessen, Hetty? Der Ballsaal befindet sich im linken Flügel. Er hat eine breite Terrassentür ins Freie. Wenn es das Wetter erlaubt, werden bunte Lampions im Park aufgehängt, und die Tanzpaare können auf den Kieswegen promenieren.«

»Wie romantisch!« rief Hetty überschwenglich.

»Wie viele Leute werden eingeladen?« wollte ich wissen und dachte an die Einladungskarten, die wir zu schreiben haben würden.

»Oh, Myladys gesamter Freundeskreis mit ihren Kindern und Enkelkindern. Sowie nahezu alle Adligen aus der Umgebung. Es sind jedesmal sicher mehr als dreihundert Gäste.«

»Mehr als dreihundert Gäste! Und der Ball soll in etwa vierzehn Tagen stattfinden? Wie sollen wir denn das jemals schaffen?«

Aber meine Bedenken erwiesen sich als grundlos. Es klappte alles wie am Schnürchen. Allerdings hatten George, Hetty, Miss Heather und ich in den nächsten Tagen alle Hände voll zu tun. Zum Glück stand uns ein ganzes Heer an dienstbaren Geistern zur Verfügung. Die meisten gehörten schon seit Jahren zum herzoglichen Haushalt und kannten jeden Handgriff, der von ihnen für das bevorstehende Ereignis erwartet wurde. Und doch mußten sie organisiert und beaufsichtigt werden. Ihre Gnaden selbst trat in dieser Zeit der hektischen Vorbereitungen kaum in Erscheinung. Sie zog es vor, die Tage mit ihrer Kammerfrau in ihrem Zimmer zu verbringen oder kurze Spaziergänge im Park zu unternehmen. Mrs. Plusbellow hatte es auch übernommen, ihrer Herrin vorzulesen, denn Miss Heather, die üblicherweise für die Unterhaltung ihrer Cousine zuständig war, war davon befreit worden, um uns bei den Vorbereitungen zu helfen.

Dabei stand ihr Mundwerk niemals still, und oft sehnte ich mich danach, sie würde sich wieder an die Seite ihrer Cousine zurückziehen. Eine große Hilfe war sie überdies nicht, denn sie war viel zu nervös und schusselig, um einen klaren Gedanken zu fassen. Doch sie verfügte über eine saubere, adrette Handschrift, und so waren sie und Hetty es letztlich, die sich um die Einladungskarten kümmerten. Wie es sich herausstellte, hatte man die Karten bereits vor Jahren in großer Anzahl drucken lassen. Es mußten nur mehr Name, Datum und Uhrzeit eingetragen werden. Natürlich waren auch noch die Briefumschläge anhand der langen Gästeliste zu adressieren. Die berittenen Boten mußten eingeteilt werden, die die Einladungen zu ihren Empfängern bringen sollten. Es hatte den Anschein, als sei der traditionelle Ball auf Rampstade Palace tatsächlich der Glanzpunkt in der sonst vor allem durch Jagdveranstaltungen geprägten Herbstsaison. Jeder schien sich auf dieses Ereignis zu freuen, und so erhielten wir kaum Absagen. Ein Maskenball im September bot eine willkommene Abwechslung für die Adligen der Umgebung, die sonst in diesen Tagen meist auf die Unterhaltungen im nahen York oder auf kleine Geselligkeiten im privaten Rahmen angewiesen waren.

In den vergangenen Jahrzehnten hatte die Herzogin selbst das Regiment bei den Vorbereitungen geführt. Nun war mir, wie von selbst, diese Rolle zugefallen. Die alte Dame ließ sich jeden Abend über die Fortschritte berichten. Es hatte den Anschein, daß sie mit unserer Arbeit zufrieden war, obwohl sie höchst selten eine Bemerkung dazu machte.

Und es gab wirklich eine ganze Menge zu tun: Der Ballsaal mußte aus seinem einjährigen Schlaf geweckt und auf Hochglanz gebracht werden. Ebenso die angrenzenden Räume, in denen ich Spieltische aufstellen ließ. Mehrere Garderoben für Damen und Herren wurden eingerichtet. Dazu mußten alle Gästezimmer für die zu erwartenden engsten Freunde und Verwandten vorbereitet werden. Ein Diener war mit einem persönlichen Brief von Miss Heather nach Grandfox Hall geritten, in dem der Earl of Cristlemaine gebeten wurde, so wie jedes Jahr, auch diesmal seine Gästezimmer zur Verfügung zu stellen. Der Earl schien in der Zwischenzeit von seiner Jagdgesellschaft nach Hause zurückgekehrt zu sein. So erhielten wir postwendend die Antwort, daß Grandfox Hall für unsere Gäste bereitstünde. Außerdem nahm er die Einladung zum Ball an. Mit Freuden, wie er hinzufügte.

Auch in allen guten Gasthöfen in der Umgebung wurden Zimmer reserviert. Nur im Gasthaus »Zu den drei Bettlern« nicht, wie ich mit leisem Schaudern dachte. Wo wohl Jojo war? Ob es ihm gutging, und ob er noch manchmal an mich dachte?

Ich hatte öfter insgeheim gehofft, irgend etwas von ihm zu hören.

In den nächsten Tagen erfuhr ich tatsächlich Neuigkeiten über ihn. Diese waren jedoch alles andere als erfreulich.

George und ich waren eben bei dem letzten Gasthof angelangt, in dem wir Zimmer reservieren wollten, als mir ein braunes Blatt Papier auffiel, das in der Schankstube an die Holzwand genagelt worden war. Während George mit den Wirtsleuten sprach, die ihn beide sofort erkannt hatten und mit geschäftstüchtigem Lächeln nähergekommen waren, um unsere Aufträge entgegenzunehmen, schlenderte ich zu dem Papier, das meine Aufmerksamkeit erregt hatte.

»Ja, ja, das ist ein Steckbrief!« rief mir der Wirt, der mich aus den Augenwinkeln heraus beobachtet haben mußte, über die Schulter hinweg zu. »Ein Bow-Street-Büttel war heute hier und bat uns, das da aufzuhängen. Muß ja auch wirklich mal was getan werden gegen das Gesindel! Wenn ich bedenk', was dem alten Styrabaker von den ›Drei Bettlern‹ passiert ist...« In diesem Moment wurde er von seiner Frau unsanft unterbrochen. Seine Aufmerksamkeit wurde wieder auf George gelenkt. Schade. Ich hätte so gerne gewußt, was dem Wirt von den »Drei Bettlern« zugestoßen war. Jedenfalls war er nicht in seinem Wirtshaus gewesen, als ich ihn dort gesucht hatte. Mehr als eine Woche war das nun schon her.

»Steckbrief«, las ich auf dem Papier: »Gesucht wird Jonathan Joblins, dem das Verbrechen der Straßenräuberei zum Vorwurf gemacht wird. Der Mann ist dreißig Jahre alt, mittelgroß und dunkelhaarig. Auf seine Ergreifung ist eine Belohnung von zwanzig Shilling ausgesetzt.« Unterzeichnet war das Schreiben von einem Inspektor der Bow Street aus London.

Ein eiskalter Schauer lief mir über den Rücken. Ich wußte, daß hier nur einer gemeint sein konnte! Jojo war ungefähr dreißig, er war mittelgroß und dunkelhaarig. Jonathan Joblins. Das »Jojo« waren jeweils die ersten beiden Buchstaben seines Vor- und seines Nachnamens.

O Gott! Ob er wohl wußte, daß man nach ihm fahndete?

Sollte ich ihn suchen und zur Flucht überreden? Ich konnte nicht glauben, daß er sich wirklich gemeiner Verbrechen schuldig gemacht hatte.

»Was meinst du dazu, Sophia?« unterbach George jäh meine Gedanken.

Ich kehrte schuldbewußt in die Wirklichkeit zurück. »Aber Sie sind ja ganz blaß geworden, Madam!« rief die Wirtin aus und musterte mich mit neugierigen Blicken. Ich mußte mich zusammennehmen.

»Ich habe plötzlich rasende Kopfschmerzen. Die Vorbereitungen sind mir wohl ein bißchen zuviel geworden. Wenn ich mich kurz niedersetze, wird es mir sicher bald wieder bessergehen«, erklärte ich daher und bat um ein Glas Limonade. Dieses wurde umgehend serviert, und da George bereits alles geregelt hatte, konnten wir gleich darauf unsere Pferde besteigen und nach Rampstade zurückreiten.

In der darauffolgenden Nacht erwachte ich schweißgebadet. Ich hatte von Jojo geträumt. Ich hatte deutlich vor mir gesehen, wie man ihn festnahm. Zwei Offiziere zerrten den Widerstrebenden mit brutaler Härte zu einer wartenden Kutsche. Jojos Blick in seinem schmerzverzerrten Gesicht war auf mich gerichtet gewesen, während er unentwegt verzweifelt meinen Namen rief. Ich setzte mich im Bett auf und bemerkte, wie meine Hände zitterten.

An Schlaf war nicht mehr zu denken. Vielleicht würde es mich beruhigen, wenn ich ins Eßzimmer ging, wo ständig frischer Fruchtsaft bereitstand. Ein Glas davon würde mir sicher guttun.

Ich schlüpfte in meine Filzpantöffelchen, streifte meinen Morgenmantel über und schlich auf den Gang hinaus. Alles war ganz ruhig. Und doch schien ich nicht die einzige zu sein, die in dieser Nacht schlecht schlief. Denn im selben Augenblick, als ich aus meinem Zimmer trat, betrat auch George, in einen weinroten Morgenmantel mit Paisleymuster gehüllt, den Gang. Wenn mich mein Gedächtnis nicht trog, kam er geradewegs aus dem Zimmer seiner Schwester. Daß ich ihn dabei antraf, war ihm sichtlich peinlich. Er lief feuerrot an und beeilte sich zu erklären: »Hetty hatte Alpträume. Ich bin aufgewacht, weil ich sie schreien hörte. Jetzt hat sie sich wieder beruhigt. Ich hoffe, du bist nicht durch ihr Schreien wach geworden.«

Ich beruhigte ihn und sagte, daß ich bloß durstig sei und mir ein Glas Fruchtsaft holen wollte. Darauf wünschten wir uns eine gute Nacht, und George suchte sein eigenes Zimmer auf, das, an meinem Zimmer vorbei, noch ein gutes Stück den Gang hinauf lag.

IX.

Die folgenden Tage waren so mit Arbeit ausgefüllt, daß ich keine Zeit hatte, länger an Jojo und seine Probleme zu denken. Musiker mußten engagiert werden. Mit dem Koch waren die Einzelheiten für das kalte und warme Buffet zu besprechen. Es wurden Burschen und Mädchen aus dem nächsten Dorf geholt, die in der Küche an die Hand gehen sollten. Das Buffet würde in einem eindrucksvollen Saal aufgebaut werden, der sich an der äußersten Ecke des linken Flügels befand, und in dem mehr als zweihundert Leute gleichzeitig Platz finden würden. Hetty, die ein fast ebenso großes Talent im Stecken von Blumenarrangements bewies, wie meine Schwägerin Elizabeth zu Hause in Winchester, wurde eingeteilt gemeinsam mit den Gärtnern die Ausgestaltung der Säle mit Blumen zu übernehmen. Mehrmals fuhr ich mit dem Koch und der Haushälterin nach York, um Fleisch, Brot und Gemüse zu bestellen. Auch der Weinhändler mußte aufgesucht werden und der Konditor, der die mehrstökkige Geburtstagstorte liefern sollte.

Dazu kam, daß ich ein Kostüm anfertigen lassen mußte. Ich war dazu mit Hetty bei einer der besten Schneiderinnen von York gewesen. Hetty bestand darauf, dem Ball als Aphrodite beizuwohnen. Meine Einwände, daß ich mir diese griechische Göttin der Liebe eigentlich immer dunkelhaarig vorgestellt hatte, ließ sie nicht gelten. Ich selbst entschied mich nach längerem Überlegen für ein Rokoko-Kostüm. Die Schneiderin hatte dafür einen bezaubernden Stoff in ihrem Atelier. Ein hauchdünnes Gewebe in Silber, das bei jeder Bewegung funkeln würde, als sei es mit Tausenden von Diamanten besetzt. Meine Haare würde ich unter einer gepuderten Perücke verstecken. Die Schneiderin riet mir, ein paar Schönheitspflästerchen zu tragen, wie sie im vorigen Jahrhundert der letzte Schrei gewesen waren. Mein Kleid würde hauteng die Taille umschließen und in einem weiten, bauschigen Rock zu Boden fallen. Dazu würde ich eine silberne Maske tragen. Obwohl ich eigentlich eine Augenmaske für entbehrlich hielt, da mich auf diesem Fest ohnehin niemand kennen würde.

Als ich George diesen Einwand vortrug, war leider auch Miss Heather zugegen gewesen. Diese war sofort in einen Sturm von Entrüstung ausgebrochen: Natürlich müßte ich eine derartige Maske tragen. Schließlich würden doch gerade diese Augenmasken so einen Ball erst wirklich aufregend machen. Punkt Mitternacht würde die Demaskierung stattfinden, und erst ab diesem Zeitpunkt sei es gestattet, sich ohne Maske im Tanzsaal aufzuhalten.

Trotz der zahlreichen Vorbereitungen durfte nicht vergessen werden, ein Geburtstagsgeschenk für die Herzogin zu erstehen. Die Wahl fiel uns allen nicht leicht, da die alte Dame bereits alles zu besitzen schien. Dinge, die ihr fehlten, ließ sie sich ohne Zögern besorgen. Wir überlegten angestrengt, womit wir ihr trotzdem eine Freude machen konnten. Die Geschwister und ich waren übereingekommen, der alten Dame die Geschenke einen Tag vor dem Ball, also an ihrem eigentlichen Geburtstag, im Rahmen einer kleinen Familienfeier zu überreichen. Während Hetty die verbleibenden Abende dafür nützen wollte, drei feine Batisttaschentücher für ihre Großmutter zu besticken, entschied sich George für ein Buch, das kürzlich erschienen war. Es handelte sich dabei um einen Roman mit geschichtlichem Hintergrund. Miss Heather hatte ihm den Hinweis gegeben, daß sich Ihre Gnaden für derartige Bücher interessierte.

Ich war zuerst völlig ratlos. Nach längerem Suchen fand ich

eines Nachmittags jedoch durch Zufall das Passende. In einem kleinen Geschäft, das versteckt in einer Seitengasse von York lag, war in der kleinen Auslage eine kunstvolle Porzellanfigur ausgestellt. Sie zeigte eine Tanzgruppe, die in die eleganten Kostüme des vorigen Jahrhunderts gekleidet waren und die allesamt Augenmasken trugen. In Begleitung von Hetty betrat ich den Laden. Der Inhaber war sehr zuvorkommend und erklärte, es würde sich bei der Tanzgruppe um eine Handarbeit aus der sächsischen Manufaktur in Meißen handeln. Die Figur war natürlich ziemlich kostspielig, und doch erstand ich sie ohne lange zu zögern. Sie schien mir für den Anlaß einfach zu passend, als daß mich der Preis hätte abschrecken können.

Und dann brach also der große Tag an. Bereits am Vortag waren einige Verwandte und Freunde der Herzogin eingetroffen. Die einen hatten ihr Quartier im Schloß bezogen, andere mußten zu den Unterkünften in benachbarten Landsitzen oder in den Gasthäusern gebracht werden. Die Herzogin zog es weiterhin vor, ihr Zimmer nicht zu verlassen, und so blieb es Miss Heather, Hetty, George und mir überlassen, uns um die Gäste zu kümmern. Während George mit einer Gruppe junger Männer zum Angeln ging, hatte Hetty, die eine geübte Reiterin war, eine andere Gruppe der Gäste zu einem Ausritt mitgenommen. Die älteren Herrschaften blieben im Palace oder spazierten durch die weitläufigen Gartenanlagen, während ich hin und her lief, um die letzten Vorbereitungen zu treffen.

Nach dem Mittagessen ließ die Herzogin ihren Enkel und mich zu sich rufen. Wir waren gerade damit beschäftigt gewesen, die Lampions für den Garten auszuwählen. Einige Burschen, die diese in den Bäumen befestigen sollten, standen untätig herum und warteten auf unsere Anweisungen. Die Unterbrechung kam uns daher äußerst ungelegen. Doch George war der Überzeugung, daß man seine Großmutter unmöglich warten lassen konnte. Wir rechneten damit, daß sie uns nur ein paar Fragen zum Fortgang der Vorbereitungen stellen oder uns irgendwelche Anregungen geben wollte, und daß wir in Kürze wieder zu unserer Arbeit zurückgehen könnten. Keiner von uns beiden war daher auf das vorbereitet, was uns im Zimmer der Hausherrin erwartete.

»Na, wie geht's voran?« fragte die alte Dame, die gebieterisch auf einem breiten Diwan thronte, ihre Beine in eine dicke Decke eingeschlagen. Die Frage war, wie es schien, rein rhetorisch gewesen, denn auf eine Antwort wurde nicht gewartet. Statt dessen schickte sie sowohl ihre Kammerfrau als auch ihre Cousine aus dem Zimmer. Wir hatten Mylady an diesem Tag noch nicht gesehen, und eine kleine Geburtstagsfeier sollte erst am Abend stattfinden. So entschied sich George dafür, diese Gelegenheit zu nutzen, seiner Großmutter als erster zum Geburtstag zu gratulieren.

»Pah, Geburtstag«, lautete die wegwerfende Antwort. »Ab einem gewissen Alter zählt ein Jahr auf oder ab nicht mehr.« Und doch schien sie sich über die Glückwünsche zu freuen.

»Es ist etwas ganz anderes, das ich mit euch besprechen will. Wie du weißt, George, bin ich eine Frau, die gerne alles geordnet haben möchte. Klare Fronten, sag ich immer. Das habe ich von Rampstade gelernt. Gott hab ihn selig, der war auch immer für Klarheit. Ich habe also vor, nach dem Notar zu schicken. Bin nur noch nicht dazu gekommen in dem Trubel, der da herrscht. Aber vorher will ich eure Verlobung unter Dach und Fach haben. Der Ball erscheint mir ein geeigneter Rahmen für eine darartige Verkündung zu sein. Ich werde eure Verlobung zu Mitternacht bekanntgeben. Als Höhepunkt sozusagen. Die ganze vornehme Welt wird anwesend sein und es aus erster Hand erfahren!« Sie blickte beifallheischend um sich. Sicherlich erwartete sie freudige Zustimmung.

Doch ihr Enkel sah alles andere als erfreut aus. Ja, man könnte fast meinen, seine Großmutter habe ihn in Angst und Schrecken versetzt. Auch ich zermarterte mein Hirn nach einem Ausweg. Sicherlich, es hatte eine Zeit gegeben, da hatte ich mir nichts sehnlicher gewünscht als eine Verlobung mit George Willowby. Doch irgend etwas hatte meine Einstellung zu ihm verändert. Vielleicht war es ... nein, natürlich war es nicht dieser unmögliche Straßenräuber. Aber unabhängig davon, was es war, so wußte ich doch, daß ich mich nicht mit George verloben wollte.

Eine offizielle Verlobung, wie sie die alte Dame vorhatte, konnte nicht wieder gelöst werden, ohne einen riesigen Skandal zu verursachen. Hilflos blickte ich zu George. Ich hoffte, er würde etwas sagen, wenn es sein mußte die Wahrheit. Aber statt dessen saß er da und starrte mir käsebleich entgegen. Das blanke Entsetzen stand in seinen Augen.

Also, so unangenehm hätte ihm der Gedanke, sich mit mir zu verloben, auch wieder nicht sein müssen, dachte ich entrüstet.

»Aber Großmutter«, stammelte er schließlich, »das wird leider nicht gehen...«

»Warum soll das nicht gehen?« fragte die alte Dame ungehalten und musterte uns dabei mit eindringlichen Blicken.

Da hatte ich plötzlich eine rettende Idee: »Mein Bruder!« rief ich aus. »Es ist wegen meines Bruders James. Wir haben ihn noch nicht um seine Erlaubnis befragt!«

George atmete hörbar auf: »Er ist ihr Vormund. Unbedingt notwendig, ihn vorher zu fragen. Die Verlobung wäre ungültig, wenn er nicht zustimmt«, legte er eifrig noch ein Schäuflein nach. Doch das stimmte nicht: James war nicht mein Vormund. Ich war seit meinem einundzwanzigsten Geburtstag unabhängig, und James war nur der Verwalter meines Vermögens. Aber sollte ich das der Herzogin in dieser Minute mitteilen? Wo wir gerade noch mit Glück das Ärgste hatten verhindern können?

Die alte Dame war von der Änderung ihrer Pläne keineswegs begeistert: »Ich hatte doch angenommem, du fragst den Vormund, bevor du dich mit einer Dame verlobst«, warf sie ihrem Enkel mit voller Berechtigung vor. »Und auch du, meine Liebe, hättest wissen müssen, daß du zuerst deinen Bruder zu befragen hast, bevor du einem Mann das Jawort gibst!« Ihre grauen Augen schienen mich zu durchbohren. »Sitten sind das, heutzutage!« Sie schnaufte und versank in brütendes Schweigen.

»Na, wie dem auch sei. Ich werde James Matthews umgehend schreiben.« Sie machte eine energische Handbewegung, die uns deutlich zeigte, daß wir entlassen waren.

Vor der Zimmertür wartete Hetty auf uns. »Was ist los?« fragte sie aufgeregt. Es schien fast so, als habe sie vor der Tür gelauscht.

»Alles in Ordnung, ich erzähl's dir später«, entgegnete George. »War wirklich eine glänzende Idee von dir, Sophia.«

»Jetzt können wir nur hoffen, daß James seine Zustimmung verweigert«, stellte ich fest.

»Oder daß das Testament errichtet ist, bevor sein Brief ankommt«, fügte George hinzu.

In diesem Augenblick öffnete sich die Tür zu einem der Gästezimmer und ein älteres Ehepaar trat heraus. Es schloß sich unserer Gruppe an und bat, man möge ihnen den Park zeigen. Somit war uns jede Möglichkeit, das Thema weiter zu besprechen, vorerst genommen.

X.

Einige Minuten vor zwanzig Uhr nahm die Herzoginwitwe von Rampstade ihren Platz auf einem breiten, fast thronähnlichen Stuhl ein. Dieser stand in der Nähe der Flügeltür, die in den Ballsaal führte. Die Herzogin hatte beschlossen, die ankommenden Gäste von diesem Platz aus zu begrüßen. An ihrer Seite standen ihre Enkel Hetty und George zur Begrüßung bereit. Die alte Dame hatte jedoch auch darauf bestanden, daß ich mich zum Empfangskomitee gesellen sollte. Wenn schon die Verlobung nicht offiziell bekanntgegeben werden konnte, ein Umstand, der noch immer an ihr nagte, so wollte sie wenigstens auf diese Weise dokumentieren, daß sie mich schon ganz zu ihrer Familie zählte. Ich hätte es vorgezogen, im Hintergrund zu bleiben. So wie Miss Heather, die, in ein unscheinbares weinrotes Abendkleid gehüllt, die Haare unter einem wuchtigen Häubchen versteckt, eher aussah wie eine Bedienstete als eine enge Verwandte der reichen Gastgeberin. Dazu trug sie allerdings eine ungewöhnlich schillernde, mittelblaue Augenmaske, die so gar nicht zu ihrem sonst schlichten Äußeren paßte. Wie mochte sie bloß auf die Idee verfallen sein, gerade eine derart schrille Maske auszuwählen? Sie war wirklich eine höchst seltsame Frau.

Die Herzogin dagegen sah großartig aus. Sie trug ein schweres, grünes Seidenkleid, das im Kerzenlicht in allen Schattierungen schillerte. Die Hände, die wie gewöhnlich den breiten Griff des Ebenholzstocks umklammerten, waren mit zahlreichen kostbaren Ringen geschmückt. Auf ihren weißen Löckchen saß eine höchst ungewöhnliche Kreation – ein weitausladender Hut in demselben Grün wie das Kleid gehalten, der mit künstlichen Früchten und einer Unzahl von Pfauenfedern geschmückt war. Ihre sonst so blassen, ein wenig eingefallenen Wangen, waren vor Aufregung zart gerötet. Als einzige der Anwesenden hatte Ihre Gnaden auf eine Augenmaske verzichtet. Mir wurde richtig warm ums Herz, als ich erkannte, welch große Freude sich Mylady mit diesem Ball selbst gemacht hatte. All unsere Geburtstagsgeschenke hatten nicht diesen Glanz in ihre Augen zaubern können, wie die Vorfreude auf diesen Abend.

Die Geschwister boten ein fürwahr eindrucksvolles Bild. Während Hetty in ihrem weißen Kleid mit der Goldstickerei, trotz ihrer blonden Locken, eine liebliche Göttin Aphrodite darstellte, war George, in eine weiße Toga mit aufgestickten Mäandern und Flügeln an den Schuhen, ein umwerfender, blondgelockter Götterbote Hermes. Ob Hetty wohl die Kostümwahl ihres Bruders gekannt hatte, als sie darauf bestand, eine griechische Göttin darzustellen? War diese vollendete Harmonie beabsichtigt oder bloß ein glücklicher Zufall? Mir hatte George nichts von seinen Plänen verraten. Seltsamerweise ärgerte ich mich darüber. Oder war das gar Eifersucht, was ich empfand? Nein, das wäre doch wirklich zu lächerlich gewesen! Auf wen sollte ich denn eifersüchtig sein? Auf die Schwester meines Verlobten etwa, der gar nicht mein Verlobter war?

Der Butler kündigte von der Tür her das Kommen der ersten Gäste an. Von nun an schien der Strom der eintreffenden Masken nicht mehr abzureißen. Da es sich um ein Kostümfest handelte und die Gäste nicht erkannt werden sollten, wurden ihre Namen nicht am Eingang ausgerufen, wie dies sonst der Fall gewesen wäre. Ich versank daher in eine nicht enden wollende Reihe von Knicksen, ohne auch nur die geringste Ahnung zu haben, wen ich vor mir hatte. Da ich jedoch kaum jemanden kannte, hätten mir wohl auch die Namen nicht viel bedeutet.

Einen Mann wollte ich allerdings unbedingt kennenlernen, und das war Georges Cousin Max, der Earl of Cristlemaine. Ob ich wohl unter den vielen Gästen herausfinden würde, welcher er war? Wie mochte dieser Max wohl aussehen? War er groß oder klein, dunkelhaarig oder blond, wie George? Nichts aus der Miene von George oder seiner Großmutter ließ darauf schließen, daß sie ihn bereits unter den Gästen erblickt hatten. Ich spürte, wie sich viele der maskierten Augenpaare auf mich richteten. Man musterte mich mit unverhohlener Neugierde. Sicher fragten sie sich, wer dieses fremde Mädchen in dem silbernen Kleid wohl war, das die Gäste begrüßte, als gehöre es zur Familie. Ob sie wohl erkannten, daß mein Kleid das Glitzern des Mondes darstellen sollte?

George führte mich zum ersten Tanz. Auf ausdrücklichen Wunsch der Herzogin war dafür ein Walzer ausgewählt worden. George war ein hervorragender Tänzer. Er hielt mich eng umfaßt, während ich in seinem Arm durch den Saal wirbelte. Dabei blickte er in einem derart faszinierenden Lächeln auf mich hernieder, daß ich gar nicht anders konnte, als ihm ebenso offen zuzulächeln. Mein Herz begann zu klopfen. Fast so, wie es in Winchester geklopft hatte, als wir auf vielen Bällen zusammen getanzt hatten. War ich etwa doch noch verliebt in diesen Mann?

Als der Tanz zu Ende war, wurde er von einem Kavalier in einem jagdlich grünen Schäferkostüm abgelöst, während George sich davonmachte, um seine Schwester zum Tanz zu führen.

Die nächsten Stunden schienen wie im Fluge zu vergehen. Ich wurde von einem Tanzpartner an den nächsten weitergereicht, war ständig auf den Beinen und wirbelte mit zunehmendem Vergnügen durch den Ballsaal. Eben war es ein Kavalier in der Verkleidung eines fahrenden Minnesängers, mit dem ich eine ländliche Tanzfolge absolviert hatte, als die Kapelle eine kurze Pause ankündigte.

»Ich meine, diese Pause kann ich wirklich brauchen«, sagte ich lachend und ließ mich zu einer der bereitgestellten Sitzgelegenheiten führen.

»Ich werde Ihnen etwas zu trinken bringen«, bot der Minnesänger freundlicherweise an und machte sich auf die Suche. Seiner Sprache nach war er ein Landadliger aus der Gegend. Wir hatten uns beim Tanzen über Pferde unterhalten. Ein Thema, das ihn ganz besonders zu beschäftigen schien. Er war kein sehr talentierter Tänzer gewesen und mir mehrfach mit vollem Gewicht auf die Zehen getreten. Darum tat es jetzt besonders gut, sich in die weichen Kissen zu lehnen und die Beine auszuruhen. Amüsiert verfolgte ich das bunte Treiben der Tanzpaare, die auf der Tanzfläche promenierten. Mit einem hübschen chinesischen Fächer, auf dem der Mond in zarten Farben abgebildet war, fächelte ich mir Luft zu und hoffte, mir so etwas Kühlung zu verschaffen. Es war wirklich zu heiß im Ballsaal. Ob mich der Minnesänger wohl auf die Terrasse begleiten würde? Sicherlich befanden sich noch andere Tanzpaare im Garten, und so würde niemand Anstoß daran nehmen, wenn ich mit dem jungen Mann gemeinsam frische Luft schnappen wollte. Da fiel mir ein Mann in einem schwarzen Domino-Kostüm auf, der quer über die Tanzfläche direkt auf mich zuzusteuern schien. Er war ungewöhnlich großgewachsen und verstellte, als er vor mir stehenblieb, den gesamten Blick auf die Tanzfläche. Der Mann war ganz in Grau und Schwarz gekleidet. Auch die seltsam schillernde Augenmaske, die er trug, war aus schwarzem Stoff. Die blaßblauen Augen dahinter musterten mich mit unverhohlener Neugierde. »Darf ich um den nächsten Tanz bitten, schöne Maske?« fragte er. Seine Stimme hatte einen seltsam schnarrenden Tonfall, und das Lächeln wirkte aufgesetzt.

»Ich warte auf meinen Tanzpartner. Er versprach, mir etwas zu trinken zu bringen«, erklärte ich abweisend. Ich hatte erwartet, daß sich der Fremde zurückziehen würde, doch ich hatte mich geirrt.

»Gut, dann werden wir eben gemeinsam warten«, sagte er. Er ließ sich neben mich auf die Bank fallen, bevor es mir auch nur möglich war, ein Wort des Protestes zu äußern. Nach einer kurzen Weile war der Minnesänger wieder erschienen, und er reichte mir mit galantem Lächeln ein Glas Champagner. Da ich wirklich außerordentlich durstig war, trank ich das Glas in einem Zug leer.

Zu meinem Leidwesen deutete der Minnesänger die Anwesenheit des Mannes in Schwarz so, daß seine Gegenwart nicht mehr länger erwünscht war. Er verbeugte sich also und schritt davon, um sich einer anderen Tanzpartnerin zuzuwenden.

In diesem Moment begann die Kapelle wieder eine flotte Melodie anzustimmen. Der Fremde erhob sich und forderte mich mit einer steifen Verbeugung erneut zum Tanz auf. Nun gab es keinen Grund mehr, warum ich hätte ablehnen können. So reichte ich ihm meinen Arm und ließ mich auf die Tanzfläche geleiten.

»Sie sind also Georges Auserwählte«, schnarrte seine unangenehme Stimme neben meinem Ohr. Wer mochte dieser Mann wohl sein? Und warum stellte er die Frage in diesem eigenartigen Tonfall? Ich war mir sicher, daß ich diese unangenehme Stimme nie zuvor gehört hatte.

»Aber nein«, entgegnete ich leichthin. »Ich bin eine verzauberte Göttin des Mondes.«

»Vor mir brauchen Sie sich doch nicht zu verstellen, Miss Livingston«, erwiderte der Mann ohne einen Anflug von Humor. Miss Livingston? Nun war ich mir sicher, daß ich das Opfer einer Verwechslung war. Wer von den Gästen war wohl Miss Livingston? Ich hatte diesen Namen nie zuvor gehört.

»Ich fürchte, Sie verwechseln mich, mein Herr«, sagte ich daher und versuchte meine Stimme amüsiert und heiter klingen zu lassen.

»Das glaube ich nicht«, entgegnete der Mann. »Würden Sie so freundlich sein, George zu sagen, daß ich langsam ungeduldig werde.« Ich atmete tief durch. In welche Klemme mochte sich George denn nun wieder gebracht haben?

»Ich denke, wir verstehen uns jetzt«, sagte der Fremde und lächelte überlegen. Ich verspürte nicht die geringste Lust dieses unangenehme Gespräch fortzusetzen.

»Und wie gut wir uns verstehen!« zischte ich daher zurück, bemüht meine Stimme im Zaume zu halten, um kein Aufsehen zu erregen. »So gut, daß wir beide wissen, daß diese Unterhaltung nunmehr beendet ist.«

Ich war stehengeblieben, und der Mann verbeugte sich in der für ihn typischen steifen Art: »Sagen Sie George, daß ich gewohnt bin, das zu bekommen, was mir zusteht. Und sagen Sie ihm auch, daß ihm seine Tricks nicht mehr helfen werden.«

Mit diesen Worten machte er kehrt und schritt von dannen.

Plötzlich kam es mir im Ballsaal wieder übertrieben stickig vor. Mir war, als würde ich in meinem engen Kleid keine Luft mehr bekommen. Und hier, am Rande der Tanzfläche, konnte ich ohnehin nicht stehenbleiben. Also folgte ich der erstbesten Eingebung und schlich mich der Wand entlang zur Terrassentür. Ich schob die schweren Samtvorhänge auseinander und trat durch die einen Spaltbreit geöffnete Tür auf die Terrasse hinaus.

Befreit atmete ich auf und blickte mich um. Die Terrasse war menschenleer. Auch der Park lag in friedlicher Stille zu meinen Füßen. Die bunten Lampions, mit den kunstvollen Motiven, verbreiteten ihr mattes Licht und versetzten den Garten in eine verzauberte Stimmung. Doch die Liebe, mit der George und ich die richtigen Stellen für die Lampions und die Girlanden ausgesucht hatten, all die Mühe der Burschen, sie zu befestigen, waren vergeblich gewesen. Die Abende waren in diesem Jahr ungewöhnlich kühl und so zog es keinen der Gäste ins Freie, um auf den gewundenen Wegen zu promenieren. Auch ich würde besser nicht länger alleine auf der Terrasse verweilen. Der Groll gegen den fremden Mann war bereits wieder verflogen. Ich würde mir durch ihn sicher nicht den Abend verderben lassen. Plötzlich hörte ich Schritte hinter mir. Ich drehte mich hastig um.

Doch die Terrasse war leer. Der Spalt der Eingangstür war nicht größer geworden. Mein Blick fiel auf die Treppe, die von dem Garten auf die Terrasse führte. Da erblickte ich einen

Mann, der sich langsam näherte. Er trug einen schwarzen Domino. O nein, nicht schon wieder dieser unsympathische Mann, war mein erster Gedanke. Schnell verließ ich meinen Platz an der Brüstung, um in den Ballsaal zurückzukehren. Doch irgend etwas ließ mich innehalten, um voller Spannung das Näherkommen des Fremden zu erwarten. Das war nicht der Mann, mit dem ich gerade getanzt hatte. Er war nicht so groß wie dieser. Sein Gang schien mir vage vertraut. Das konnte, nein das konnte doch nicht wirklich ... ich mußte mich irren. Als die Gestalt schon ganz nahe herangekommen war, gab es keinen Zweifel mehr: Es war Jojo! Diesmal sah er anders aus, als bei unserem ersten Treffen im verlassenen Gasthaus. Der Dreitagebart war verschwunden. Die dunklen Locken, die aus der Kapuze des Domino hervorlugten, waren zu einer gepflegten Frisur gebürstet. Er war schlicht und doch elegant gekleidet, eine hellblaue Augenmaske baumelte lässig am Handgelenk.

Seine dunklen, fast schwarzen Augen betrachteten mich amüsiert. Mein Herz schlug bis zum Halse.

»Guten Abend, Mondprinzessin«, sagte er. »Bewunderst du den menschenleeren Park?«

Ich wollte diesem unmöglichen Kerl keinesfalls die Genugtuung verschaffen, ihm zu zeigen, wie sehr ich mich freute, ihn zu sehen. »Bist du verrückt hierherzukommen?« fragte ich daher. Es klang schroffer als beabsichtigt.

Jojo vergrub eine Hand in der Tasche seines Dominos und blickte gedankenverloren über die Brüstung ins Weite: »Wahrscheinlich bin ich das«, sagte er schließlich. »Aber es gibt hier jemanden, der mich geradezu magisch angezogen hat.«

Ich hielt den Atem an. Ob er jetzt wohl sagen würde, daß ich dieser Jemand war? Erwartungsvoll blickte ich zu ihm auf. Doch er sprach kein Wort und grinste mir nur frech ins Gesicht.

»Der Ball scheint ein voller Erfolg zu sein«, stellte er fest und warf einen Blick über die Schulter zum Ballsaal hin. »Du hast dir sehr viel Mühe gegeben.«

»Woher weißt du, daß ich mitgeholfen habe?« fragte ich erstaunt.

Jojo zuckte etwas unbestimmt mit den Achseln.

»Wieso kennst du überhaupt den Weg durch den Park zur Terrassentür?« wollte ich wissen. »Und woher wußtest du eigentlich, daß ich mich hier befinde? Und daß heute ein Maskenball stattfindet?« Jojo lachte leise: »Daß du hier bist, weiß ich von Jem, und der weiß es von dem Stallburschen, der dich hierherbrachte. Und daß heute ein Maskenball stattfindet, das weiß jeder in der Umgebung. Dir ist ja schon wieder kalt.«

Diese letzte Feststellung bezog sich auf das Frösteln, das sich meiner unerwartet heftig bemächtigt hatte. Der Abend war wirklich schon unangenehm kühl, und die Kälte drang ungehindert durch mein dünnes Kleid.

»Mir scheint, ich komme immer zurecht, um dich zu wärmen.« Jojo grinste und breitete seine Arme aus.

Sollte ich mich wirklich noch einmal von ihm umarmen lassen? Ich wollte es so gerne tun. Was er wohl von mir dachte, wenn ich diesem Drängen nachgab? Es war doch wirklich unschicklich, wenn eine junge Dame ...

Da fiel mein Blick in seine dunklen Augen, die mit einem zärtlichen und gar nicht mehr spöttischen Lächeln auf mich herniederblickten. Und so fiel ich ihm ohne ein Wort in die Arme und ließ es zu, daß er mich ganz fest an seinen Körper drückte. Ungeduldig erwartete ich, daß er mich küßte, doch er tat nichts dergleichen.

»Komm mit«, flüsterte er statt dessen und führte mich von der Terrasse in den Garten hinunter. Zu meiner Überraschung führte er mich zu der versteckten kleinen Bank, bei der mich George am Tage meiner Ankunft erwartet hatte. Wieso besaß er wohl diese genaue Ortskenntnis?

Wir blieben vor der Bank stehen und Jojo legte beide Hände auf meine Schultern: »Liebst du George Willowby?« fragte er überraschend.

Ich blickte ihn erstaunt an. Gab es etwas, was diesem Mann verborgen bleiben konnte? Ich schüttelte den Kopf.

»Aber dennoch bist du mit ihm verlobt«, stellte er fest.

»Nein, das bin ich nicht«, sagte ich ehrlich.

»Nein?« Es schien mir nicht gelungen zu sein, ihn zu überzeugen. Zweifelnd blickte er mich an. Was für einen Sinn hätte es gehabt, ihn anzulügen? Für George würde es doch gleichgültig sein, ob dieser fremde Mann die Wahrheit kannte oder nicht. Ich wollte ihn nicht belügen. Zudem tat es gut, endlich einmal jemandem sein Herz auszuschütten. Die Belastung zu teilen, die ich mit der Scheinverlobung und den damit verbundenen Lügen auf mich genommen hatte. Jojo hörte mir interessiert zu, während ich die ganze Geschichte vor ihm ausbreitete. Ich ließ nichts aus. Nicht meine Beweggründe, George zu helfen, nicht, daß ich tatsächlich gedacht hatte, ich würde George lieben, als ich auf seinen Brief hin hierher reiste. Ich erzählte vom Testament der Herzogin und von der Rivalität der beiden Cousins. Als ich geendet hatte, erschien mir Jojo in einer Stimmung zu sein, die zwischen Amüsement und Fassungslosigkeit schwankte: »Willowby und Cristlemaine streiten um das Erbe von Rampstade?« wiederholte er fassungslos. »Man sollte glauben, Cristlemaine sei reich genug, als daß er sich in solch einen Wettstreit einlassen würde. Vielleicht solltest du Willowby gelegentlich einmal darauf hinweisen.«

»Aber das ist es ja, was George so auf die Palme bringt«, erklärte ich. »Er findet es ungerecht, sich mit einem Mann um das Erbe zu streiten, der selbst mehr als genug besitzt, während er sich ...«

»... in ständiger Geldverlegenheit befindet«, vollendete Jojo gelassen den Satz, den ich erschrocken unterbrochen hatte. Ich wollte auf keinen Fall schlecht über George sprechen.

»Denkst du, George würde das Erbe von Rampstade verschleudern, wenn es ihm zufallen sollte?« fragte Jojo nachdenklich.

Ich erwog diesen Gedanken: »Nein, das glaube ich nicht«, sagte ich, und nicht nur die Fairness gegenüber George bewog mich zu dieser Antwort. »Ich denke, daß er wohl damit umzugehen weiß. Er scheint aus einem anderen Holz geschnitzt als sein Vater und sein älterer Bruder. Er scheint nicht so leichtsinnig zu sein ...«

»Also, mir kommt es als der Gipfel von Leichtsinn vor, dich in eine Verlobung zu drängen, die nichts anderes bezwecken soll, als einer alten Dame ihr Erbe herauszulocken«, stellte Jojo sarkastisch fest. Darauf wußte ich nichts zu erwidern. Wir blieben noch einige Zeit schweigend beisammenstehen, bis Jojo plötzlich die Stille unterbrach: »Willst du tanzen?« fragte er.

Ich machte mich überrascht frei: »Hier im Park?«

»Aber nein«, entgegnete er, »wie unpraktisch. Man tanzt doch gewöhnlich im Ballsaal, nicht wahr?«

»Du kannst doch nicht ...«, stammelte ich.

»Und ob ich kann!« rief er fröhlich und faßte mich an der Hand. »Du wirst schon sehen.«

»Aber Jojo, so sei doch vernünftig«, wandte ich ein, während er sich daranmachte, die hellblaue Maske über seinen Augen zu befestigen. »Wenn dich jemand erkennt! Wenn man dich fragt, wie du auf diese Veranstaltung kommst ...«

»Dann sage ich einfach, ich bin eingeladen«, erwiderte er gelassen und zog mich in Richtung Terrasse.

»Aber wenn man dich fragt ...«, wagte ich einen letzten Versuch.

»Sei unbesorgt, keiner wird mich fragen! Und nun komm mit. Wenn ich mich nicht irre, ist das ein Walzer, den die Kapelle da anstimmt.«

Was blieb mir also anderes übrig, als mich von Jojo in den Ballsaal zurückbegleiten zu lassen? Auf der Tanzfläche verbeugte er sich leicht und warf mir einen Blick zu, der meine Knie ganz weich werden ließ. Als wir uns schließlich im Walzertakt drehten, war ich zu keinem vernünftigen Gedanken mehr fähig. Ich spürte nur mehr seine Nähe, roch den Duft seines feinen Rasierwassers und schwebte wie auf Wolken. Ich wünschte, dieser Tanz würde nie mehr enden und ich könnte bis ans Ende meiner Tage in diesen starken Armen liegen und mich rundherum glücklich fühlen.

Doch natürlich hatte dieser Tanz einmal ein Ende. Jojo verbeugte sich korrekt und ich versank in einen tiefen Knicks.

»Noch einen Tanz?« fragte er, als ich wieder hochkam. Ich

blickte ihn strahlend an und nickte. Ob uns die Leute wohl schon mißtrauisch beobachteten? Ob sie sich schon fragten, wer dieser unbekannte Mann war, der mit dem Schützling der Gastgeberin tanzte? In diesem Augenblick wäre es mir völlig gleichgültig gewesen. Ich hätte auf jeden Fall den nächsten Tanz mit Jojo getanzt. Dennoch riskierte ich einen verstohlenen Blick zur Seite. Niemand schenkte uns Beachtung. Aufatmend blickte ich zu meinem Tanzpartner hinauf und begegnete dem höchst amüsierten Blick, den er mir durch seine hellblaue Maske zuwarf. Die Kapelle stimmte den nächsten Tanz an, eine flotte Polka diesmal. Auch diesen Tanz beherrschte Jojo mit Bravour, und wir fegten in raschem Tempo über die Tanzfläche.

»Mach's gut, Sophia«, sagte Jojo, als dieser Tanz zu Ende war und wir uns erhitzt und etwas schwindlig gegenüberstanden. »Ich verabschiede mich jetzt besser. Wir sehen uns bald wieder, ich versprech es dir.«

Mein Hals war wie zugeschnürt. Ich brachte kein Wort hervor. So konnte ich nur stumm nicken, während Jojo meine Hand an seine Lippen zog und dann in der Menge verschwand. In diesem Augenblick spielte die Kapelle einen Tusch.

»Mitternacht!« rief George von der Orchesterbühne her. »Demaskierung!«

O Gott, fuhr es mir durch den Kopf, ob Jojo es wohl noch rechtzeitig geschafft hatte, aus dem Saal zu kommen? Ich blickte mich nach allen Richtungen um, doch von einem schwarzen Domino mit blauer Augenmaske war nichts mehr zu sehen.

XI.

An den folgenden Tagen schwebte ich wie auf Wolken. Ich war mir sicher, daß Jojos riskantes Erscheinen auf dem Maskenball der Herzogin nur bedeuten konnte, daß er in mich verliebt war. Und so verrückt dieser Gedanke auch war, auch ich hatte mich in ihn verliebt. Tief drinnen in meinem Innersten wußte ich, daß es absurd war, sich in einen gemeinen Straßenräuber zu verlieben. Ich wußte nichts über ihn, außer daß er mit seiner Bande in einer verlassenen Gastwirtschaft hauste. Einem Wirtshaus, dessen Wirt irgend etwas zugestoßen war, wie ich von dem Gastwirt erfahren hatte, in dessen Schankstube der Steckbrief hing. Und ich wußte, daß Jojo vom Straßenraub lebte. Der feurige Rotfuchs, der vornehme Anzug, das teure Rasierwasser, vermutlich alles Beute von Raubzügen. Wie war es möglich, daß ich eine Liebe zu diesem Mann auch nur in Erwägung ziehen konnte?

Ich klammerte mich an den Gedanken, daß Jojo schon bessere Tage gesehen haben mußte. Er pflegte eine kultivierte Sprache, war intelligent und überraschend gebildet. Sicher war er unverschuldet in die Lage gekommen, in der er sich nun befand. Mit solchen und ähnlichen Überlegungen versuchte ich, meine Gefühle vor mir selbst zu rechtfertigen. Vor der Gesellschaft würde ich sie nie rechtfertigen können. Darum konnte es für diese Liebe keine Zukunft geben. Obwohl ich mir das alles eingestand, war ich seltsamerweise nicht am Boden zerstört. Nein, ich schob jeden Gedanken an die Zukunft einfach beiseite. Ich dachte nur an das Jetzt und daran, daß ich glücklich war. Mein Leben schien mit einem Mal einen neuen Inhalt bekommen zu haben. Meine Tage waren erfüllt mit der Vorfreude auf ein Wiedersehen und der beglückend schmerzlichen Sehnsucht, wieder in diesen starken Armen zu liegen.

Auf Rampstade ging das Leben wieder seinen gewohnten Gang. Die Herzogin hatte mir persönlich für meine gelungene Organisation gedankt, und ich hatte mich sehr über dieses ehrliche Lob der strengen Dame gefreut. Auch mein Geburtstagsgeschenk, das ich ihr am Abend vor dem Balltag überreicht hatte, schien ihren besonderen Gefallen gefunden zu haben. Als ich am Tag nach dem Ball zum Frühstück hinunterkam, fand ich die Tanzgruppe aus Porzellan als Mittelpunkt der kleinen Sammlung in der Vitrine des Frühstückszimmers wieder.

Die Herzogin selbst hatte sich wieder in ihre Gemächer zurückgezogen. Es schien, als habe der Ball doch mehr Kräfte gekostet, als sie selbst angenommen hatte. Dr. Broker, der umgehend gerufen worden war, ließ keinen Zweifel daran, daß die alte Dame unbedingt der Schonung und der absoluten Ruhe bedurfte. Er nahm George ernsthaft ins Gebet, daß dieser gestattet hatte, daß sich seine Großmutter derartigen Strapazen aussetzte.

Es blieb also wieder Hetty, George, Miss Heather und mir überlassen, uns um die Gäste, die noch auf Rampstade weilten, zu kümmern und ihnen die Tage bis zur geplanten Abreise so angenehm wie möglich zu gestalten.

Inzwischen hatte ich auch erfahren, welcher der Ballbesucher der Earl of Cristlemaine war. George hatte es mir gesagt, als wir uns am Tag nach dem Ball am späten Vormittag zum Frühstück trafen.

»War denn dein Cousin Max gestern nicht zugegen?« fragte ich ihn, während ich meinen Toast mit frischer Butter bestrich.

»Aber natürlich war er anwesend«, entgegnete George verwundert. »Hat er sich dir nicht vorgestellt?«

Ich schüttelte den Kopf. »Nein, beschreibe ihn mir bitte. Welches Kostüm hatte er an?«

George überlegte. Es war offensichtlich, daß er seinem Cousin nicht allzuviel Beachtung geschenkt hatte:

»Irgend etwas Dunkles«, sagte er schließlich. »Ich war sicher, daß du wüßtest wer er war, als ich euch zusammen tanzen sah.«

Mir wäre fast der Bissen im Hals steckengeblieben: »Doch nicht dieser große, unangenehme Mensch im schwarzen Domino!« rief ich aus.

»Genau, der war es«, nickte George lachend. »Gar so groß ist Max zwar nicht, aber unangenehm stimmt auf jeden Fall.« Es war nicht weiter verwunderlich, daß George seinen Cousin nicht als ungewöhnlich groß empfand, war er doch selbst ein Mann, der die meisten anderen überragte. Nun bekam auch das seltsame Verhalten des Unbekannten plötzlich einen Sinn. Wie dumm, daß ich nicht schon am Ballabend daran gedacht hatte, daß es sich bei dem unsympathischen Mann mit der schnarrenden Stimme nur um den Earl of Cristlemaine handeln konnte!

Wer sonst hatte Gründe, George zu drohen und zu sagen, er würde immer bekommen, was ihm zustand? Ich würde ihm einen Strich durch die Rechnung machen. Ich würde George nicht dadurch verunsichern, daß ich ihm die Drohungen seines Vetters wiederholte.

»Du hast recht«, sagte ich daher lediglich, »dein Cousin ist wirklich ein unsympathisches, arrogantes Wesen.«

George riß vor Überraschung die Augen auf: »Es freut mich zwar, daß du dich meiner Meinung anschließt. Aber ich finde es doch etwas ungewöhnlich. Soweit ich das beobachten konnte, ist die Damenwelt völlig hingerissen, wo immer Max auftaucht.«

»Nun, ich bin es nicht«, sagte ich mit voller Überzeugung.

An den nächsten beiden Tagen sah ich nichts von Jojo. Da ich sicher damit gerechnet hatte, war ich ziemlich enttäuscht. Ich hielt mich, sooft es nur ging, alleine im Park auf, saß mit einem Buch auf der kleinen Bank und hoffte, daß er käme. Nach Einbruch der Dunkelheit, wenn sich alle schon zu Bett begeben hatten, verharrte ich noch lange am Fenster und wartete auf ein Zeichen aus der Stille des Parks. Doch vergeblich.

Tags darauf erfuhr ich dann, was Jojo davon abgehalten hatte, mich aufzusuchen. Der Grund sollte mich aus heiterem Himmel treffen und mir mit schonungsloser Klarheit den Wahnsinn vor Augen führen, den ich begangen hatte, als ich mich in einen Straßenräuber verliebte.

Dabei hatte der Tag ganz friedvoll begonnen. Die letzten Gäste verabschiedeten sich, um die Heimreise anzutreten. Hetty, George und ich standen an der Auffahrt und winkten den Kutschen nach.

»Ich habe gehört, daß der Notar in zwei Tagen eintreffen soll«, flüsterte mir George heimlich zu. Er war wegen dieser Neuigkeit bester Dinge. Auch ich hoffte, daß nun die Herzogin nichts mehr davon abhalten konnte, ihr Erbe ihrem Enkel George zu hinterlassen. Jetzt, da ich Max kennengelernt hatte, gönnte ich ihm auch nicht den winzigsten Anteil.

»Reitest du mit mir zum Gasthof ›Zur hohen Linde‹?« fragte George mich kurz darauf. »Ich muß rasch dorthin, um die offene Rechnung zu begleichen.«

Da ich nichts Vordringlicheres zu tun hatte, stimmte ich gerne zu. Ich war in den vergangenen Wochen der Vorbereitungen kaum jemals in den Sattel gekommen und freute mich auf einen flotten Ritt. Überdies war die »Hohe Linde« jenes Gasthaus, in dem ich den Steckbrief gelesen hatte. Ich war neugierig, ob mir der Wirt ein neues Gerücht über den gesuchten Straßenräuber erzählen konnte. Nicht zum ersten Mal fragte ich mich, wie ich vergessen konnte, Jojo über den Steckbrief zu informieren! Aber die Stimmung in der Ballnacht war so verzaubert gewesen, Jojo hatte so gar nichts von einem Straßenräuber an sich gehabt...

Hetty schloß sich uns an, und gemeinsam ritten wir in flottem Tempo querfeldein, bis das Gasthaus in Sichtweite kam. »Die hohe Linde« lag direkt an der Poststraße und schien, wenn man das lebhafte Kommen und Gehen der Reisenden betrachtete, ein gern frequentierter Ort zu sein. Mehrere Kutschen standen vor dem breiten Eichentor und aus dem Stall wurde eben ein Paar Brauner herausgeführt, das an eines der Fahrzeuge angeschirrt werden sollte.

Trotz des Wirbels, der hier herrschte, wurde unser Kommen von der Wirtin sofort bemerkt. Geschäftig kam sie näher und bat uns in ein separates Gastzimmer, in dem sie die Abrechnung bereits vorbereitet hatte. Während Hetty und George ihr folgten, machte mir der Wirt ein Zeichen, mit ihm vor der Eingangstür zu verweilen.

»Sie haben sich doch neulich den Steckbrief angesehen, Miss, nicht wahr? Ich meine den, der in meiner Schankstube hing. Sie erinnern sich doch daran, Miss, nicht wahr?«

Ich nickte und wartete ungeduldig darauf, daß der Mann weitersprach. »Nun, und so dachte ich, es würde Sie interessieren, ob der Steckbrief Erfolg hatte. Molly, das ist meine Frau, müssen Sie wissen, Miss, eigentlich heißt sie ja nicht wirklich so, aber wir alle nennen sie Molly. Na, jedenfalls Molly meinte, es würde eine vornehme Miss nicht interessieren, was aus dem Straßenräuber geworden ist. Aber ich sagte ihr, die Miss schon. Die hat doch so genau den Steckbrief gelesen. Die interessiert auch, ob sie den Kerl geschnappt haben. Und wer hat jetzt recht, Miss? Es interessiert Sie doch, ob sie den Kerl geschnappt haben?!«

Ich nickte, weil ich nicht fähig war, auch nur einen Ton hervorzubringen.

»Dacht' ich mir's doch«, sagte der Wirt und nickte zufrieden. »Molly wird staunen, wenn ich sag', daß ich recht gehabt habe. Normalerweise ist es nämlich immer sie, die sich besser auskennt bei die Leut'. Aber diesmal ...«

»Und was ist mit ... dem Kerl«, unterbrach ich ihn ungeduldig und konnte nur hoffen, daß ihm meine dünne Stimme nicht sonderbar vorkommen würde.

»Was ist mit wem? Ach, Sie meinen mit diesem Verbrecher? Diesem Jonathan Joblins? Gefaßt haben sie ihn. Eingesperrt haben sie ihn. Ist ihnen mitten in die Falle gegangen. Das haben sie wirklich toll hingekriegt. Und jetzt wird er baumeln dafür.«

»Baumeln?« rief ich aus.

»Aufgehängt wird er, Miss«, sagte der Wirt mit sichtlicher Genugtuung, und seine Hand zeigte mit einer unverkennbaren Bewegung, wie ihm der Strick um den Hals gelegt würde.

»Seit wann werden Straßenräuber gehängt, ich dachte ...«, stotterte ich. Dabei hatte ich keine Ahnung, welche Strafe wirklich auf Straßenraub stand.

»Ach was, Straßenräuber!« rief der Wirt, der sich zunehmend ereiferte. »Ein Mörder ist er. Ein ganz gemeiner Mörder.«

Er hatte so laut gesprochen, daß einige Reisende interessiert nähergekommen waren.

»Von wem sprichst du?« mischte sich ein Mann mit einem einfachen Tweedsakko ungeniert in die Unterhaltung ein. Ich wußte, daß ich mich jetzt schleunigst in das Wirtshaus zu George und Hetty hätte zurückziehen müssen. Keineswegs war es angebracht, daß ich Mittelpunkt einer heftigen Diskussion vor der offenen Gasthaustür wurde. Und doch war ich unfähig mich von der Stelle zu rühren. Ich mußte einfach stehenbleiben und versuchen, etwas Näheres zu erfahren.

»Vom Joblins red' ich. Der den alten Styrabaker umgebracht hat«, sagte der Wirt, an den Mann im Tweedanzug gewandt.

»Eine Schande ist das!« rief dieser in breitestem Yorkshire-Dialekt. »An den Galgen mit ihm!«

Den alten Styrabaker umgebracht, wiederholte ich in Gedanken. Styrabaker – war das nicht der seltsame Name des Wirts von den »Drei Bettlern«? Ich spürte, wie die Gänsehaut langsam über meinen Rücken kroch. Es paßte alles zu gut zusammen. Die betrunkenen Räuber im Hinterzimmer, die scheinbar sinnlosen Fragen über mein Wissen um den Aufenthaltsort des Wirts ...

»Hat man ihn also endlich geschnappt«, rief ein Dritter.

»Wo haben sie ihn denn erwischt?« wollte der Stallbursche wissen, der sich, an einem Halm kauend, zu uns gesellt hatte.

»Vor drei Tagen war's, Jack«, erwiderte der Wirt, der zu stolz war, daß er sich mit seinem Wissen brüsten konnte, als daß er den Burschen zu seiner Arbeit zurückgeschickt hätte. »Da trieb er sich in der Nacht in der Nähe des Palace herum, oben auf Rampstade. Es war Vollmond an dem Abend, wenn ihr euch erinnert. Und da haben ihn ein paar Burschen aus dem Dorf aufgespürt. Er trug zwar eine Augenbinde, aber die hat ihm auch nichts nützen können. Gemeinsam haben sie ihn überwältigt.«

»Bravo!« riefen die Anwesenden.

Mir war, als würde sich eine unsichtbare Hand um meinen Hals legen. Vor drei Tagen. Das mußte die Nacht gewesen sein, in der der Ball in Rampstade stattgefunden hatte. Sie haben ihn gefangen, als er den Ball verließ. Er hatte eine Augenmaske getragen! Ich sah ihn vor mir, wie er mit mir den Walzer tanzte. Wie lebendig er war, wie fröhlich, wie glücklich. Und nun sollte er ...

»Endlich haben sie den Gauner gefaßt!« rief der Mann im Tweedsakko aus, um nun auch die Leute zu informieren, die interessiert nähergekommen waren. Der Wirt wollte die Rolle als Hauptinformant nicht kampflos aufgeben, und so überboten sich die beiden nun im Aufzählen all der Greueltaten, die Jonathan Joblins begangen haben sollte. Daß man ihn schon seit Jahren in Verdacht gehabt habe, ihm aber nie einen der ungeklärten Morde habe nachweisen können. Das sei erst bei Styrabaker gelungen. Erwürgt hatte er den alten Mann. Nur um sich in den Besitz seiner armseligen Ersparnisse zu bringen. An den Galgen mit ihm!

»Übermorgen ist's soweit«, rief der Wirt aus, stolz darauf mehr zu wissen als der Mann im Tweed. »Da hängen sie ihn draußen am Hartford Field.«

»Bravo! Bravo!« johlte die Menge.

Übermorgen, übermorgen, hämmerte es in meinem Gehirn.

»Sophia!« Georges entsetzte Stimme brachte mich wieder in die Wirklichkeit zurück. Er hatte sich einen Weg durch die Menge gebahnt und ergriff nun meine Hand, um mich fortzuziehen.

»Was machst du denn hier?« fragte er fassungslos.

»Habe der Miss erzählt, daß der Mörder Joblins gefaßt wurde, Sir«, berichtete der Wirt voller Stolz, als würde er Lob für diese Tat erwarten. »Hab' ihr gesagt, daß sie sich keine Sorgen mehr zu machen braucht, weil sie den Kerl in zwei Tagen hängen ...«

... daß sie sich keine Sorgen mehr zu machen braucht – wenn der gute Mann wüßte!

»Dann höre er auf mit diesem Unsinn!« fuhr ihn George barsch an und kehrte den erhabenen Adligen hervor, was er sonst nur sehr selten tat: »Sieht er nicht, daß die Dame schon ganz verschreckt ist durch seine Schauergeschichten!«

Ich mußte tatsächlich außergewöhnlich blaß sein, denn George warf mir besorgte Blicke zu, während wir uns zu den Pferden begaben.

»Was hat dich denn so erschreckt?« wollte Hetty wissen.

»Das weiß ich auch nicht«, sagte ich und versuchte ein Lächeln, das mir kläglich mißlang. In Wirklichkeit war mir zum Heulen zumute. Aber das konnte ich den Geschwistern nicht erzählen. Damit mußte ich warten, bis ich mich alleine auf meinem Zimmer befand. Ich wollte so rasch wie möglich alleine sein. Also wartete ich Georges Hilfe beim Besteigen des Pferdes nicht ab, sondern schwang mich geübt in den Sattel. Dann ergriff ich die Zügel und galoppierte mit vor Tränen fast blinden Augen nach Rampstade zurück.

Hatte ich mich in den Stunden und Tagen nach dem Ballabend in einem Zustand zwischen Traum und Wirklichkeit befunden, so war ich durch die Erzählungen des Wirtes unsanft wieder auf den Boden der Tatsachen zurückgefallen. Nachdem ich meine Tränen getrocknet hatte, befahl ich mir, nüchtern zu denken. Ich mußte etwas unternehmen. Unternahm ich nichts, würde Jojo gehängt. Zwei Nächte noch, ein Tag noch. Was für eine kurze Zeit einen Plan zu fassen. Noch kürzer ihn auszuführen. Was sollte ich bloß tun? An wen konnte ich mich wenden?

Wenn doch mein Bruder dagewesen wäre! Ihm hätte ich mich anvertrauen können. Ich wußte, er würde zu mir halten, auch wenn mein Auserwählter ein Straßenräuber war. Ich fuhr auf. Jojo war kein gewöhnlicher Straßenräuber. Jojo war ein Mörder. Der Mörder des Wirtes von den »Drei Bettlern«. Hätte James auch zu mir gehalten, wenn es darum ging, einen Mörder zu befreien? Ich, Sophia Matthews, liebte einen Mörder. Einen Mann, der imstande war einen alten, wehrlosen Wirt zu erwürgen.

Todmüde fiel ich am Abend ins Bett. Ich hatte Kopfschmerzen vorgeschützt und war nicht zum Dinner nach unten gegangen. Ich hätte keinen Bissen hinunterbringen können. Und ich fand auch keinen Schlaf. Immer wieder versuchte ich mir die Szene vorzustellen, wie sich Jojo in das verlassene Wirtshaus schlich und seine Hände, seine schlanken Finger, um den Hals eines alten Mannes legte und zudrückte. Doch es gelang mir nicht. Vielleicht war er es gar nicht? Vielleicht hatte man ihn völlig zu Unrecht in Verdacht! Und doch hatte ich Jojo mit eigenen Augen in dem verlassenen Wirtshaus gesehen. Hatte ich seine Bande nicht dabei ertappt, wie sie sich an den Vorräten des toten Wirtes gütlich tat? Trog mich meine Erinnerung oder hatte da einer der Männer wirklich den Namen des Wirtes ausgesprochen, als Jojo das Hinterzimmer betrat? Und war ihm dieser nicht brüsk ins Wort gefallen? Ja, das hatte er getan. Und doch, waren dies schon ausreichende Beweise für seine Schuldigkeit?

Was, wenn er unschuldig war. Er mußte unschuldig sein. Wenn mir doch jemand ...

Mit einem Ruck setzte ich mich im Bett auf. Jem! Jem, der Bursche des Earl of Cristlemaine. Er war doch mit Jojo auf sehr vertrautem Fuße gestanden. Ob er wohl mehr über die Sache wußte? Ob er bereit war, mir zu helfen? Es schien, als herrschte ein besonderes Einvernehmen zwischen den beiden. Ja, das war die Lösung! Wie gut, daß mir der Bursche eingefallen war. Ich würde gleich am nächsten Morgen mit Jem Kontakt aufnehmen. Gemeinsam würden wir entscheiden, was zu tun war. Dieser Plan trug erheblich dazu bei, daß ich mich beruhigte. Und als ich mich wieder in meine Kissen zurücklehnte, war ich bald eingeschlafen.

Das Frühstück am nächsten Morgen war die reinste Qual. Hetty und George waren unerträglich gut gelaunt und schmiedeten voller Tatendrang Pläne für unser gemeinsames Tagesprogramm. Wie gerne hatte ich in den vergangenen Wochen an ihren Unternehmungen teilgenommen. Heute ging mir ihr fröhliches Geplauder ganz schrecklich auf die Nerven. Meine Gedanken kreisten um ein zentrales Problem. Wie kam ich nach Grandfox Hall? Und was sollte ich unternehmen, wenn ich Jem dort nicht vorfinden würde?

»Du bist so schweigsam, Sophia. Ist dir nicht gut?« hörte ich Hettys besorgte Stimme.

Ich schüttelte den Kopf und versuchte einen fröhlichen Ton anzuschlagen: »Ein bißchen Kopfschmerzen. Nicht weiter schlimm.«

Miss Heather, die sich zum Frühstück zu uns gesellt hatte, um uns über die Details des Gesundheitszustands unserer Gastgeberin auf dem laufenden zu halten, meldete sich umgehend zu Wort. »Aber mein liebes, liebes Kind. Du solltest dich ins Bett legen. Mit Kopfschmerzen ist nicht zu spaßen! Wenn ich da nur an William denke, meinen Vetter William, den Earl of Stainsfield. Kannst du dich eigentlich an den noch erinnern, George? Nein, ich glaube nicht, der war vor deiner Zeit. So ein stattlicher, gutaussehender Mensch, groß, mit vollem grauem Haar und einem eindrucksvollen Schnurrbart. Wie war der immer gesund und vor Kraft strotzend. Wie das blühende Leben, habe ich immer gesagt. Eines Tages klagte er über Kopfschmerzen. Ich war damals natürlich nicht dabei, aber Lina, seine Frau Lina – die kennst du aber, George, nicht wahr? So eine kleine, unscheinbare Frau, die nie zu reden aufhört, wenn sie einmal anfängt...«

»Ja, solche Frauen kenne ich«, erwiderte George. Er blickte sie dabei mit einer Miene vollkommener Unschuld an, so daß Miss Heather nicht sicher sein konnte, ob er mit dieser Bemerkung nicht etwa sie selbst gemeint hatte.

»Er ignorierte den Kopfschmerz und kurz darauf war er tot«, schloß sie abrupt ihre Ausführungen und warf ihrem Großneffen einen vernichtenden Blick zu. »Also bitte, mein liebes Kind, lege dich ins Bett«, wandte sie sich wieder freundlicher an mich. »Und sage deiner Zofe, sie soll die Vorhänge zuziehen und dir heiße Milch mit Laudanumtropfen bringen. Glaube mir, das wirkt Wunder.«

Ich beeilte mich zu versichern, daß meine Kopfschmerzen nicht so arg waren, daß man das Schlimmste befürchten mußte und versprach mich zu schonen. Mit einem sicher nicht sonderlich gelungenem Versuch ein Lächeln zustande zu bringen, widmete ich mich wieder meinem Frühstück. Endlich wurde die Tafel aufgehoben.

Da ich sie gebeten hatte, mich zu entschuldigen, entschwanden Hetty und George zu den Ställen. Sie wollten zu einer Ruine reiten, die wir vor einigen Tagen auf einer alten Landkarte entdeckt hatten und die auch George bisher verborgen geblieben war.

Ich ging auf mein Zimmer um abzuwarten, bis die beiden Rampstade Palace verlassen hatten. Dann wollte ich zu den Ställen eilen und mir ein Pferd satteln lassen. Ich saß auf der Bettkante, den Blick auf die kleine Uhr auf dem Kaminsims geheftet. Die Minuten schleppten sich unerträglich langsam dahin. Ich hatte mir selbst auferlegt, eine halbe Stunde zu warten, um absolut sicherzugehen, daß ich den Geschwistern nicht mehr in die Arme lief.

Schließlich hielt ich es nicht mehr aus. Ich sprang auf, griff zu meiner Reitpeitsche, setzte den Hut schräg auf den Kopf und verließ mein Zimmer. Durch den Geheimgang, den Melissa mir am ersten Tag gezeigt hatte, erreichte ich ungehindert den Park. Und von dort kam ich problemlos zu den Ställen. Ihre Gnaden, die Herzoginwitwe, hatte ihr Lager die letzten beiden Tage nicht verlassen, und es war anzunehmen, daß Miss Heather bei ihr war, um ihr Gesellschaft zu leisten. Ich öffnete die schwere breite Holztür und trat in den großen düsteren Stall. Es duftete so herrlich vertraut nach Pferden und frischem Heu. Joseph, der jüngste der Stallburschen, der gerade die Boxen ausmistete, stellte die Heugabel an die Wand und kam pflichteifrig herbeigeeilt: »Soll ich Ihnen Rosalind satteln, Miss?«

Üblicherweise hatte das immer einer der älteren Knechte besorgt. Ich blickte mich um. Heute war keiner von ihnen zu sehen. »Bist du denn ganz alleine hier?« fragte ich erstaunt. Joseph war wohl kaum älter als zwölf Jahre.

»Ja, Miss«, bestätigte der kleine Bursche. »Sam ist zum alten Fishmaker hinübergeritten. Scheint, daß die dort Probleme haben mit einem Pferd. Soll lahmen oder so etwas. Und der Stallmeister ist nach York, um Besorgungen zu machen und Greg ...«

»Gut, dann sattle du Rosalind für mich«, unterbrach ich seinen Redefluß. Der Bub machte sich gleich an die Arbeit. Er nahm Zaumzeug und den schweren, verzierten Damensattel vom Haken und schritt damit in die Box von Rosalind, die friedlich das ausgestreute Heu fraß. Ich folgte ihm. Da plötzlich hatte ich eine Idee: »Kennst du Jem?« fragte ich ihn. »Den Stallburschen von Grandfox Hall.« Ich versuchte meiner Stimme einen beiläufigen Klang zu geben. Joseph sollte keinesfalls merken, wie wichtig mir seine Antwort war.

»Ei, freilich kenn' ich den«, antwortete er, ohne seine Arbeit zu unterbrechen. »Kommt immer mit, wenn Seine Lordschaft Ihre Gnaden besucht. Ist ein verdammt feiner Kerl. Er redet nicht viel, und er ist überhaupt nicht eingebildet. Einmal hat er mir sogar einen nagelneuen Lederbeutel geschenkt. Dabei ist er erster Bursche dort und ich bin hier nur Aushilfe im Reitstall!«

Wenn man wußte, wie streng die Hierarchie in der Dienerschaft üblicherweise eingehalten wurde, so war es tatsächlich eine besondere Freundlichkeit, wenn ein erster Bursche einen Stallhelfer überhaupt zur Kenntnis nahm.

»Du kannst doch reiten, Joseph?« wollte ich wissen.

»Aber Miss, natürlich kann ich das!« lautete die entrüstete Antwort.

»Dann sattle ein Pferd für dich und begleite mich nach Grandfox Hall.«

»Nach Grandfox Hall!« rief der Bursche aus und starrte mich mit offenem Mund an. Wahrscheinlich dachte er, ich sei nicht ganz bei Trost.

»Kennst du denn den Weg nicht?« fragte ich ihn besorgt.

»Aber klar doch kenn' ich den. Wie meine Westentasche kenn' ich den. Aber wir reiten mindestens eine Stunde bis hin. Vielleicht wollen Sie lieber die Kutsche nehmen, Miss?« schlug er hoffnungsvoll vor. »Ich kann prima kutschieren.«

»Nein, wir reiten. Ich muß so schnell wie möglich nach Grandfox Hall kommen. Und ich muß dort mit Jem sprechen, ohne daß jemand mein Kommen bemerkt«, setzte ich hinzu. »Glaubst du, daß du das einrichten kannst?«

Die Aussicht auf ein geheimes Abenteuer schien dem Burschen zu gefallen. »Aber sicher kann ich das!« rief er aus und warf sich in die Brust.

Ich ließ eine Münze in seine Hand gleiten.

Joseph strahlte über das ganze Gesicht: »Aber das ist doch nicht nötig ...« stammelte er. »Danke, Miss.« Schnell ließ er das Geldstück in seiner Hosentasche verschwinden.

»Das Treffen bleibt unser Geheimnis, Joseph«, wiederholte ich eindringlich. »Kann ich mich darauf verlassen?«

»Sicher, Miss, so wahr ich hier stehe!« Feierlich hob er zwei Finger seiner rechten Hand in die Höhe. »Ich werde schweigen wie ein Grab.«

Hoffentlich, dachte ich. Was Joseph wohl dachte, was ich mit Jem zu besprechen hatte! Hoffentlich hielt er mich bloß für einen exzentrischen Gast, dem man gegen bare Münze gerne zu

Diensten war. Was auch immer Joseph denken mochte, die Wahrheit würde er nie erraten, und das war das Wichtigste.

Er hatte schnell sein Pferd gesattelt und führte beide Stuten in den Hof hinaus. Der Ritt nach Grandfox Hall führte über Wiesen und Felder, über schmale Wege und durch dichte Waldungen. Ich war nun doppelt froh, daß ich mich entschieden hatte, Joseph als Begleiter mitzunehmen. Allein wäre der Ritt viel zu riskant gewesen, abgesehen von der Tatsache, daß ich den Weg niemals gefunden hätte. Ich hätte mich an die Poststraße halten müssen. Dadurch hätte ich jedoch nicht nur erheblich mehr Zeit gebraucht, sondern vor allem als einsame Reiterin genau das Aufsehen erregt, das ich unbedingt vermeiden mußte.

»Wir sind bald da«, sagte Joseph endlich, als ich schon dachte, wir würden unser Ziel niemals erreichen. »Vielleicht warten Sie besser hier am Waldrand, und ich gehe alleine zum Stall und suche nach Jem.«

»Das ist eine sehr gute Idee«, stimmte ich zu.

»Bringe Jem zu mir, wenn du ihn findest. Ich werde mich hier auf den umgestürzten Baumstrunk setzen und auf euch warten.«

Während Joseph weiterritt, glitt ich aus dem Sattel und band mein Pferd an einen alleinstehenden Baum am Rande einer Wiese. Ich wollte mich auf keinen Fall zu nahe an Grandfox Hall begeben. Was wäre, wenn mich der entsetzliche Earl of Cristlemaine so sehen würde? Ob er wohl dachte, ich sei seinetwegen gekommen? Ich setzte mich auf den Baumstrunk und wartete auf Jem. Hoffentlich hatte ich wirklich Glück, und Joseph konnte ihn finden. Was aber sollte ich tun, wenn er ohne Jem zurückkam? Sollte ich Jem beim verlassenen Gasthof suchen? Ich konnte doch nicht den ganzen Weg umsonst geritten sein! Ob Jem selbst schon Pläne geschmiedet hatte, seinen Hauptmann zu befreien? Vielleicht waren meine Sorgen unnötig. Vielleicht hatte Jojo meine Hilfe gar nicht nötig! Schließlich hatte er mehrere starke Männer in seiner Bande. Ich schöpfte wieder etwas Hoffnung. Vielleicht war die Befreiung eines zu Unrecht verurteilten Mörders doch kein aussichtsloses Unterfangen!

Jojo mußte in einem sehr schnellen Prozeß verurteilt worden sein. Ob das wohl ein fairer Prozeß war? Mir war plötzlich zu kalt auf meinem Baumstumpf. Ich stand auf und begann ruhelos auf und ab zu gehen. Gerade als ich mich fragte, wo Joseph so lange blieb, hörte ich das gedämpfte Hufgeklapper zweier näherkommender Pferde auf dem bemoosten Waldboden. Kurz darauf blitzte Josephs blauer Reitrock durch das Geäst, gefolgt von dem weinroten Rock, der Jem gehören mußte.

»Hier habe ich Ihnen Jem gebracht«, verkündete der kleine Stallbursche schon von weitem. Ich dankte ihm und bat ihn, mit seinem Pferd auf der anderen Seite der Wiese auf uns zu warten. Er warf mir einen enttäuschten Blick zu und trabte davon.

Ich blickte ihm nach, bis er außer Hörweite war und wandte mich dann an Jem.

»Sie wollten mich sprechen, Ma'm?« fragte dieser, nachdem er höflich grüßend die Hand zur Mütze geführt hatte. Er schwang sich aus dem Sattel und blickte mich fragend an. Als ich diesen großen, ernsten jungen Mann vor mir stehen sah, fiel es mir mit einem Male schwer, ihm den Grund meines Hierseins zu verraten. Ich hatte mir bisher keine Gedanken darüber gemacht, wie mein Gespräch verlaufen würde. Meine Gedanken hatten sich ausschließlich mit den Möglichkeiten beschäftigt, wie man Jojo am besten befreien konnte. So wußte ich jetzt nicht recht, wie ich die Unterhaltung beginnen sollte. Ich konnte ja nicht gut mit der Tür ins Haus fallen und ihm unumwunden sagen: »Ich liebe deinen Hauptmann. Wie wollen wir ihn befreien?«

»Ich wollte dir noch einmal für deine tatkräftige Hilfe danken, die Kutsche nach Grandfox Hall zu bringen«, war das erste, was mir einfiel, um das Schweigen zu beenden.

»Nicht der Rede wert, Miss«, erwiderte Jem nicht gerade hilfreich.

»Doch, doch. Wenn du damals nicht gewesen wärst, hätte unser verletzter Kutscher noch länger im Straßengraben liegen müssen«, fuhr ich fort, zu feige mein eigentliches Thema anzuschneiden.

»Ja, vermutlich hätte er das«, bestätigte der Bursche.

O Gott, so würden wir nie weiterkommen. Entschlossen atmete ich durch. »Ich habe gehört, man hat Jonathan Joblins verhaftet«, sagte ich ohne weitere Umschweife und wartete gespannt auf seine Reaktion. Die Antwort war unerwartet gelassen, nur der prüfende Gesichtsausdruck verstärkte sich. »Das habe ich auch gehört.«

»Und ... und, wie wird es jetzt weitergehen?«

Jems Schwerfälligkeit machte mich ganz ungeduldig. Der Bursche konnte doch unmöglich so dumm sein, daß er nicht wußte, worauf ich hinauswollte!

»Was weitergehen? Wie meinen Sie das, Ma'm?«

»Na, was du unternehmen wirst, will ich wissen!« rief ich und überlegte, inwieweit ich ihm meine Liebe zu seinem Anführer enthüllen sollte. Vielleicht zögerte er, mir die Wahrheit zu sagen, da er nicht wissen konnte, auf wessen Seite ich stand. Doch in den nächsten Minuten sollte ich dem Herrn danken, daß ich nichts davon enthüllt hatte. Ich hätte mich damit unverzeihlich bloßgestellt. Die Antwort des Burschen war nämlich eine ganz andere, als ich erwartet hatte: »Ich weiß nicht, was da noch zu unternehmen wäre«, meinte er, »außer natürlich, daß ich am Hartford Field dabeisein werde, wenn sie ihn hängen.«

Die Befriedigung, die er darüber empfand, daß sein Anführer gehängt wurde, war unverkennbar und versetzte mich in tiefstes Entsetzen.

»Wenn ich daran denke, wie lange er die Gegend schon tyrannisierte. Wie sehr haben wir darum gekämpft, daß er endlich dingfest gemacht wird!« Er unterbrach sich. »Warum fragen Sie?«

Ich beschloß, diese Frage nicht zu beantworten. »Ihr glaubt, daß er schuldig ist?« fragte ich statt dessen und konnte es kaum fassen.

»Ich weiß es!« sagte Jem bitter. »Mein eigener Bruder war dabei, als Joblins den alten Styrabaker erwürgte. Er kam gerade am Gasthaus vorbei, als er die Schreie des Wirtes hörte. Er lief ins Haus, wollte zu Hilfe eilen, und dann wurde er von Joblins brutal niedergeschlagen! Wenn nicht Seine Lordschaft zufällig vorübergeritten wäre und Joblins in die Flucht geschlagen hätte, dann hätte Walter, mein Bruder, sicher auch dran glauben müssen!«

»Seine Lordschaft?« stammelte ich. »Sie meinen doch nicht etwa den Earl of Cristlemaine?«

»Aber sicher«, entgegnete Jem. »Und mein Herr war es auch, dem es gelang, Joblins zu fassen! Durch seine Aussage und durch die meines Bruders glaubte der Friedensrichter endlich an Joblins Schuld. Ich bin sicher, daß der noch andere Leute umgebracht hat. Aber nachweisen konnte man ihm nie etwas.«

Ich war wie vor den Kopf gestoßen. Dieser Mann, der gemeine Verbrecher, konnte doch unmöglich der Jojo sein, mit dem ich Walzer getanzt hatte, der seinen Arm um mich gelegt hatte ... Mutlos sank ich wieder auf den Baumstrunk nieder. Es schien keinerlei Zweifel zu geben, daß Jojo wirklich ein Mörder war. Und der widerwärtige Earl mußte zu allem auch noch seine Hände mit im Spiel haben!

»Ist Ihnen nicht gut, Ma'm?« fragte Jem mit unverhohlener Mischung von Besorgnis und Neugierde.

Wie konnte ich mich vor einem Bediensteten nur so gehenlassen! Mally wäre entsetzt gewesen, wenn sie mich so hätte sehen können. Energisch raffte ich mich auf und straffte die Schultern. »Ich danke für die Informationen«, sagte ich und hoffte, daß meine Stimme nicht allzusehr zitterte. »Ich bin wirklich erleichtert, daß man diesem Unhold endlich das Handwerk legen konnte. Man hört ja so viele schreckliche Dinge heutzutage. Ich bin froh, daß ich zu dir gekommen bin. Du hast mir eine große Furcht genommen.«

Damit reichte ich Jem die Hand, der sie ergriff und mir erfreut entgegengrinste. Es schien mir gelungen zu sein, ihn zu täuschen. Rasch winkte ich Joseph herbei, und wir ritten nach Rampstade Palace zurück.

XII.

Hartford Field lag auf halber Strecke zwischen Rampstade Palace und Grandfox Hall, wie ich ohne Schwierigkeiten erfahren konnte. Die Nachricht, daß der meistgesuchte Verbrecher der Gegend gehängt werden sollte, war eines der Hauptgesprächsthemen der Dienerschaft im Hause der Herzogin. So manche erbaten sich von der Haushälterin, dem Butler oder dem Stallmeister einen freien Tag, um dem Spektakel beiwohnen zu können. Ich hatte lange mit mir gerungen und dann doch beschlossen in Richtung Hartford Field zu reiten. Nicht, daß ich dabeisein wollte, wenn man Jojo hängte. Das hätte ich unter gar keinen Umständen über mich gebracht. Aber ich wollte ihn noch einmal, ein letztes Mal, sehen. Ich wollte in Gedanken von ihm Abschied nehmen, wenn sie ihn die Straße von York heraufbrachten.

Gleich nach dem Frühstück ritt ich los, ohne irgend jemandem Bescheid zu sagen. Ich hätte nicht gewußt, wie ich all die neugierigen Fragen hätte beantworten sollen.

Ich war gut eine halbe Stunde geritten, als ich zu der Stelle kam, an der die Poststraße aus York in die Straße einmündete, an der Grandfox Hall und Rampstade lagen. Alle wollten rechtzeitig beim Galgen eintreffen, um einen guten Platz zu ergattern. Ein uninformierter Beobachter hätte leicht den Eindruck gewinnen können, diese Menschen seien zu einem Jahrmarkt unterwegs. Sie waren fröhlich und gingen lachend und plaudernd ihres Weges. Ganze Familien sah ich die Straßen heraufkommen, mit Leiterwagen, in denen sie die kleineren Kinder mitführten. Einige junge Burschen kamen singend des Wegs. Aber auch alte Leute wollten das aufregende Ereignis nicht versäumen. Obwohl sie sich schwer auf ihren Stock stützen mußten, um den weiten Weg überhaupt zu schaffen. Mir erschien das alles so unwirklich. Es konnte doch nicht sein, daß diese Menschen, all diese einfachen, friedfertigen Menschen, sich daran ergötzen konnten, daß Jojo sterben mußte! Konnte ich wirklich nichts anderes tun, als hier hilflos am Straßenrand zu stehen, angerempelt von den Leuten, die sich an mir vorbeidrängten? Während der Mann, den ich liebte, sehnlichst seine Rettung herbeisehnte. War er denn schuldig? Konnte es nicht sein, daß ihm Jem in den Rücken gefallen war? Daß diesem die Treue zu seinem Herrn, dem Earl, letztlich mehr wert war als die Freundschaft zu einem ... Straßenräuber? Doch welchen Plan hätte ich fassen sollen? Was hätte ich allein ausrichten können? Eine einzelne Frau gegen zahlreiche, schwerbewaffnete Bewacher, gegen die große Menschenmenge, die nicht um ihr Schauspiel betrogen werden wollte? Und überhaupt: Was war, wenn Jojo schuldig war? Wenn er wirklich der gemeine Verbrecher war, für den man ihn hielt.

»Ach geh schon aus dem Weg mit deinem Gaul!« schnauzte mich ein alter Bauer an. Es war mir nicht aufgefallen, daß ich mitten auf der Straße stand und den Herandrängenden das Fortkommen erschwerte. Entschlossen machte ich kehrt.

Ich würde am Waldesrand, etwas oberhalb der Straße, warten. Im Schatten der hohen Bäume, ungesehen von der großen Schar der Schaulustigen. Ich stieg vom Pferd, band dieses an einem Baum fest und wartete. Ich weiß nicht, wie lange ich so dagestanden war und auf die Straße gestarrt hatte. Ich nahm kaum etwas davon wahr, was dort unten vor sich ging. Ich fühlte mich so allein, so verletzt, wie gelähmt, unfähig mich zu bewegen.

Da kam plötzlich Leben in die Frauen und Männer am Straßenrand. Sie fingen mit lauter Stimme an Schimpfworte zu brüllen. Ich blickte hoch und erkannte den Grund ihres Geschreis: Zwei Berittene näherten sich auf der Straße aus York. Gefolgt von zwei mageren Pferden, die einen Wagen zogen. Den Abschluß bildeten abermals zwei Berittene, geladene Gewehre im Anschlag. Das konnte nur bedeuten, daß der Delinquent vorbeigeführt wurde. Vorbei an der Menge, vorbei an mir. Hinunter zu dem Platz, wo kaum zwei Meilen von hier der Galgen auf ihn wartete. Bei dem Wagen handelte es sich um ein hohes offenes Gefährt mit Gitterstäben an beiden Seiten. Ich stellte mich auf einen umgelegten Baumstamm, um besser sehen zu können.

Doch es war mir nicht möglich, einen Blick auf den Mann im Wagen zu werfen. Das Gedränge am Straßenrand war zu dicht geworden. Zu viele Männer und Frauen verstellten mir die Sicht. Da stürmte ich, ohne lange zu überlegen, nach vorne und drängte mich durch die grölende Menge, die heftig protestierte. Ich kam gerade zurecht, als der Wagen vorbeigezogen wurde.

»Mörder!« schrie der Pöbel. »Mörder!« Sie griffen nach dem Mann im Wagen, sie zogen ihn an seiner zerlumpten, zerrissenen Kleidung. Sie spuckten ihm mitten ins Gesicht. Ich stand wie versteinert da. Auge in Auge mit dem Mann, der auf dem Boden des Wagens kauerte und dessen grüne Augen unter schweren Lidern verschlagen zu mir herüberglotzten.

»Wer ist das?« wandte ich mich stammelnd an die Nächstbesten. »Wer ist das? Wer ist dieser Mann?«

»Das ist Jonathan Joblins, der Mörder!« rief man mir zu.

»Er wird gehängt!« rief eine Frau.

»Hängt das Schwein!« rief ein Mann.

Das sollte Jonathan Joblins sein? Das konnte nicht Jonathan Joblins sein! Langsam, ganz langsam, während ich zu meinem Pferd an den Waldrand zurückkehrte, begann ich die Wirklichkeit zu begreifen.

Dieser Mann, diese zerlumpte Kreatur im Leiterwagen, das war Jonathan Joblins. Das war der verurteilte Mörder. Nicht Jojo. Jojo war kein Mörder.

Fassungslos blickte ich dem Wagen nach. Die Menge war dabei sich dem Konvoi anzuschließen, schreiend und kreischend folgten sie ihm zum Richtplatz.

Ich blieb alleine zurück. Jojo war nicht Jonathan Joblins. Jojo war kein Mörder. Ich sagte es mir immer und immer wieder vor. Eine Welle der Erleichterung überkam mich. Sie überkam mich so stark, daß ich in Tränen ausbrach und hemmungslos zu weinen begann.

»Taschentuch?« fragte eine wohlbekannte Stimme hinter meinem Rücken.

Ich fuhr herum. Vor mir, im warmen Licht des späten Herbstmorgens, stand Jojo. Ich blickte zu ihm auf und sah durch einen

Schleier von Tränen in sein Gesicht. In diesem Augenblick war ich mir mit einem Male ganz sicher, daß ich diesen Mann liebte. Und daß ich ihn nie wieder hergeben würde, was immer auch die Zukunft für uns bereithalten würde. Und mochten diese Hürden noch so groß sein. Ich würde Jojo heiraten, wenn er mich haben wollte. Ganz egal, was die Leute dazu sagten, ganz egal, welche Art von Leben ich an der Seite eines Mannes von der Landstraße führen mußte.

Ich fragte mich in diesem Moment nicht, wo Jojo herkam und weshalb er wußte, daß ich hier am Waldrand bei der Poststraße stand. Ich war einfach glücklich, ihn zu sehen. Ich hätte mich gerne an seine Brust geworfen. Ich hätte so gerne seine festen, starken Arme um mich gespürt. Doch Jojo machte keine Anstalten mich zu umarmen. Mit ernstem Gesicht stand er vor mir und blickte mir eindringlich und abwartend entgegen. Also nahm ich das dargebotene Taschentuch, trocknete meine Augen und putzte mir die Nase. Jetzt ging es mir schon wieder besser.

»Darf ich fragen, was du hier machst?« fragte er schließlich, die Augen unbewegt auf mich gerichtet.

»Ich habe gedacht, daß du es bist, den sie hängen«, gab ich ehrlich zu und war schon wieder zu einem kleinen Lächeln fähig. Es war ja auch wirklich zu grotesk! Wie hatte ich je auch nur einen Augenblick annehmen können, daß dieser Mann fähig war einen Mord zu begehen?

Jojo hatte seine Arme vor der Brust verschränkt und schüttelte langsam den Kopf: »Was für einen Anlaß habe ich dir wohl gegeben, daß du mich für einen Mörder halten konntest?«

Es kam mir ja selbst inzwischen so dumm vor, aber ...

»Ich habe dich doch mit eigenen Augen im verlassenen Wirtshaus gesehen, wenige Tage nach dem Verbrechen ...«, verteidigte ich mich.

»Und das macht mich schon verdächtig?« fragte er scharf. »Dann hättest du auch Jem verdächtigen müssen, oder einen der anderen Männer! Warum verdächtigst du gerade mich?«

»Jonathan Joblins«, erklärte ich. »Ich war mir so sicher, daß Jojo die Abkürzung dieses Namens ist.«

Einige Augenblicke war es ganz still. Nur das leise Rascheln der Blätter war zu hören. Ich wagte nicht in Jojos Gesicht zu schauen.

»Ach, deshalb also!« rief er schließlich aus und es klang, als wäre er mir nicht mehr so böse. »Das ist wirklich ein dummer Zufall. Sag, wirst du mich in Zukunft jedesmal verdächtigen, wenn irgendein John, Joseph oder Jonas etwas auf dem Kerbholz hat?«

»Nein, natürlich nicht. Das ist nicht fair. Du machst dich über mich lustig, und dabei habe ich mir so große Sorgen um dich gemacht«, entgegnete ich vorwurfsvoll. Und doch war ich froh, daß er die Sache schon wieder von der heiteren Seite sah.

Jojo schob seinen Zeigefinger unter mein Kinn und zwang mich ihn anzusehen. Ich sah in seine großen dunklen Augen, die mich nachdenklich anblickten. Sah seinen Mund, der ein kleines Lächeln erahnen ließ: »Du brauchst dich nicht um mich zu sorgen«, sagte er, und es klang so liebevoll, daß mein Herz wie wild zu schlagen begann. »Ich kann ganz gut auf mich selbst aufpassen.«

Ob er mich jetzt wohl in die Arme nehmen und endlich, endlich küssen würde? Kurz hatte es den Anschein – und doch, Jojo tat nichts dergleichen. Statt dessen ließ er mein Kinn los und bückte sich nach einem Stein, der seine Aufmerksamkeit gefesselt zu haben schien.

»Bist du eigentlich noch verlobt?« fragte er, und es sollte wohl beiläufig klingen. Und doch, wenn ich mich nicht irrte, war da eine Spur von Eifersucht aus diesen Worten herauszuhören. Sollte er sich doch etwas aus mir machen?

»Ja, aber nicht mehr lange«, sagte ich schnell. »In ein, zwei Tagen kommt der Notar. Und sobald das Testament endgültig errichtet ist, und dieser unangenehme Cousin von George aus dem Rennen ist, werden wir die Verlobung lösen. Ich werde dieses Spiel sicher keine Minute länger mitmachen, als unbedingt nötig.«

»Unangenehmer Cousin?« fragte Jojo und kniff die Augen zusammen, »du meinst Cristlemaine?«

»Ja, natürlich. Ein widerwärtiger Mensch. Du weißt, ich war am Anfang alles andere als begeistert von der Idee, Georges Verlobte zu spielen. Naja, begeistert bin ich noch immer nicht und doch gönne ich es George jetzt mehr als zuvor, wenn er das Erbe erlangt. Dieser Earl ist ein ausgesprochen arroganter, unsympathischer, gieriger Mensch, den man einfach nicht mögen kann.«

»Sagt das George?« wollte Jojo wissen.

»George sagt es, und auch ich bin zu dieser Ansicht gekommen. Und außerdem, wie du auch sagtest, Seine Lordschaft ist doch schon reich genug. Wenn ich da alleine an das herrliche Anwesen Grandfox Hall denke – viel zu schön für einen derart widerwärtigen Menschen.«

»Grandfox Hall hat dir gefallen?« erkundigte sich Jojo interessiert.

»Aber natürlich!« rief ich begeistert. »Es ist sicher das schönste Haus, in dem ich je war. Es ist prachtvoll und doch heimelig und gemütlich. Es vermittelt einem ein Gefühl von Geborgenheit, am liebsten hätte ich es gar nicht mehr verlassen. Gefällt es dir denn nicht?«

»Doch, doch«, beeilte sich Jojo zu sagen, doch es klang irgendwie seltsam. »Hast du noch Zeit, oder mußt du sofort nach Rampstade zurück?«

»Natürlich habe ich Zeit«, entgegnete ich sofort. Sicher hatte man auf Rampstade meinen Ausritt schon bemerkt. Hoffentlich machte sich niemand Sorgen um mich, dachte ich mit einem Anflug von schlechtem Gewissen. Ich hätte doch eine Nachricht hinterlassen sollen. Nun, mir würde noch rechtzeitig eine plausible Ausrede einfallen, wenn ich zurückkam. Zuerst wollte ich jedoch, so lange es nur möglich war, mit Jojo beisammenbleiben.

»Das ist fein«, sagte er. »Komm mit, ich möchte dir etwas zeigen.« Er ging voran zu Rosalind und half mir beim Aufsteigen. Jetzt erst bemerkte ich seine Fuchsstute, die etwas weiter den Waldrand hinauf friedlich auf der Wiese graste. Mein Blick glitt zur Straßenkreuzung. Sie lag nun ruhig und verlassen in der wärmenden Mittagssonne. Nichts erinnerte mehr an den Auflauf der Menschen, an ihr Geschrei und Gejohle. Es hatte fast den Anschein, als hätte ich das eben Erlebte nur geträumt.

Ich ritt hinter Jojo einen schmalen Pfad entlang. Wie schön der Tag auf einmal geworden war. Hatte die Sonne heute in der Frühe auch schon geschienen? Mir war, als wäre der Morgen ungewöhnlich trübe gewesen, naßkalt und nebelverhangen. Jetzt blinzelten helle Sonnenstrahlen durch das dichte, buntverfärbte Geäst des Mischwaldes und verursachten tanzende Schatten auf unserem Weg.

Jojo ritt zügig. Es war gar nicht so einfach, ihm zu folgen. Mit sicherem Instinkt führte er seine Stute über Wurzeln und Steine, duckte sich rechtzeitig vor herunterhängenden Ästen und verlor, trotz zahlreicher Weggabelungen und Richtungsänderungen, nie die Orientierung. Es war offensichtlich, daß er diesen Weg nicht zum ersten Mal ritt, und daß er sich in dieser Gegend blind zurechtfand. Ob er diesen Pfad auch auf seinen nächtlichen Streifzügen benützte? Ich starrte auf seinen breiten Rücken, der in gleichbleibender Bewegung auf und nieder ging. Er trug einen dunklen Reitrock, der ihm wie angegossen paßte. Ja, wenn ich es nicht besser gewußt hätte, hätte ich sicher gedacht, der Rock wäre in einem der besten Schneidersalons Londons eigens für ihn angefertigt worden. Nichts an diesem Mann vor mir ließ den Schluß zu, daß es sich um einen Straßenräuber handelte. Nicht die rehledernen Reithosen, schon gar nicht die hohen, blankpolierten Schaftstiefel. Und dennoch war er ein Straßenräuber. Ob ich wohl bald den Grund erfahren würde, der ihn in die Illegalität getrieben hatte? Lange konnte er noch nicht auf der Landstraße tätig sein. Bitte, lieber Gott, dachte ich inbrünstig, gib, daß der Grund, der ihn in die Gesetzlosigkeit getrieben hat, beseitigt werden kann. Gib, daß er durch seine Tätigkeit noch keinen unwiederbringlichen Schaden angerichtet hat. Jojo war ein Gentleman von Geburt, daran gab es für mich keinen Zweifel.

Wir hatten eine breite, sich weithin erstreckende Wiese erreicht, und mein Begleiter zügelte sein Pferd.

»Na, bist du noch hinter mir?« fragte er gutgelaunt über die Schulter hinweg. »Müde?«

»Aber keineswegs«, gab ich zurück und lachte.

»Na, dann los!« Er wies mit der Hand auf die kurzen Stoppeln der frisch gemähten Wiese: »Wer als erster den Waldrand erreicht!«

Das ließ ich mir nicht zweimal sagen. Ich liebte Wettrennen und hatte noch nie eine Herausforderung gescheut. Ein kurzer Schenkeldruck, und dann ließ ich die Zügel schießen. Es schien, als würde Jojo sein Pferd etwas zurücknehmen, um mich an sich herankommen zu lassen. Als wir jedoch Kopf an Kopf lagen und ich eben ansetzte, um ihn zu überholen, da zog er wieder nach vorne. Sein Rotfuchs war wirklich ein prachtvolles Pferd. Ich würde mit der braven Stute Rosalind, die der Stallmeister von Rampstade Palace mir für die Dauer meines Aufenthaltes zur Verfügung gestellt hatte, nie eine Chance haben. Jojo schlug mich um mehr als eine Länge.

»Gratuliere!« rief ich, als ich ganz außer Atem neben ihm zu stehen kam.

»Dafür, daß du kein schnelles Pferd hattest, hast du dich wakker geschlagen«, bemerkte Jojo anerkennend. Wahrscheinlich war es die Freude über dieses Lob, die mich dazu trieb, ihn kokett anzulächeln und zu fragen, was er sich als Siegespreis wünschte.

Ich hatte einmal einen Roman gelesen, da forderte der Held von der Heldin einen Kuß als Lohn für den Sieg eines Wettrennens. Ob Jojo jetzt auch die Gelegenheit nützen würde ...? Er tat nichts dergleichen. Er warf mir bloß einen amüsierten Blick zu. »Wir werden sehen«, meinte er vage. »Doch jetzt reiten wir am besten erst einmal weiter. Es dauert nicht mehr lange, dann sind wir an unserem Ziel angelangt.«

Ich streifte die Haare aus der Stirn, die sich durch das wilde Tempo gelöst hatten und versuchte, sie unter dem Hut zu befestigen.

»Wohin reiten wir denn?« wollte ich wissen. Ich hatte durch den oftmaligen Richtungswechsel völlig die Orientierung verloren und wußte nicht, in welche Himmelsrichtung wir unterwegs waren. Jojo war wieder in einen Wald eingebogen, ohne auf meine Frage zu antworten. Hier war der Weg so breit, daß ich zu ihm aufschließen und neben ihm reiten konnte:

»Wohin bringst du mich?« wiederholte ich hartnäckig.

Jojo blickte zu mir herüber. In seinen Augen blitzte der Schalk.

»In meine Räuberhöhle«, sagte er und legte absichtlich ein schauriges Timbre in seine Stimme.

Ohne Zweifel, Jojo machte sich über mich lustig. Hatte meine Frage vielleicht so geklungen, als sei ich besorgt?

Auf einmal waren wir da. Auf einer kleinen Waldlichtung, die sich unversehens vor uns auftat, stand ein kleines, strohgedecktes Häuschen. Die alte Holztür war frisch gestrichen, die winzigen, bleigefaßten Fenster blitzten vor Sauberkeit. Neben der Haustür hingen schmiedeeiserne Körbe, in denen Herbstblumen in üppigen Farben wucherten. Auf einer grüngestrichenen Bank unter einem der Fenster lag eine graugetigerte Katze schlafend in der wohligen Herbstsonne. Ich saß ganz still in meinem Sattel und konnte mich nicht satt sehen.

»Gefällt es dir?« wollte Jojo wissen.

»Es ist wunderschön«, murmelte ich, ganz ergriffen von dem Anblick, der sich mir bot. »Es sieht aus wie aus einem Bilderbuch. Gerade so, als würden gar keine richtigen Menschen darin wohnen. Und du lebst hier?«

»Gelegentlich«, antwortete Jojo und schwang sich aus dem Sattel. Dann trat er zu mir und reichte mir eine Hand herauf.

»Wo sind wir denn da?« fragte ich, als er mich sanft auf den Boden gehoben hatte. »Auf wessen Grund steht dieses Häuschen?«

Ich war überrascht zu erfahren, daß wir uns im Gebiet des Earl of Cristlemaine befanden.

»Es ist das Haus eines Wildhüters gewesen«, erzählte Jojo. »Und dann habe ich mich dafür entschieden, es ... ich meine, als der letzte Wildhüter, der hier lebte, starb, bin ich hier eingezogen.«

»Aber der Earl«, warf ich ein. »Weiß er, daß du hier bist?«

Jojo lächelte, und die nicht näher zu deutende Belustigung trat wieder in seine Augen: »Der Earl weiß es«, sagte er.

Das konnte ich einfach nicht glauben!

»Der Earl weiß es«, wiederholte ich daher. »Woher kennt er dich? Seid ihr befreundet?« Unvorstellbar, daß ein Earl mit einem Straßenräuber befreundet sein sollte. Unvorstellbar andererseits aber auch, daß Jojo diesen widerwärtigen Adligen zum Freund haben sollte.

Jojo erwog seine Antwort: »Freunde?« sagte er schließlich. »In gewisser Weise sind wir vielleicht sogar Freunde. Wundert dich das?«

»Und ob!« rief ich aus und schlug mir sofort schuldbewußt die Hand auf den Mund: »Verzeih, ich wollte keinesfalls etwas Abfälliges über einen Freund von dir sagen.«

In diesem Augenblick erschien, zu meinem Erstaunen Jem, der Stallbursche von Grandfox Hall, im Rahmen der Eingangstür. Gestern noch hatte ich den Mann in der Livree des Earl nahe dessen Stallungen angetroffen, heute war er, wieder in dunklen Reithosen, bei Jojo zu finden! Ob sich in Grandfox Hall nicht schon längst jemand Gedanken gemacht hat, wo sich der Bursche sooft herumtrieb?

Er hob grüßend die Hand an seine Mütze: »Kann ich Ihnen die Pferde abnehmen, Hauptmann?« fragte er und ergiff, ohne eine Antwort abzuwarten, die Zügel. Nun ging mir ein Licht auf:

»Das war also der Grund dafür, daß du wußtest, wo du mich finden würdest«, stellte ich fest. »Jem hat es dir gesagt.«

»Erraten«, bestätigte Jojo fröhlich und reichte mir die Hand. »Aber nun komm, ich möchte dir das Haus von innen zeigen.«

Wir gingen Hand in Hand über den Rasen: »Was bedeutet eigentlich ›Jojo‹?« wollte ich wissen.

Er zuckte mit den Schultern. »Ich weiß auch nicht, woher dieser Name kommt. Mit meinem richtigen Namen hat er jedenfalls nichts zu tun. Meine Mutter nannte mich immer so, wenn sie nicht gerade böse auf mich war. Und auch meine alte Nanny. Jetzt, da beide tot sind, kennen ihn nur mehr meine engsten Freunde.«

»Wie Lady MacIvor«, konnte ich mir nicht versagen dazwischenzurufen.

Er warf mir einen raschen belustigenden Blick zu. »Wie Lady MacIvor«, bestätigte er gelassen.

Ich wurde nicht schlau aus diesem Mann. Wie gerne hätte ich gewußt, was er dachte. Wie gerne hätte ich ihn ein bißchen mehr durchschaut.

Wir traten über die hohe Schwelle ins Haus. Und obwohl Jojo nicht außergewöhnlich groß war, mußte er sich bücken, um sich nicht am niedrigen Türrahmen den Kopf anzuschlagen. Ich blickte mich in dem schmalen Vorraum um, eine Wendeltreppe aus dunklem Holz führte in das obere Geschoß, das zugleich auch das Dachgeschoß sein mußte. Zwei Türen führten vom Vorraum ab, von denen Jojo eine öffnete. Vor mir lag im hellen Licht der Mittagssonne der Wohnraum. Ich hatte sicher noch nie so etwas Gemütliches gesehen! Die Wände waren mit einfachem, grobem Verputz versehen und mit kleinen Landschaftsbildern und Stickereien aus der Gegend geschmückt. Neben den kleinen Fenstern hingen freundliche Vorhänge. Im Kamin flakkerte ein kleines, behagliches Feuer. Die Dielenbretter des Bodens waren blank geschrubbt. Überall im Raum, auf der Kommode und den Fensterbrettern, standen kleine Sträußchen mit Astern. Auf dem Eßtisch, in der Mitte des Zimmers, war für zwei Personen aufgedeckt worden, und ein kalter Lunch stand bereit. Eine große Zinnschüssel, vollgefüllt mit den verschiedensten Sorten frischen Obstes, leuchtete mir entgegen.

»Du hast gewußt, daß ich kommen würde!« rief ich überrascht aus.

»Sagen wir, ich habe es gehofft«, räumte Jojo ein und rückte mir einen Stuhl zurecht. »Hast du Hunger?«

Ich hatte beim Frühstück vor Aufregung kaum etwas hinuntergebracht. Kein Wunder, daß ich jetzt hungrig war.

Jojo nahm zu meiner Linken Platz: »Meine Lakaien haben heute Ausgang«, sagte er mit seinem eigentümlich spöttischen Lächeln. »Wir müssen uns selbst bedienen.«

Es wurde ein fröhliches, harmonisches Mittagessen.

Wir bedienten uns gegenseitig. Jojo schenkte einen roten, vollmundigen Wein in die geschliffenen Gläser. Es gab kaltes Fleisch mit verschiedenen Soßen, Brot und Gemüse. Auf einem Tischchen standen Kuchen und Käse bereit, alles war liebevoll zubereitet und garniert worden und schmeckte köstlich.

»Wer hat das alles hergerichtet?« fragte ich, weil mir meine Neugierde keine Ruhe ließ. Sollte es hier in diesem idyllischen, einsamen Häuschen etwa ein weibliches Wesen geben?

Jojo, der eben die Gabel zum Mund führen wollte, hielt inne. Es schien, als würde er überlegen, ob er mir die Wahrheit sagen sollte.

»Die Köchin von Grandfox Hall«, antwortete er schließlich.

Die Köchin von Grandfox Hall? Der Bursche von Grandfox Hall versorgte sein Pferd, die Köchin sorgte für sein leibliches Wohl! Ob er vielleicht ein Verwandter des Earls war?

»Nein, frag' nicht«, sagte Jojo, als habe er meine Gedanken gelesen. »Es dauert nicht mehr lange, und dann sage ich dir die ganze Wahrheit.« Er sah mich bittend an. »Es gibt da noch einiges zu regeln, und dann ... dann werde ich ...« Er unterbrach sich und enthüllte nicht, was er dann wollte. Und doch schlug mein Herz heftig. »Du mußt mir vertrauen, Sophia, bitte.«

Ich nickte. Natürlich vertraute ich ihm. Und doch hätte ich zu gerne mehr von ihm gewußt.

»Sprechen wir doch lieber von dir«, schlug Jojo vor. »Du bist also die Schwester von James Matthews.«

Ich seufzte. Wahrscheinlich hatte es wirklich keinen Sinn in ihn zu dringen, er würde mir heute ja doch nichts Näheres über sich und seine seltsame Freundschaft zu Seiner Lordschaft erzählen. Also entschloß ich mich, seinem Vorschlag zu folgen. Ich erzählte von James und seiner Frau, vom Tode meiner Eltern und dem abgebrochenen Debüt in London. Erzählte von meinem Leben und den zahlreichen Tätigkeiten auf Matthews Manor. Von der bevorstehenden Geburt des Erben und davon, daß ich mir Gedanken über meine Zukunft machte. Und dann erwähnte ich sogar Edward Stinford und sagte, bloß um ihn zu reizen, daß ich darüber nachdachte, den Antrag dieses Herrn anzunehmen.

Jojo hatte mir aufmerksam zugehört und nur ab und zu eine Zwischenfrage gestellt, doch jetzt lachte er laut auf: »Wenn der gute Mann wirklich so ein Ausbund von Tugend ist, dann solltest du lieber die Finger von ihm lassen«, sagte er und schien, zu meinem Leidwesen, nicht im geringsten eifersüchtig.

»Aber warum denn?« fragte ich und setzte eine unschuldige Miene auf. »Ich würde an Edwards Seite ein ruhiges, gesichertes Leben führen. Alle Probleme würden mir abgenommen, und ich müßte mir keine Sorgen um die Zukunft machen.« Innerlich mußte ich lachen. Es waren genau dieselben Argumente, die Mally immer vor mir hergebetet hatte.

»Wie idyllisch!« sagte Jojo spöttisch. »Und wie langweilig. Ich glaube nicht, daß du ernstlich erwägst, diesen Mann zu heiraten. Er würde nie mit dir nach London gehen, um ausgelassen an Bällen und Festen teilzunehmen.«

Ich war ehrlich erstaunt. Konnte er wirklich aus meiner Erzählung darauf schließen, daß ich mich nach dem Treiben der Großstadt sehnte? Und woher wußte er, daß Edward nicht der Richtige dafür war?

»Edward würde mir alle Sorgen abnehmen, würde alle wichtigen Entscheidungen mit sicherer Hand treffen, er würde ...«

»Das ist ja genau das, was du dir wünschst«, sagte Jojo und glaubte mir kein Wort.

»Wünscht sich nicht jede Frau Sicherheit, Geborgenheit und einen Mann, der sie vor allen Aufregungen des Lebens abschirmt?« fragte ich, an Mallys Worte denkend.

Jojo überlegte. »Ich weiß nicht, was sich jede Frau wünscht«, erwiderte er schließlich. »Und ich glaube auch nicht, daß sich jede Frau das gleiche wünscht. Natürlich wünschst du dir Geborgenheit, aber das muß doch nicht mit Bevormundung verbunden sein.«

»Nein?« fragte ich überrascht.

»Nein«, sagte er.

»Und deine Frau, würdest du sie nicht bevormunden?« wollte ich wissen.

Jojo grinste mir frech ins Gesicht. »Das kommt auf die Frau an, die ich einmal haben werde«, sagte er. »Aber nehmen wir einmal an, sie wäre so wie du. Ich glaube nicht, daß ich sie dann wirklich bevormunden könnte. Wir würden einen interessanten Gedankenaustausch haben, was auf die Dauer für den Mann auch erstrebenswerter ist, als ständig allein alles zu entscheiden und für beider Leben verantwortlich zu sein.«

Was ich da hörte, gefiel mir außerordentlich. Und überdies gefiel mir, daß er daran dachte, sich eine Frau wie mich zu suchen. Vielleicht machte auch er sich schon Gedanken über eine Ehe mit mir.

»Und du würdest mit deiner Frau nach London gehen und ein Haus mieten ...?« fragte ich und hielt den Atem an. Natürlich würde er das nicht, schon allein seine jetzige Situation würde es ihm niemals erlauben. Doch es reizte mich ihn herauszufordern.

»Nein«, sagte Jojo da auch schon, doch seine weiteren Worte paßten nicht zu meinen Gedanken: »Mieten würde ich ein Haus nicht.«

»Du würdest eines kaufen«, sagte ich spöttisch.

Jojo nickte: »Ich brächte meine Frau nur in ein Haus, das mir selbst gehört.«

Da mußte ich lachen. »Und wo soll dieses stehen?« erkundigte ich mich. »Irgendwo am Stadtrand oder in der City vielleicht?«

Jojo machte eine abfällige Handbewegung: »Mayfair«, sagte er bestimmt. »Was hältst du vom Berkeley-Square?«

»Erste Adresse!« sagte ich lachend.

»Eben.«

Es war wirklich witzig, mit diesem Mann Luftschlösser zu bauen. Wie schön, daß er nicht nur ernst und zynisch, nicht nur romantisch und liebevoll, sondern auch voller Phantasie und Witz sein konnte.

»Und du würdest Diener haben, ein Stall voll der besten Pferde, eine Loge in der Oper, Einladungskarten für Almacks, Zutritt zu den vornehmsten Häusern, Einladungen zu Festen im Palast des Königs, unzählige Mätressen ...«, begann ich schwärmerisch das Phantasieleben in London mit Details zu füllen.

Doch plötzlich bekam ich wirklich ein schlechtes Gewissen. Ich sollte nicht so sprechen. Vielleicht hat Jojo eben dies alles verloren, vielleicht sehnte er sich nach Luxus und Ausschweifung zurück, obwohl er hier in dem einfachen, sauberen Häuschen zufrieden und glücklich zu sein schien. Etwas unsicher wartete ich auf seine Reaktion.

»Nein, doch keine Mätressen!« war das einzige, was er ausrief. Und dabei blinzelten seine Augen vor Vergnügen. Ich atmete auf.

»Na, wenn das so ist, dann werde ich mir überlegen, ob nicht ich deine Frau werden sollte«, sagte ich leichthin.

»Wäre wirklich eine Überlegung wert«, erwiderte Jojo ebenso leichthin.

Ich wollte noch irgend etwas Scherzendes sagen, doch da fiel mein Blick auf sein Gesicht, und die Worte blieben mir im Hals stecken. Seine dunklen, fast schwarzen Augen blickten mich unerwartet ernst an. Vielleicht sagte er jetzt, daß er mich liebte? Mein Herz schlug bis zum Hals.

»Ich glaube, ich bringe dich jetzt besser nach Rampstade zurück«, sagte er statt dessen.

Und dabei war sein Blick so verheißungsvoll gewesen! Seufzend folgte ich ihm ins Freie. Jem saß auf der sonnigen Bank und streichelte mit Hingabe die getigerte Katze, die sich wohlig streckte und reckte.

»Die Pferde, Hauptmann?« fragte er und ließ das Tier so abrupt los, daß es die Krallen aufstellte und empört miaute.

Jem beachtete es nicht und verschwand hinter dem Haus.

Ob es wohl wirklich zu unschicklich war, die Initiative zu ergreifen? Was war es bloß, das Jojo zurückhielt mich zu küssen? Seine Augen sagten, daß er sich danach sehnte, seine Hände hielten mich länger fest als notwendig, seine Arme ...

»Bekomme ich keinen Kuß zum Abschied?« hörte ich mich da auch schon fragen. Ich spürte wie die Röte in mein Gesicht schoß.

Jojo blickte mich abweisend an: »Ich küsse keine verlobten Mädchen«, sagte er abweisend.

»Auch keine scheinverlobten?« fragte ich kleinlaut.
»Auch keine scheinverlobten«, entgegnete er stur.
Und dann küßte er mich doch. Er riß mich in seine Arme, als würde er mich erdrücken und küßte mich mit solcher Leidenschaft, daß mir fast schwindelig wurde. Würde er mir jetzt einen Antrag machen? Kurz hatte es den Anschein, doch dann kam Jem mit den Pferden.
Jojo flüsterte dicht an meinem Ohr: »Sieh zu, daß du deinen Verlobten los wirst, egal auf welche Weise.«
Darüber mußte ich lachen: »Versprochen«, sagte ich.
Dann half er mir in den Sattel, und wir ritten nach Rampstade zurück.

XIII.

Als ich zurückkehrte, herrschte in Rampstade Palace hellste Aufregung. »Wo bist du gewesen?« fuhr George mich an. Er kam mir quer durch die Eingangshalle entgegen, und es hatte den Anschein, daß er dort auf mich gewartet hatte. Ich versuchte, ruhig zu bleiben und mir diesen traumhaften Tag nicht durch irgendwelche Vorwürfe verderben zu lassen. Und dennoch, ich konnte es nicht ausstehen, wenn ich vor dem Butler zurechtgewiesen wurde. Dieser hielt noch immer mit unbeweglicher Miene die Tür offen und tat so, als sei er zur Salzsäule erstarrt. Georges vorwurfsvoller Blick war nicht ungerechtfertigt. Ich war heute morgen fortgeritten, ohne einer Menschenseele zu sagen, wohin.
Heute morgen? War das wirklich erst heute morgen gewesen? Es kam mir vor, als sei es schon eine Ewigkeit her.
Langsam knöpfte ich meine Handschuhe auf und löste die breiten Bänder meines Reithutes. Der Butler schloß leise die Tür und ich hoffte, er würde sich endlich zurückziehen. Doch George war zu ungeduldig, um darauf zu warten.
»Wir haben uns Sorgen um dich gemacht«, sagte er wütend darüber, daß ich ihm noch nicht geantwortet hatte. »Du bist

weggeritten, ohne eine Nachricht zu hinterlassen. Joseph, der Bursche aus dem Stall sagte, du seist blaß gewesen wie ein Gespenst und du seist geritten, als sei der Teufel hinter dir her!«

Das leise Zuschnappen einer Tür verriet, daß uns der Butler endlich allein gelassen hatte. Langsam wandte ich mich George zu. Aus irgendeinem unbestimmten Grund machte es mir diebischen Spaß ihn zu ärgern: »Du willst wissen, wo ich gewesen bin? Nun, ich hatte eigentlich vorgehabt, mich von dem Mörder zu verabschieden, bevor sie ihn hängten. Du weißt doch, der Mann, der den Wirt erwürgte. Aber schließlich habe ich meine Pläne geändert und mit einem Straßenräuber zu Mittag gegessen«, erklärte ich, als sei das ein selbstverständliches Tagesprogramm.

»Sophia!« fuhr George auf und kniff seine Lippen zusammen. »Es ist jetzt nicht die richtige Zeit für Späße! Großmutter hat nach dir gefragt. Wir konnten ihr nicht sagen, wo du zu finden seist. Sie hat sich über dein Verschwinden so aufgeregt, daß sie sich umgehend wieder zu Bett begeben mußte. Weißt du denn nicht, was eine derartige Aufregung für sie bedeutet?«

Schlagartig wurde ich ernst. Mein Verhalten war wirklich unverzeihlich gewesen. Ich wollte mich eben bei ihm entschuldigen, als er fortfuhr: »Weißt du denn nicht, wie gefährlich das für mich ist? Was ist, wenn ... wenn es Großmutter schlechter geht, bevor der Notar bei ihr war?«

Fassungslos starrte ich ihn an. Hatte dieser Mann denn gar kein Gefühl? Dachte er immer nur an seinen eigenen Vorteil?

»George«, sagte ich kalt, »ich will kein Wort mehr darüber hören! Wenn du wüßtest, wie abstoßend ich dein Gerede finde. Du und deine unwürdige Gier!«

»Wie kannst du es wagen, so mit George zu sprechen!« rief eine aufgebrachte Stimme von der Tür zur Bibliothek her. Hetty hatte die Halle betreten, ohne daß einer von uns beiden ihr Kommen bemerkt hatte. Wild gestikulierend kam sie näher. Ich konnte die kleine Person mit dem zorngeröteten Gesicht nur ungläubig anstarren. Ich hatte die zurückhaltende, kichernde Hetty noch nie so aufgebracht und kämpferisch erlebt.

»Wie kannst du ihm vorwerfen, gierig zu sein!« fuhr sie auch schon fort. »Ist es nicht sein gutes Recht, um sein Erbe zu kämpfen? Was kann er denn dafür, daß er nicht mit so reichen Eltern gesegenet ist, wie du es warst? Was kann er denn dafür, daß sein Vater alles Vermögen am Spieltisch durchgebracht hat? Ist es da wirklich ein Unrecht, daß George versucht, von seiner Großmutter zu erben, um seine Frau und später auch seine Kinder versorgen zu können? Ist es wirklich so schändlich, verhindern zu wollen, daß alles an einen Cousin fällt, der selbst mehr als genug besitzt? Hast du wirklich das Recht, den Stab über George zu brechen? Hast du das?« Bei den letzten Worten war sie in Tränen ausgebrochen, die ihr nun in Strömen über die Wangen liefen. Ihr Bruder mußte sie in den Arm nehmen und trösten. Die beiden boten ein rührendes Bild echter Geschwisterliebe. Doch ich war nicht in der richtigen Stimmung, es zu würdigen.

»Alles schön und gut«, sagte ich, während ich die Treppe hinaufstieg, um in mein Zimmer zu kommen. »Aber das ist alles eine Frage des Stils. Und im übrigen ist es nicht mein Problem, wie George einmal seine Frau und seine Kinder zu ernähren gedenkt, denn ich werde ihn ja nicht heiraten.« Diese unfreundlichen Worte bewirkten, daß Hetty noch heftiger schluchzte.

Während George vergeblich versuchte, sie zu beruhigen, warf er mir einen bitterbösen Blick zu: »Sprich eine Spur weniger laut, wenn ich bitten dürfte«, zischte er mich an. »Wenn dich jemand hört. Noch sind wir verlobt...«

Ich wollte keinesfalls weiter mit den beiden streiten. Also ließ ich sie einfach in der Halle stehen und zog mich in mein Zimmer zurück.

An diesem Abend hatte ich keine Lust, mit den Geschwistern zu dinieren. Als dann auch noch Mrs. Plusbellow, die Kammerfrau der Herzogin, anklopfte und mir mitteilte, ihre Herrin würde mich erst am nächsten Nachmittag zu sprechen wünschen, da beschloß ich, in meinem Zimmer zu bleiben. Ich schützte wieder einmal Kopfschmerzen vor und bat Melissa, mir das Abendessen in mein Zimmer zu bringen.

So traf ich Hetty und George erst am nächsten Morgen beim

Frühstück wieder. Es war keine sehr angenehme Mahlzeit. Denn obwohl wir uns gegenseitig für die ungestümen Worte entschuldigten, die einer dem anderen brüsk an den Kopf geworfen hatte, obwohl wir uns darin überboten um Verzeihung zu bitten, wollte sich doch der kameradschaftliche Ton, der in den vergangenen Wochen zwischen uns geherrscht hatte, nicht wieder einstellen. Wie befreiend wäre es gewesen, wenn wir gemeinsam über unser Streitgespräch in der Halle hätten lachen können. Doch wir konnten es nicht. Es war, als sei von unsichtbarer Hand eine gläserne Mauer zwischen uns errichtet worden, mit George und Hetty auf der einen und mir auf der anderen Seite. Nachdem wir uns also ausgiebig entschuldigt hatten, lag ein angespanntes Schweigen über dem Frühstückstisch. Nur Hettys nervöses Kichern durchbrach von Zeit zu Zeit die Stille. Und fast hätte ich wieder die Beherrschung verloren und hätte Hetty angebrüllt, das alberne Verhalten aufzugeben. Mit Mühe nahm ich mich zusammen und zog mich, mich entschuldigend, zurück. An diesem Vormittag gab es keinen gemeinsamen Ausritt, wie er uns schon zur Gewohnheit geworden war. Die Geschwister ließen sich ihre Pferde satteln, ohne mich zu fragen, ob ich mitkommen wollte. So beschloß ich, die letzten wärmenden Sonnenstrahlen zu nützen, und mich auf die kleine Bank im Garten zurückzuziehen und etwas zu lesen. Ich hatte mir vor meiner Abreise in Winchester den letzten Roman von Miss Austen besorgt. Bis jetzt hatte ich noch keine freie Minute gehabt, um darin zu schmökern.

Als es Zeit für den Lunch war, ging ich ins Haus zurück und erfuhr, daß Hetty und George noch nicht von ihrem Ausritt zurückgekommen waren. Und ich erfuhr auch, daß mich Ihre Gnaden um ein Uhr zu sprechen wünschte. Ich nahm also einen kleinen Imbiß in ungewohnter Stille ein, da Miss Heather, wie ich nicht ohne erfreutes Aufseufzen feststellte, ihr Mittagessen im Zimmer ihrer Cousine aß. Ich fragte mich, was meine Gastgeberin wohl mit mir besprechen wollte. Würde sie mich dafür tadeln, daß ich am Vortag, ohne eine Nachricht zu hinterlassen, fortgeritten war?

Durch einen offenen Spalt in der Zimmertür hörte ich, daß die schwere Eingangstür geöffnet wurde. George und Hetty waren von ihrem Ausritt zurückgekommen.

»Bringe mir frisches Wasser hinauf«, hörte ich Georges Stimme, die einem Diener Anweisungen gab. »Und serviere meiner Schwester und mir auch den Lunch nach oben.«

Daraufhin waren eilige Schritte in Richtung Treppe zu vernehmen. Sie waren also noch so böse auf mich, daß sie nicht einmal mehr mit mir essen wollten. Nun, auch gut. Lange würde ich ohnehin nicht mehr auf Rampstade bleiben. Ich faltete die Serviette zusammen. Dann machte ich mich auf den Weg zu den Gemächern der Herzogin, die im rechten Flügel des Palastes lagen. Meine Schritte hallten durch den breiten, hohen Gang. Vor einem der schmalen Fenster blieb ich stehen und genoß den Blick über die weitreichenden Ländereien. Hier im Osten grenzten sie direkt an die Besitzungen des Earls of Cristlemaine. Irgendwo dort, etwa dreißig Minuten schnellen Ritts entfernt, lag auf einer kleinen Lichtung das Häuschen. Ob sich Jojo wohl gerade dort aufhielt? Ich sah ihn im Geiste an dem rohen Holztisch sitzen, ein Glas Wein in der Hand ... und er dachte an mich. Wenn es nur wirklich so wäre!

»Ach, da bist du ja schon, meine Liebe. Da wird sich Cousine Agathe freuen. Sie schätzt Pünktlichkeit sehr, mußt du wissen.«

Miss Heather kam eifrig näher. »Komm mit mir, mein Kind, ich werde dich gleich zu ihr bringen.«

Ich lächelte dankbar. Alleine hätte ich nicht gewußt, an welche der hohen, weißen Flügeltüren, die von diesem Flur abgingen, ich hätte klopfen müssen. Miss Heather klopfte an eine der Türen, trat jedoch nicht ein, sondern blieb mit geneigtem Kopf lauschend davor stehen. Kein Laut war zu vernehmen.

»Vielleicht ist Agathe eingeschlafen.« Sie legte ihren Zeigefinger an die Lippen und bedeutete mir, mich ganz still zu verhalten. Dann drückte sie die Klinke hinunter und huschte ins Zimmer. In ihrem breiten Himmelbett lag, zurückgelehnt in einen großen Berg bestickter Kissen, die Herzogin. Sie hatte die Augen geschlossen und schien eingschlummert zu sein.

Doch so, als spürte sie instinktiv, daß sie nicht mehr allein im Zimmer war, setzte sie sich mit einem Ruck im Bett auf. Miss Heather hatte den Raum bereits wieder verlassen wollen und auch mich in den Gang zurückgedrängt.

»So laß sie doch hier«, ertönte die gebieterische Stimme vom Bett her. »Du weißt doch, daß ich Sophia sprechen möchte. Allein allerdings«, fügte sie hinzu, als Miss Heather Anstalten machte zu bleiben. Die so des Zimmers Verwiesene setzte ein beleidigtes Gesicht auf, verließ uns jedoch, ohne ein Wort des Protestes zu erheben. Es war mir schon einmal aufgefallen, daß sich Miss Heather in Anwesenheit ihrer Cousine bemühte, möglichst selten in ihre weitschweifige Redeweise zu verfallen. »Dafür spricht sie um so mehr, wenn wir mit ihr alleine sind«, hatte George trocken gemeint, dem ich meine Beobachtung einmal mitgeteilt hatte.

»Nun, mein Kind«, begann die Herzogin in ungewöhnlich mildem Tonfall, »du darfst dich zu mir setzen.« Ich zog mir einen Sessel zum Bettrand und wartete gespannt auf das, was mir Mylady zu sagen haben würde.

»Gefällt es dir hier in Rampstade Palace?« erkundigte sie sich freundlich. Das konnte ich ruhigen Gewissens mit ja beantworten, und ich bedachte das Schloß mit einigen lobenden Worten.

»Das freut mich zu hören«, sagte sie und lächelte mir zu, »und dich wird es freuen, daß ich mich entschlossen habe, deinen George zu meinem Haupterben einzusetzen.«

Sie blickte mich so voller Erwartung an, daß ich meinen Blick senken mußte. Ich hatte keine Ahnung, wie ich auf diese Mitteilung reagieren sollte. George hatte sein Ziel erreicht, das war das erste, was mir durch den Kopf ging. Und daß wir nun nicht mehr länger gezwungen waren, die Verlobten zu spielen. Aber was sollte ich zu der alten Dame sagen?

»Na, freust du dich denn gar nicht?« Die Matratzen waren so hoch, daß ich nach oben blicken mußte, wenn ich mit Mylady sprechen wollte.

»O doch, natürlich sehr«, murmelte ich.

»Es freut mich, daß du nicht habgierig bist«, sagte sie darauf und beschämte mich damit zutiefst. Ich fühlte mich so unbehaglich und hätte George am liebsten den Hals umgedreht. Wie kam ich dazu, daß ich um seinetwillen diese liebe alte Frau anlügen mußte. Und doch, ich war schon viel zu sehr in die Sache verstrickt, als daß ich jetzt noch eine Kehrtwendung hätte machen können. Und überhaupt: Warum sollte ich mich der undankbaren Aufgabe unterziehen, Georges Großmutter reinen Wein einzuschenken. George hatte sich diese Suppe eingebrockt, er sollte sie auch auslöffeln. War mir dieses Gespräch schon bisher als der Gipfel der Peinlichkeit erschienen, so sollte es noch viel schlimmer kommen.

»Ich will dir sagen, daß ich in den Wochen deines Hierseins einen sehr guten Eindruck von dir gewonnen habe. Mir gefällt es, daß du so vernünftig und selbständig bist. Ich habe den Eindruck, du hast dein Leben fest im Griff.«

Wenn sie wüßte, dachte ich. Ich hatte gar nichts im Griff. Ich war verlobt mit einem Mann, den ich nicht heiraten wollte und wollte einen Mann heiraten, der nächtens die Landstraßen unsicher machte.

»Und ich wollte dir danken dafür, daß du so einen wohltuenden Einfluß auf meinen Enkel ausübst«, fuhr die Herzogin fort. »George erscheint mir ruhiger geworden zu sein. Er ist nicht mehr so sprunghaft und leichtfertig. Allein der Umstand, daß er sich so liebevoll um seine jüngere Schwester kümmert, die er früher nie beachtete. Ich glaube, auch das haben wir dir zu verdanken.«

»Ich glaube, daß das daher kommt, daß George älter und gesetzter wird«, protestierte ich schwach. Ich hatte noch nicht feststellen können, einen guten Einfluß auf irgend jemanden zu haben, schon gar nicht auf George Willowby. Der tat doch ohnehin nur das, was er wollte.

»Ich denke, mit einer klugen, treuen Frau an seiner Seite wird er würdig in die Rolle des Erben von Rampstade hineinwachsen. Er wird kein Vermögen verschleudern, wie es sein unseliger Vater getan hat. Ich kann ihm Rampstade mit ruhigem Gewissen anvertrauen.«

Was hätte ich darauf erwidern sollen? Ich wußte es nicht und entschied mich, ihr schweigend und möglichst dankbar entgegenzulächeln.

»Den Teil des Besitzes, der an Grandfox Hall grenzt und durch einen kleinen Bach von unserem eigentlichen Gebiet abgetrennt ist, muß ich allerdings Max vermachen. Es ist zwar auch ein ausgedehnter Flecken Erde, aber George wird ihn nicht vermissen. Weißt du, das bin ich Max schuldig. Ich kann ihn doch nicht völlig leer ausgehen lassen. Überdies hat dieser Grundanteil in früheren Zeiten ohnehin einmal zu Grandfox Hall gehört. Irgendein Vorfahre von den Cristlemaines hat es im Spiel einmal an einen Rampstade verloren. Ich will es ihm jetzt zurückgeben. Ich hoffe, du hast dafür Verständnis.«

Ich nickte. Natürlich hatte ich das. Auch wenn ich den Earl nicht mochte, so hatte ich mir doch von allem Anfang an die Frage gestellt, warum die Herzogin den Besitz nicht einfach jedem Enkel je zur Hälfte gab. Wäre das nicht die gerechtere Lösung gewesen? Zumindest hätte es George erspart, einen Narren aus sich zu machen. Natürlich stand es mir nicht zu, diese Gedanken der Herzogin darzulegen. Ich war ja in Wahrheit nur eine Außenstehende. Sobald ich mit Jojo verheiratet war, würden mich die Bewohner von Rampstade Palace vermutlich nicht einmal mehr grüßen.

»Du kennst doch Max?« wollte die Herzogin wissen.

»Ja, ich habe ihn auf dem Ball kennengelernt.« Ich sah die hochgewachsene Gestalt mit den blaßblauen Augen deutlich vor mir. Hoffentlich hatte meine Stimme nicht verraten, daß mir dieser Mann ganz und gar nicht gefiel. Doch Mylady konnte ich nicht täuschen.

»Und du magst ihn nicht«, stellte sie sachlich fest. War ich wirklich so leicht zu durchschauen?

»Dann kennst du ihn nicht richtig«, fuhr sie fort. »Max kann ein sehr arroganter Bursche sein, wenn er will. Aber er hat ein gutes Herz und einen äußerst wachen Verstand. Und viel Humor. Außerdem hat er Charakter, und er scharwenzelt nicht andauernd um mich herum und versucht ... naja, lassen wir das.«

Ich wußte auch so, daß sich ihr letzter Vorwurf gegen George gerichtet hatte. Mylady verharrte einige Augenblicke ganz in Gedanken: »Morgen kommt der Notar«, sagte sie schließlich. »Ich will die lästige Angelegenheit endlich hinter mich bringen. Ich habe George mein Versprechen gegeben, dieses Testament nie mehr abzuändern, komme was da wolle. Und ich werde mein Versprechen nicht brechen.«

»Was immer auch geschieht?« entfuhr es mir, und ich hätte mir am liebsten auf den Mund geschlagen.

Mylady warf mir einen durchdringenden Blick zu. »Was immer auch geschieht«, sagte sie fest.

Ob sie sich wohl im Traum hätte einfallen lassen, was noch alles geschehen würde?

»Und nun, mein Kind, möchte ich dir etwas zeigen. Siehst du die Truhe dort drüben?« Sie deutete mit ihren langen, knochigen Fingern auf ein voluminöses, schwarzes Möbelstück, das in der Ecke neben dem Kamin stand.

»Öffne sie und bringe mir ein Päckchen. Es liegt ganz obenauf und ist in Seidenpapier eingeschlagen.«

Ich stand auf und tat wie mir geheißen. Das Päckchen entpuppte sich als ein leichter, zusammengelegter Stoff. Durch die dünnen Lagen des Papiers war Spitze zu fühlen. Ich schloß die Truhe wieder und reichte das Gewünschte an Mylady weiter. Mit wachsender Neugierde schaute ich ihr zu, wie sie langsam die verknoteten Bändchen löste und schließlich das Seidenpapier zu beiden Seiten zurückschlug. In ihrem Gesicht spiegelte sich wehmütige Erinnerung. Ich starrte auf den Stoff in ihren Händen. Es war eine wunderschöne alte, kostbare Brüsseler Spitze, weiß, etwas vergilbt vielleicht, aber tadellos erhalten.

»Diese Spitze ist wunderschön«, sagte ich bewundernd. Mylady fuhr aus ihren Gedanken auf. Es hatte den Anschein, daß sie mich für kurze Zeit völlig vergessen gehabt hatte.

»Das ist ein Brautschleier«, erklärte sie leise. »Ich habe ihn getragen und meine Mutter vor mir. Auch meine Töchter haben ihn getragen und meine Enkelin Sylvia, als sie ihren Schotten heiratete. Und nun ist er für die Bräute meiner Enkel bestimmt.«

Ich starrte sie fassungslos an. Es war mir plötzlich, als hätte ich mich rettungslos in dem Lügennetz verfangen. Ich mochte die alte Dame. Nie hätte ich ihr weh tun wollen. Was sollte ich nun sagen? Daß ich George niemals heiraten würde? Daß die Verlobung nur dazu diente, George das Erbe zu sichern?

»Und nun sage ich dir noch etwas«, fuhr die Herzogin mit geheimnisvoll gesenkter Stimme fort, so wie man mit Kindern spricht, bevor man ihnen einen lang ersehnten Wunsch erfüllt: »Der Bischof hat zugesagt, euch zu trauen.«

»Der Bischof hat zugesagt...«, stammelte ich hilflos.

»Ja, stell dir vor, ich konnte ihn tatsächlich dazu überreden. Ich hatte ihn gebeten, die Trauung hier in der Kapelle von Rampstade vorzunehmen. Zu Weihnachten, weißt du. Ich stelle es mir wunderschön vor. Und gestern ist der Brief des Bischofs angekommen, in dem er mir die Freude machte und zusagte, die Zeremonie persönlich vorzunehmen.«

Sie war so stolz, so voller Freude! Wie hätte ich ihr diese Freude nehmen können?

»Es wird nur eine kleine Hochzeitsfeier, nur der engste Familienkreis. Ich denke an nicht mehr als sechzig oder siebzig Personen. So viele können wir ohne Probleme in Rampstade unterbringen. Was meinst du, wie die vornehme Welt reagiert, wenn sie nächste Woche eure Verlobungsanzeige in der *Gazette* liest! Eure Hochzeit wird das Ereignis des Jahres...«

»Nächste Woche!« fuhr ich entsetzt dazwischen. »Man wird nächste Woche unsere Verlobungsanzeige in der *Gazette* lesen?«

Die Herzogin schaute ein wenig schuldbewußt aus: »Ich dachte, du würdest dich freuen«, sagte sie. »Ich dachte, ihr jungen Leute seid ganz erpicht aufs Heiraten. Und da habe ich heute morgen einen der Burschen nach London geschickt. War das denn nicht in deinem Sinne?«

»Aber, mein Bruder«, stotterte ich. »Wir wollten doch noch seine Zustimmung einholen. Ich kann doch nicht...«

»Oje, ich bin mit den Jahren wirklich vergeßlich geworden. Der Brief deines Bruders ist schon vor Tagen hier eingetroffen. Ich dachte, ich hätte es dir ausrichten lassen.« Sie beugte sich zu ihrem Nachtkästchen hinab und nestelte eine Zeitlang, zunehmend nervös werdend, in der Schublade.

»Da ist er ja«, rief sie schließlich erfreut und schwenkte triumphierend einen zusammengefalteten, weißen Briefbogen, der eindeutig die Handschrift meines Bruders trug.

»Dein Bruder schreibt wirklich sehr nett. Warte, wo habe ich denn . . .« Sie griff nach ihrem Lorgnon und begann vorzulesen:

»Dankend für Ihr freundliches Schreiben, et cetera, et cetera . . ., darf ich Sie davon in Kenntnis setzen, daß Sophia seit einem knappen Jahr nicht mehr meiner Vormundschaft untersteht. Es steht ihr daher frei, ihre eigenen Entscheidungen zu treffen, auch im Hinblick auf die Wahl ihres Ehegatten. Ich vertraue Sophias Urteilsvermögen. Sollte sie sich tatsächlich für meinen Freund George Willowby entschieden haben, so wird es mir eine Freude sein, ihn als meinen Schwager willkommen zu heißen. Mit der vorzüglichsten Hochachtung . . .«

Sie legte das Augenglas beiseite und reichte das Schreiben an mich weiter. Der gute James. Sein Vertrauen in meine Urteilsfähigkeit rührte mich. Doch zugleich stieg mir auch wieder die Röte in die Wangen. Ob die Herzogin wohl gemerkt hat, daß George und ich sie belogen, als wir ihr erzählten, James sei mein Vormund?

»Und jetzt will ich dir noch vorlesen, wie ich die Verlobungsanzeige formuliert habe, also hör zu: ›Ihre Gnaden, die Herzoginwitwe von Rampstade, Viscountess von Wicklefield, Rampstade, Yorkshire, freut sich, Kunde zu geben von der Verlobung ihres Enkels George Willowby, Sohn des Honourable Richard Paul Willowby und seiner verstorbenen Gattin Catharine . . .‹«

In diesem Augenblick wurde an der Tür geklopft, und die kleine Kammerfrau trat ein, um das Kommen des Arztes anzukündigen.

»Soll warten!« rief die Herzogin mürrisch und durch diese plötzliche Unterbrechung um ihre gute Laune gebracht. »Sophia und ich sind noch nicht fertig. Ich werde läuten.«

Ich hörte gar nicht richtig zu. Nun war alles aus! Eine Verlobung, die bereits in der *Gazette* angekündigt war, konnte nicht mehr gelöst werden. Der Skandal wäre zu groß gewesen. Noch dazu, da auch der Hochzeitstermin bereits verlautbart wurde. Ich hatte, als die Kammerfrau eingetreten war, einen Blick auf Myladys Schreiben werfen können. Der 24. Dezember war darin als Hochzeitstermin festgelegt. Ich würde George heiraten müssen. Da half wohl alles nichts mehr.

Aber ich wollte George nicht heiraten! Die Herzogin mußte dazu gebracht werden, die Anzeige zurückzuziehen. Der Bote mußte aufgehalten werden! Ich war kaum fähig, einen vernünftigen Gedanken zu fassen. Ich wußte nur eines: Ich mußte sofort zu George. Es lag an ihm, seiner Großmutter die Wahrheit zu sagen. Sollte er sich doch etwas ausdenken, um uns aus dieser mißlichen Lage zu befreien.

»Dr. Broker hat nur kurz Zeit, Euer Gnaden«, mischte sich die Kammerfrau wieder ein. »Er ist rasch vorbeigekommen, obwohl er eigentlich schon unten im Dorf sein sollte. Sie wissen, bei der Pächtersfrau, die kurz vor der Niederkunft steht...«

»Ach, ist schon gut«, murrte die alte Dame und fuhr, zu mir gewandt, fort: »Du siehst, du mußt jetzt gehen. Wir werden ein anderes Mal weitersprechen. Ich darf den Arzt nicht unverrichteter Dinge wegschicken. Ich fühle mich noch nicht ganz gesund.«

Wieder bekam ich ein schlechtes Gewissen. Ich stand auf und trat an das Bett, unschlüssig wie ich mich verhalten sollte. Schließlich gab ich einem plötzlichen Impuls nach und küßte sie auf ihre weiße, welke Wange.

»Danke«, murmelte ich. »Vielen Dank für alles.«

Dann raffte ich meine Röcke und eilte zur Türe, getrieben von dem sehnlichen Wunsch, das Schlafgemach zu verlassen.

XIV.

Während der Arzt in Begleitung der Kammerfrau das Schlafzimmer betrat, eilte ich mit raschen Schritten den Gang entlang. Jetzt aber nichts wie zu George! Ich würde ihm ordentlich meine Meinung sagen. Und dann würde ich nicht länger ruhen, bis er seine Großmutter aufsuchte und ihr die Wahrheit gestand. Ich wußte auch schon, wo ich George finden würde. Hatte er nicht das Mittagessen für sich und seine Schwester in sein Zimmer bestellt? Entschlossen raffte ich die Röcke und eilte den Gang entlang, quer durch das Haupthaus, in den linken Flügel, in dem unsere Schlafzimmer lagen.

Atemlos erreichte ich Georges Zimmertür und klopfte energisch dagegen. Sofort hörte ich sich nähernde Schritte, und die Tür wurde geöffnet. Heraus trat jedoch nicht George, sondern die unauffällige Gestalt seines Kammerdieners Beaman.

»Ja, bitte, Miss Matthews?« fragte er mit seiner eigenartig hohen Stimme und mit unbewegtem Gesicht. Und doch hatte ich das Gefühl, aus seinem Ton Unbehagen zu erkennen. Irrte ich mich oder war ihm mein Erscheinen alles andere als angenehm?

»Sagen Sie Ihrem Herrn, daß ich ihn zu sprechen wünsche«, befahl ich.

»Bedaure, Miss«, entgegnete der Diener. »Mr. Willowby ist nicht auf seinem Zimmer.«

»Natürlich ist er das!« fuhr ich ihn an. »Ich habe es mit eigenen Ohren gehört, wie Mr. Willowby sein Lunch nach oben bestellte.«

»Das ist richtig«, bestätigte der Kammerdiener höflich, »doch leider hat mein Herr sein Zimmer in der Zwischenzeit schon wieder verlassen.«

»Ach, tatsächlich?« Ich schob den überraschten Mann mit einer schroffen Handbewegung zur Seite und trat ein. Doch der Raum war tatsächlich leer. Es war offensichtlich, daß George nach seinem Ausritt hiergewesen war. Der Reitanzug, den er getragen hatte, lag ordentlich über einem breiten Lehnstuhl. Eine Kleiderbürste lag daneben auf der Kommode. Es schien, als hätte ich Beaman beim Ausbürsten unterbrochen. Wie kam bloß das Heu auf Georges Hose?

»Wo ist Ihr Herr?« begehrte ich zu wissen.

»Bedaure, Miss«, lautete die abermals mit unbewegtem Gesicht vorgebrachte Antwort, »das entzieht sich meiner Kenntnis.«

Ich glaubte ihm nicht. Langjährige Diener wußten im allgemeinen immer, wo sich ihre Herrschaft aufhielt. Doch langjährige Diener waren im allgemeinen auch besonders verschwiegen. Ich wußte, daß es wenig Sinn hatte, weiter in den Mann zu dringen. Ich würde mich nur vor ihm lächerlich machen und zudem kostbare Zeit verlieren. Meine schlechte Laune wurde durch diese Verzögerung nicht gerade gehoben. Ob George in der Bibliothek war? Im Stall? Im Park? Er konnte überall sein. Ich wußte nicht, wo ich ihn zuerst suchen sollte. Ich beschloß Hetty zu fragen. Sie würde sicher wissen, wo ich ihren Bruder finden würde. Hettys Zimmer war einige Türen den Gang hinunter gelegen. Ich eilte an meinem Zimmer vorbei zu ihrer Tür. Vielleicht hatte ich Glück und Hetty war anwesend.

Auf mein Klopfen kam keine Antwort. Vorsichtig drückte ich die Klinke hinunter. Es war nicht abgeschlossen.

»Hetty, bist du da?« fragte ich durch den Türspalt. Ich wollte mich nur vergewissern, daß das Zimmer wirklich leer war. Ohne einzutreten, warf ich einen oberflächlichen Blick ins Zimmer. Da fiel mein Blick auf Hettys Himmelbett, und ich erstarrte. Die Vorhänge waren nicht zugezogen, und die Decke gab den Blick frei auf einen nackten, muskulösen Rücken. Kein Zweifel, der Rücken gehörte einem männlichen Wesen. Einem männlichen Wesen mit blonden Locken. Und auf diesem Rücken befanden sich, ebenso unzweifelhaft, die schmalen Hände einer Frau!

Ich mußte wohl vor Entsetzen laut aufgeschrien haben, denn die beiden in Hettys Himmelbett hatten mein Kommen bisher noch nicht wahrgenommen. Erschrocken fuhren sie in die Höhe.

Ich stand wie angewurzelt in der offenen Tür, nicht fähig auch nur ein Wort zu sagen. George sprang mit einem Satz aus dem

Bett. Er schnappte seinen Morgenmantel und wickelte diesen um seine nackten Hüften. Darauf eilte er mit großen Schritten zu mir und zog mich ins Zimmer, schloß die Tür ab und drehte den Schlüssel zweimal im Schloß um.

Hetty war leichenblaß und hatte sich die Decke bis zum Kinn heraufgezogen. Ich klammerte mich mit einer Hand an einem Sessel, mit der zweiten an der Tischkante fest. Mir war, als würde ich jeden Halt verlieren. So, als habe mir jemand den Boden unter den Füßen weggezogen.

»Ich dachte, du hättest abgeschlossen«, warf George Hetty vor, und es klang nicht gerade liebevoll.

»Habe ich wohl vergessen«, murmelte diese kleinlaut und begann, wie gewohnt, nervös zu kichern.

»Kann mir jemand erklären, was das zu bedeuten hat?« fragte ich hilflos.

»Es ist nicht so, wie du denkst. Wir können dir alles erklären«, sagte George sichtbar verlegen.

Ich wandte mich ihm zu, worauf er verlegen auf seinen Schlafrock deutete. »Ich würde den zuerst gerne anziehen, wenn du gestattest.«

Rasch drehte ich mich zur Seite. Was mochte das wohl wirklich bedeuten? Es konnte doch nicht sein, daß die Geschwister tatsächlich ein Liebespaar waren!

Während wir warteten, bis George sich anzog, fixierte mich Hetty mit ängstlichem Blick.

»Bitte, setz dich«, sagte George zuvorkommend, schob mir einen Stuhl zurecht und wartete, bis ich Platz genommen hatte.

»Sophia«, sagte er dann und suchte nach den geeignetsten Worten, mir das Unfaßbare, das er mir zu gestehen hatte, möglichst schonend beizubringen. »Es tut mir wirklich leid, daß du es auf diese Weise erfahren mußtest. Aber ... Hetty ist nicht meine Schwester.«

»... nicht deine Schwester?« wiederholte ich ungläubig. »Aber natürlich ist Hetty das. Ich kenn sie doch schon seit langem ...«

George schüttelte den Kopf: »Nicht diese Hetty«, sagte er.

»Du kennst meine wirkliche Schwester Hetty. Die ist aber nicht da. Sie reist, soviel ich weiß, mit meinen Verwandten durch Europa.« Diese Hetty war also nicht seine Schwester! Darum hatte ich sie für eine völlig Fremde gehalten, als ich hier ankam. Erleichtert atmete ich auf. Dann hatte ich also nicht Bruder und Schwester miteinander im Bett ertappt. »Aber, wenn das Mädchen dort im Bett nicht deine Schwester ist, wer ist es dann?«

»Ich bin seine Frau«, meldete sich nun Hetty vom Bett her.

»Sie ist deine Frau!« rief ich aus und vergaß ganz die Erleichterung, die ich eben noch darüber empfunden hatte, daß sie nicht seine Schwester war. »Soll das heißen, ich bin mit einem verheirateten Mann verlobt?« Das war ja wirklich eine Ungeheuerlichkeit.

»Doch nicht richtig verlobt«, meinte George und wollte mich damit wohl beruhigen. Ich saß da und konnte nur den Kopf schütteln. Jetzt wurde mir mit einem Schlag so manches klar. Ich sah Hetty vor mir, die eifersüchtig über ihren George wachte. Ich sah sie vor mir, wie sie ihn wutschnaubend verteidigte, als ich ihm vorgeworfen hatte, er sei gierig.

»Als ich dich das erste Mal sah, dachte ich, ich hätte dich nie zuvor gesehen«, sagte ich zu Hetty gewandt. »Und mein Gefühl hatte mich nicht betrogen. Seit wann seid ihr schon verheiratet?«

»Seit knapp fünf Monaten«, erklärte Hetty verschämt.

»Seit knapp fünf Monaten!« rief ich aus. »Aber warum diese Heimlichkeit, warum ...«

»Ja, warum wohl?« unterbrach mich George mit einem bitteren Unterton in der Stimme. »Glaubst du, ich hätte eine Chance gehabt, je Großmutters Erbe zu erhalten, wenn ich die Hochzeit offiziell verkündet hätte? Denkst du, Großmutter wäre einverstanden gewesen, daß ich ein völlig mittelloses Mädchen heirate, nur weil ich es liebe? Glaubst du das wirklich?«

Wenn Hetty eine Bürgerliche war, dann glaubte ich es allerdings tatsächlich nicht. Die Herzogin war viel zu adelsstolz, um eine Mesalliance zu billigen.

»Meine Mutter war die zweite Tochter des Earl of Buxham«,

sagte Hetty vom Bett her. Na, das klang eigentlich recht respektabel.

»Sie ist die einzige Tochter von Sir Romuald Livingston«, meinte George.

Nicht, daß mir der Name etwas sagte. Aber es schien sich um einen Adligen zu handeln. Livingston? War mir der Name wirklich völlig fremd? Ich war mir sicher, ihn schon einmal gehört zu haben.

»Der Earl!« rief ich aus und erschreckte so die beiden anderen, die nichts von meinen Gedanken wußten. »Der Earl of Cristlemaine. Er hat mich am Ball mit Miss Livingston angesprochen, als er mir drohte«, erklärte ich.

»Max hat dich bedroht?« fragte George fassungslos.

»Na ja, eigentlich nicht mich. Eigentlich galt die Drohung dir. Er sagte, er würde sich holen, was ihm zustehe, und auch deine Tricks würden dir nichts helfen.«

»Das hat Max gesagt?« fragte George ungläubig. »Warum hast du mir bis heute nichts davon erzählt?«

Ich zuckte die Achseln. Sollte ich ihm sagen, daß ich ihn nicht beunruhigen wollte? Ihn, der mich so schändlich hintergangen hatte?

»Heißt du wirklich Hetty?« fragte ich statt dessen die kleine blasse Person in dem viel zu großen Himmelbett.

»Henrietta. Genau wie Georges Schwester. Das ist doch ein glücklicher Zufall, nicht?«

»Wirklich sehr glücklich«, sagte ich trocken.

»Ja, und er hat uns auf die Idee gebracht, daß ich Hetty als meine Schwester ausgebe und mitnehme«, erklärte George freimütig.

»Und wenn sie nicht zufällig Hetty, sondern Maria oder sonst irgendwie geheißen hätte, dann hättest du sie trotzdem mitgenommen und Hetty gerufen«, mutmaßte ich. Georges Grinsen zeigte, daß ich mit meiner Vermutung ins Schwarze getroffen hatte.

»Aber warum?« Ich konnte es immer noch nicht glauben. »Warum konntet ihr mit eurer Vermählung nicht bis nach der

Testamentserrichtung warten! Ihr habt doch gewußt, was für euch auf dem Spiel steht.«

George errötete. Ich sah ihn mit großen Augen an. George, dieses leichtfertige Wesen, der Mann, der sich ohne Zögern mit mir verlobt hatte, obwohl er bereits verheiratet war, dieser Mann errötete plötzlich! Ich habe George noch nie zuvor derart verlegen gesehen.

Und da begriff ich: »Hetty ist schwanger«, stellte ich nüchtern fest.

George nickte erleichtert, daß ich ihm die Peinlichkeit eines Geständnisses erspart hatte. Hetty begann wieder zu kichern.

»Wann ist es denn soweit?« fragte ich.

»Zu Weihnachten«, sagte Hetty verschämt.

Zu Weihnachten. Als ich diese beiden Worte hörte, wurde mir schlagartig bewußt, warum ich hier war.

»Wißt ihr, was noch zu Weihnachten stattfindet?« rief ich aus. Ich empfand geradezu makabre Genugtuung, den beiden diese Mitteilung machen zu können: »Zu Weihnachten heiraten George und ich.«

»Was?« schrie dieser.

»Ja, und der Bischof von York persönlich wird die Trauung vollziehen.«

»Bist du von Sinnen?« fragte George fassungslos und auch Hetty hielt abrupt mit ihrem Kichern inne.

»Es wird ein Fest im kleinen Kreis, nur die Familie, wenn ihr versteht, was ich meine«, fuhr ich unbeirrt fort. »Nicht mehr als sechzig oder siebzig Leute.«

»Sophia!« fuhr mich George an, und es war ihm anzusehen, daß er mich am liebsten geschüttelt hätte. »Was soll dieser dumme Scherz?«

»Kein Scherz«, sagte ich, »deine Großmutter hat einen Anzeigenauftrag an die *Gazette* geschickt.«

»Sie hat was?« fragte er entsetzt und Hetty schrie auf. George ließ sich in den freien Stuhl neben dem Bett fallen. »Mein Gott, sie ist dazu imstande. Was machen wir denn jetzt bloß?« Er sah hilflos von Hetty zu mir.

»Wir machen jetzt gar nichts«, sagte ich und betonte genüßlich das erste Wort. »Aber du wirst etwas machen. Und zwar sofort. Du wirst dich ordnungsgemäß ankleiden und dich zu deiner Großmutter begeben und ihr die Wahrheit sagen. Wenn du zerknirscht genug bist, wird sie dir vielleicht verzeihen. Und dann wirst du einen Burschen aussenden, um den Boten abzufangen, ehe es zu spät ist. Oder noch besser, du wirst ihm selber nachreiten.«

»Nicht bevor der Notar da war«, entschied George kategorisch.

Hatte der Mann den Verstand verloren?! Sturheit war jetzt wirklich fehl am Platze.

»Hast du mir denn nicht zugehört?« schrie ich ihn an. »Wenn du nicht sofort etwas unternimmst, steht unsere Verlobungsanzeige in der nächsten Ausgabe der *Gazette*. Deine Verlobungsanzeige, George. Die Verlobungsanzeige eines verheirateten Mannes!«

Zum ersten Mal seit ich sie kannte, ergriff Hetty zu meinen Gunsten das Wort: »Sie hat vielleicht recht, George. Wir dürfen nicht...«

»Ja, denkt ihr denn, ich habe das ganze Theater umsonst gespielt?« herrschte er uns an. »Nein, kein Wort zu Großmutter, bevor nicht ihre Unterschrift auf dem Testament ist.«

»Heißt das, du willst wirklich warten, bis der Notar kommt, und in der Zwischenzeit die Hände in den Schoß legen?« fragte ich und konnte es nicht fassen. »Heißt das, du willst nicht verhindern, daß diese Anzeige veröffentlicht wird? Weißt du denn nicht, was das bedeutet? Siehst du denn nicht den Skandal, in den du mich da hineinziehst, in den du uns alle hineinziehst, deine Großmutter, dich selbst, nicht zuletzt Hetty?«

»Glaubst du denn, daß mir meine Großmutter je eine Verlobung mit dir verzeihen würde, wenn sie erfährt, daß ich bereits mit Hetty verheiratet bin?« fragte er ganz ruhig und noch dazu in einem Tonfall, als benähme ich mich wie ein störrisches, unbelehrbares Kind.

»Nein, vermutlich nicht«, gab ich zu.

»Na, siehst du«, sagte er schlicht, »darum heißt es abzuwarten, bis der Notar da war. Und soviel ich weiß, kommt dieser ohnehin bereits morgen.«

»Du bist ein ganz erbärmlicher Wicht, George Willowby!« fuhr ich ihn an. »Wenn du schon nicht weißt, was zu tun ist, ich weiß es!« Mit diesen Worten sprang ich auf, warf ihm noch einen letzten, vernichtenden Blick zu und eilte zur Tür, um aufzusperren.

»Es steht dir nicht zu, meiner Großmutter die Wahrheit zu sagen!« rief mir George mit scharfer Stimme nach.

Ich wandte mich zu ihm um: »Keine Angst. Diese unangenehme Pflicht überlasse ich dir. Du hast sie schließlich angelogen, es liegt an dir, ihr auch die Wahrheit zu sagen.«

Damit verließ ich Hettys Zimmer und ließ die beiden grußlos zurück. Mit einem lauten Knall krachte die Tür ins Schloß.

Ich blieb davor stehen und starrte aus dem Fenster des Korridors in den Garten hinaus, ohne wirklich etwas wahrzunehmen. »Ich weiß, was zu tun ist«, hatte ich stolz verkündet. Und dabei hatte ich keine Ahnung, was ich tun sollte. Ich wußte nur, daß diese unselige Anzeige nie erscheinen durfte. Wir alle würden unserem Ruf einen Schaden zufügen, der sich nie, nie wieder würde gutmachen lassen. Ich hatte einen unbändigen Zorn auf George Willowby. Hatte ich mir wirklich einmal eingebildet, ich würde diesen Egoisten lieben? Der Mann, der mich liebte, würde mich nie in so eine aussichtslose Situation bringen. Und er würde sich nicht weigern, mir zu helfen.

Jojo! Jojo würde mir sicher helfen. Ich selbst konnte dem Boten nicht quer durch das Land nachreiten. Vielleicht würde er das für mich tun. Ob ich ihn in seinem Häuschen auf der Waldlichtung antreffen würde? Ich konnte es zumindest versuchen.

Ich eilte in mein Zimmer und bat Melissa, mir in mein graublaues Reitkleid zu helfen. Dann schlüpfte ich in meine Reitstiefel, knöpfte die Handschuhe zu und war in wenigen Minuten mit Hut und Reitpeitsche aus dem Zimmer.

Wie gut, daß ich den geheimen Weg in den Park kannte. Vor

dem Stall begegnete mir Joseph, der mir gleich freudestrahlend entgegenkam. Vermutlich hoffte er, ich würde ihn wieder um seine Begleitung bitten und ihm so abermals einen Nebenverdienst verschaffen. Doch heute würde ich alleine reiten. Das Häuschen lag nahe der Grundstücksgrenze zu Rampstade, und ich war zuversichtlich, daß ich den Weg alleine finden würde. Also bat ich ihn nur, mir Rosalind zu satteln und hoffte, daß er mir meine Ungeduld nicht anmerkte.

Ich fragte mich gerade, wie ich wohl am unverfänglichsten herausfinden würde, welcher der Burschen mit der Anzeige nach London geritten war, als Joseph bemerkte: »Bin heute wieder ganz alleine im Stall, Miss«, sagte er, während er den Damensattel befestigte. »Sam ist mit einer persönlichen Botschaft von Ihrer Gnaden nach London geritten, der Stallmeister ist draußen auf der Koppel und Greg ist bei ihm . . .« Diesmal unterbrach ich seine weitschweifige Aufzählung nicht. Ich hörte ihm allerdings nur mit einem halben Ohr zu. Sam war also nach London geritten. Ich mußte mir überlegen, wie ich Jojo den Burschen am besten beschreiben konnte. Sam hatte ein sehr markantes Gesicht mit Sommersprossen. Und rotblonde Haare, die deutlich verrieten, daß er irischer Abkunft war.

Joseph führte mein Pferd aus dem Stall.

»Soll ich heute nicht mit Ihnen kommen, Miss?« fragte er und sah mich bittend an. Doch ich schüttelte den Kopf. »Vielleicht ein andermal«, versprach ich, während er mir in den Sattel half. Dann ritt ich in flottem Tempo über den Vorplatz die Auffahrt zum schmiedeeisernen Tor hinunter.

Als ich auf dem schmalen Durchlaß durch das dichte Gestrüpp auf die Waldlichtung ritt, sah ich die Fuchsstute aufgezäumt vor dem Haus stehen. Jojo selbst trat eben durch den niederen Türrahmen. Neben ihm stand, ebenfalls in Reitkleidung, Jem, der Handschuhe und Reitpeitsche bereithielt.

Jojo bemerkte mich sofort: »Sophia!« rief er aus. »Nicht, daß ich mich nicht freue, dich zu sehen. Was ist passiert?«

Jem, der die Haustür abgeschlossen hatte, steckte den Schlüssel in die Tasche seines Reitrocks, hob grüßend die Hand und ging hinter das Haus.

»Ich brauche dringend deine Hilfe«, sagte ich und schwang mich aus dem Sattel, bevor er mir seine Hand reichen konnte. »George ist völlig wahnsinnig, und wenn ich nichts unternehme, geschieht eine Katastrophe!«

Jojo blickte mich ernst und erwartungsvoll an, während er mich zu der grünen Bank vor dem Haus führte und mich aufforderte, Platz zu nehmen.

»Die Herzogin«, begann ich zu erzählen, »hat eine Verlobungsanzeige an die *Gazette* geschickt, und damit wird jetzt alle Welt darüber informiert, daß George und ich ...«

»Wann?« unterbrach er mich. »Wann hat sie die Anzeige geschickt und auf welchem Wege?«

»Bereits heute morgen. Sam, der Bursche aus dem Stall, ist zu Pferd nach London aufgebrochen.«

»Und George ist ihm noch nicht auf den Fersen?« fragte Jojo ungläubig.

Ich schüttelte den Kopf. »Das ist es ja, was mich so aufregt! George denkt nicht daran, dem Burschen nachzureiten. Er will zuerst den Besuch des Notars abwarten und das Testament unter Dach und Fach bringen.«

»Dann ist er ein noch größerer Narr als ich dachte. Wie denkt er denn, eine veröffentlichte Verlobung wieder zu lösen?«

Ich zuckte mit den Schultern. »Ich glaube nicht, daß er sich darüber überhaupt Gedanken macht.«

»Vielleicht ist es ihm gar nicht so unrecht«, lautete Jojos überraschende Überlegung. »Vermutlich ist er ganz gerne mit dir verlobt und denkt an eine wirkliche Bindung. Du hast doch auch immer davon geträumt George Willowby zu heiraten, nicht wahr?«

»Das ist eine alte Geschichte!« rief ich aus. »Ich will George auf keinen Fall mehr und überhaupt, selbst wenn ich wollte, George ist verheiratet.«

»Ist er das?« fragte Jojo langsam. Es klang nicht so, als würde er mir wirklich glauben. »Woher willst du das wissen?«

»Ich habe die beiden doch zusammen im Bett gesehen!« rief ich ohne lange nachzudenken.

Jojo schien nicht schockiert, er war eher etwas schwer von Begriff. »Wen?« fragte er.

»Na, George und Hetty.«

»Hetty? Hetty ist seine Schwester.«

»Nicht diese Hetty, die andere Hetty ist seine Schwester. Aber die ist in Europa. Und die Hetty, die da ist, ist Georges Frau. Und er mußte sie heiraten, weil sie nämlich schwanger ist. Aber das konnte er niemandem erzählen, weil er sich ja zuerst sein Erbe sichern wollte. Daher hat er Hetty, seine Frau, für Hetty, seine Schwester, ausgegeben und sich mit mir verlobt. Alles klar?«

Jojo war aufgesprungen.

»Jem, die Pferde!« brüllte er aus Leibeskräften.

»Was willst du tun?« fragte ich, überrascht von seiner impulsiven Reaktion.

»Ich reite los und fange diesen Sam ab. Denkst du, ich werde es zulassen, daß die alte Dame und du in einen derart schauerlichen Skandal verwickelt werden?«

»Ja, aber ... kennst du denn den Stallburschen überhaupt? Wie willst du ihn finden?«

»Jem wird ihn kennen«, sagte Jojo gelassen.

»Und was soll ich jetzt tun?« fragte ich etwas hilflos.

»Du kannst jetzt nichts tun, meine Liebe, fürchte ich. Außer in Rampstade zu bleiben und die Großmutter zu beruhigen, sobald sie die Wahrheit erfährt. Und sei nicht so dumm, George die Pflicht abzunehmen, ihr die Wahrheit zu sagen. Das soll er selbst erledigen. Ich hoffe, sie wird ihm den Kopf abreißen!«

»Ja, aber, wenn du Sam nicht findest?« warf ich ein. »Oder wenn er sich weigert und die Anzeige doch nach London bringt, oder ...«

Jojo legte den Arm um meine Schulter: »Vertrau mir, Sophia, es wird alles gut.«

Das klang so einfach, und doch war ich schrecklich unruhig.

»Bist du sicher, daß du George nicht doch noch liebst?« fragte er nun mit einem prüfenden Blick.

»Ganz, ganz sicher, aber . . .«

In diesem Augenblick kam Jem mit den Pferden um die Hausecke gebogen.

»Es ist jetzt nicht der geeignete Augenblick dafür, und ich wollte eigentlich noch warten, bis . . . aber . . .« Er sah mich mit einem Male so liebevoll an, daß es mir fast die Rede verschlug. »Sophia, wenn ich dich eines Tages fragen werde, ob du mich heiraten willst, wirst du dann ja sagen?«

Diese Worte kamen so unerwartet, daß ich nur stumm nicken konnte.

»Auch wenn ich nicht der bin, für den du mich hältst?« fragte er eindringlich.

»Wer auch immer du bist«, bestätigte ich.

Da beugte sich Jojo nach vorne und hauchte mir einen sanften Kuß auf die Lippen: »Ich liebe dich, Sophia.«

Ich sah ihn mit großen Augen an. Das war das erste Mal, daß er von Liebe gesprochen hatte. Und er schien es tatsächlich ernst zu meinen. Ich war ganz benommen vor Glück.

»Ich muß jetzt los«, hörte ich ihn sagen, während er mir leicht auf die Schulter klopfte. Dann schritt er zu Jem hinüber und schwang sich in den Sattel. »Kennst du einen Stallburschen von Rampstade, der Sam heißt?« fragte er ihn.

»Aber sicher, Hauptmann«, erwiderte der Bursche.

»Dann nichts wie los. Er treibt sich auf der Straße nach London herum, wir müssen ihn aufhalten.«

Mit diesen Worten winkte er mir kurz zu, machte kehrt und ritt auf dem schmalen Pfad durch das Dickicht.

XV.

Der nächste Tag sollte für George eine herbe Enttäuschung bringen. Wir saßen beim Frühstück und bemühten uns, ein zwangloses Gespräch aufrechtzuerhalten. Miss Heather hatte sich zu uns gesellt, und so waren wir gezwungen die Farce weiterzuspielen. Hetty war wieder ganz die liebende Schwester, George der aufmerksame, sie neckende Bruder. Ich, die etwas ins Abseits geschobene Verlobte, betrachtete das Spiel der beiden mit zunehmendem Widerwillen.

Miss Heather schien nichts Außergewöhnliches aufzufallen. Langsam, mit kleinen Schlückchen trank sie ihren Tee, und ebenso aufreizend langsam aß sie kleine Bissen von Toast und Schinken. Dabei unterhielt sie uns mit den neuesten Kochrezepten, die sie mit der Frau des Pfarrers ausgetauscht hatte und fragte Hetty und mich, ob wir dachten, daß Marmelade haltbarer würde, wenn man einen Schuß Zitronensaft beim Kochen unterrührte. Hetty warf mir aus großen Augen einen hilfesuchenden Blick zu. Auch ich wußte keine Antwort. Doch diese war bei Miss Heather ohnehin nicht notwendig. Denn sie ließ ihren Gesprächspartnern höchst selten Zeit, auch nur ein Wort einzuwerfen. Auch diesmal war ihre Frage rein rhetorisch gewesen, denn sie beschäftigte sich bereits wieder mit einem Brief, den sie von ihrer angeheirateten Cousine Lina erhalten hatte, der Frau ihres verstorbenen Cousins William. Der Mutter des Mädchens, das zu heiraten Max sich unverständlicherweise geweigert hatte. Welch ein Zufall es doch sei, daß wir gerade kürzlich von William gesprochen hatten, und jetzt war sein Brief gekommen! Und wie eigentlich die Laudanumtropfen in der heißen Milch gewirkt hatten?

Und auch diesmal war ich nicht gezwungen zu antworten, denn sie sagte, daß man ja sehe, daß sie gut gewirkt hatten. Ich sähe aus wie das blühende Leben!

»Das hast du über Onkel William auch gesagt, und kurz darauf ist er gestorben«, erinnerte sie ihr Großneffe, ebenso präzise wie frech.

Damit war seine Tante jedoch nicht zum Schweigen zu bringen.

»Du schlimmer, schlimmer Junge«, sagte sie und hob, mit schelmischem Lächeln, den rechten Zeigefinger. »Das mit William war eine ganz andere Geschichte. Und überhaupt ist er nicht gestorben, weil ich sagte, er sähe aus wie das blühende Leben, sondern obwohl ich es sagte. Und was Sophia betrifft, meine ich natürlich nicht ... nichts dergleichen. Sondern ich wollte damit nur ausdrücken, daß du, mein Neffe, dich glücklich schätzen kannst, so eine Augenweide zur Verlobten zu haben ...«

In dieser Tonart ging es weiter, und es war George anzusehen, daß er gerne die Tafel aufgehoben hätte. Er rutschte ungeduldig auf seinem Stuhl hin und her, verdrehte die Augen zur Decke und trommelte nervös mit den Fingern auf die Tischplatte. Doch das half ihm alles nichts. Die Tante hatte beschlossen, ihr Frühstück ausgiebig zu genießen. Und aufzustehen, bevor sie fertig war, hätte gegen alle guten Sitten verstoßen.

Da erlöste uns Hufgeklapper, das durch die hohen Fenster in das Frühstückszimmer drang. Ein Reiter war offensichtlich die breite Auffahrt heraufgekommen und wenig später wurde auch schon der schwere Türklopfer betätigt. Georges Augen leuchteten auf. »Ihr entschuldigt mich bitte«, sagte er und erhob sich von seinem Platz. Achtlos legte er seine Serviette auf den Tisch. »Ich vermute, der Notar ist soeben angekommen. Ich muß ihn unbedingt persönlich empfangen und zu Großmutter geleiten.« Er war wieder so guter Dinge, daß er uns fröhlich zuzwinkerte, als er sich vor jeder von uns einzeln verbeugte: »Verehrte Tante«, sagte er, »Sophia, meine Liebe« und »Kleine Schwester« zu Hetty.

Dann ging er hinaus und schloß geräuschvoll die Tür. Wider Willen mußte ich schmunzeln, George konnte noch so leichtsinnig und verantwortungslos sein, ich würde ihm auf die Dauer nicht böse sein können. Mein Blick fiel auf Hetty, und ich hätte beinahe laut losgelacht. Sie hatte mir einen bitterbösen Blick zugeworfen. Es schien ihr nicht behagt zu haben, daß George mich ›meine liebe Sophia‹ genannt hatte, während sie wieder zur kleinen Schwester degradiert worden war.

Miss Heather hatte ihr langwieriges Frühstück beendet und erhob sich nun widerwillig. Ich nahm an, daß ihr die Herzogin nicht gestattet hatte, bei der Abfassung des Testaments zugegen zu sein, sonst hätte sie sich sicher durch nichts davon abhalten lassen, George zu begleiten.

Ich begann mir eben Gedanken zu machen, wie ich den Tag am angenehmsten verbringen könnte, da wurde die Tür aufgerissen und George stürmte herein. Die Wangen waren vor Zorn gerötet und die blonden Haare standen seltsam wirr von seinem Kopf ab, so als habe er sie mit beiden Händen gerauft. Etwas Außergewöhnliches mußte passiert sein.

»Er kommt nicht!« rief er aus und warf sich auf den nächstbesten Stuhl. »Der Notar kommt nicht.«

»Was ist geschehen?« wollte Hetty wissen und vergaß ganz ihr nervöses Kichern.

»Ein Bote war eben da. Er sagte, der Notar sei krank. Er käme erst nächste Woche.«

»Nächste Woche!« rief ich entsetzt. »Wie lange sollen wir diese unwürdige Komödie noch spielen?«

Ich hatte Miss Heather ganz vergessen gehabt, die sich zwar zum Gehen gewandt hatte, aber von Neugierde getrieben in der Türe stehengeblieben war.

»Was für eine Komödie meinst du?« unterbrach sie mich jetzt. »Wollt ihr denn eine Aufführung einstudieren? Eine Scharade vielleicht? Das wäre aber wirklich eine gelungene Abwechslung. Ich erinnere mich noch gut daran, wie wir das als Kinder immer machten. Mein Bruder Godfrey, du kannst dich doch noch an ihn erinnern, George, an deinen Großonkel Godfrey, der dir immer Schokolade mitbrachte, wenn ...?«

George, der wie versteinert auf seinem Stuhl gesessen war und wie benommen den völlig unpassenden Ausführungen seiner Tante gelauscht hatte, unterbrach sie nun brüsk: »Bist du sicher, daß du nichts Dringendes zu tun hast, Tante Heather?« sagte er nicht eben höflich. »Wenn ich mich nicht irre, hat Großmutter eben nach dir gerufen.«

Das war wirklich etwas dick aufgetragen. Nie hätte man die Stimme der Hausherrin von ihrem Schlafgemach, quer durch das ganze Haus, bis zu uns an den Frühstückstisch hören können, und deshalb begann Hetty auch sofort zu kichern. Aber immerhin erfüllte die Bemerkung ihren Zweck. Die Tante verließ, Entschuldigungen stammelnd, das Zimmer.

»Kann nicht ein anderer Notar geholt werden?« nahm ich den Faden wieder auf.

George schüttelte den Kopf: »Nein, Großmutter besteht auf dem alten Barntley. Sie will diese heikle Sache keinem Fremden anvertrauen. Und ehrlich gesagt, hat sie recht. Barntley überwacht seit Jahren, fast schon seit Großvaters Tod, die Verwaltung der Besitzungen. Er weiß über alles bestens Bescheid.«

»Die Herzogin hat mir erzählt, sie wolle jenen Teil der Ländereien, der südlich des Baches liegt und direkt an Grandfox Hall grenzt, an deinen Cousin vermachen«, fiel mir plötzlich ein.

George stutzte. Ich war gespannt auf seine Reaktion. Würde diese Mitteilung einen neuerlichen Wutanfall auslösen? War er gierig genug, seinem Cousin auch den kleinen Anteil an der Erbschaft zu mißgönnen?

Doch er reagierte, wie ich es erhofft hatte: »Das soll sie ruhig tun«, sagte er. »Ich find's gut, wenn auch Max einen Teil abbekommt. Schließlich leben wir doch dereinst hier als Nachbarn. Und da ist es mir angenehmer, mit ihm in Frieden zu leben. Außerdem mag ich keinen Streit in der Verwandtschaft.«

Das war zwar sehr edelmütig gesprochen. Dennoch wußte ich, daß George jeden Streit mit seinem Vetter in Kauf genommen hätte, um sich den Hauptteil des Erbes zu sichern.

»Ich reite nach York«, sagte er nun unvermittelt. »Und ich hole den Notar hierher. Wir werden schon sehen, ob der Mann wirklich so krank ist, wie er behauptet.«

Er war aufgesprungen und zur Tür geeilt, als Hetty sich entschloß, ihn zu begleiten. So fand ich mich überraschend allein gelassen im Frühstückszimmer wieder. Wie sollte ich diesen Tag verbringen?

Ich beschloß, mich umzukleiden und auszureiten und setzte diesen Entschluß auch gleich in die Tat um. So verbrachte ich einen recht angenehmen Vormittag damit, auf Rosalind durch Wiesen und Wälder zu streifen. Es hatte merklich abgekühlt und Rauhreif lag auf den Stoppelfeldern. Auch die Morgennebel, die sich in den vorangegangenen Tagen noch im Laufe des Vormittags gelichtet hatten, blieben nun hartnäckig liegen und hüllten die Landschaft in ein graues und trostloses Bild.

Nach einem einsamen Lunch machte ich mich auf die Suche nach Miss Heather, um sie zu fragen, ob ich ihr bei irgend etwas im Hause helfen konnte. Doch es hieß, sie befände sich im Zimmer der Herzogin und dürfe keineswegs gestört werden. Also zog ich mich mit meinem Roman, den ich vor einigen Tagen zu lesen begonnen hatte, in die Bibliothek zurück. Dort wollte ich auf die Rückkehr von Hetty und George warten. Hoffentlich würde es ihnen gelingen, den Notar zu einem baldigen Kommen zu veranlassen. Ich versuchte zu lesen, doch meine Gedanken schweiften immer wieder vom Buch ab, so daß ich es schließlich ganz zur Seite legte.

Statt dessen rückte ich meinen Stuhl zum Fenster und beobachtete, wie es langsam Abend wurde. Die Sonne verschwand mit fahlem, rotem Licht hinter dem Horizont. Ruhig und friedlich senkte sich die Dunkelheit über die herbstliche Landschaft. Die Stunden vergingen und noch keine Spur von Hetty und George. Ich fühlte mich plötzlich schrecklich einsam in der Stille der erhabenen Bibliothek. Auch seltsam fehl am Platze. Und ich hatte Sehnsucht. Es war weniger die Sehnsucht nach Altvertrautem, weniger nach der Geborgenheit meines Elternhauses, auch nicht die Sehnsucht nach James. Ich wußte, daß das harmonische Leben, das wir beide in den letzten Jahren geführt hatten, endgültig der Vergangenheit angehörte. Es würde keine ausgelassenen Abende mehr geben, keine heißumkämpften Schachpartien, keine Diskussionen über Neuerungen auf Matthews Manor. Elizabeth war an meine Stelle getreten. Das war der natürliche Lauf der Dinge. Ich verspürte keinen Neid bei diesem Gedanken. Etwas Wehmut vielleicht. Wie man sich eben schwer von etwas trennt, das zur lieben Gewohnheit geworden war.

Nein, es war etwas Neues, nach dem ich Sehnsucht hatte. Ich hatte Sehnsucht nach einem Mann mit dunklen Locken und fast schwarzen Augen, und ich hatte Sehnsucht nach einem Leben an seiner Seite. Jojo. Wie seltsam, daß ich nur diesen Spitznamen von ihm kannte. Warum sagte er mir nie, wer er wirklich war? Warum verbarg er seine Vergangenheit vor mir? Was mochte er wohl noch alles vor mir verborgen gehalten haben? Ich liebte ihn, daran gab es keinen Zweifel. Und doch fröstelte mich plötzlich in meinem Lehnstuhl. Ich vertraute ihm. Warum vertraute er mir nicht? War er denn meines Vertrauens würdig? Was hatte er getan, um mein Vertrauen in ihn zu rechtfertigen? Mein Gott, ich kannte ihn ja kaum! Wußte ich, daß er wirklich der Mensch war, den ich in ihm sah? Hatte er nicht selbst gesagt, er sei in Wirklichkeit nicht der, für den ich ihn hielt? Er hatte um meine Hand angehalten und ich ... Nein, er hatte gar nicht um meine Hand angehalten! Er hat sich nur versichert, ob ich ihn heiraten wollte, wenn er mich fragte! Ob das einen Unterschied machte? Wollte er zuerst die Höhe meiner Mitgift in Erfahrung bringen, bevor er mich tatsächlich fragte? Vielleicht wollte er bloß Geld, um aus seinen Schwierigkeiten zu gelangen!

Das Pferd fiel mir ein. Es war doch bereits gesattelt gewesen, bevor ich Jojo meine Erlebnisse mit George schilderte. Bevor ich ihn bat, Sam zu suchen. Und Jem. Irrte mich meine Erinnerung oder war Jems Pferd wirklich mit schweren, prallgefüllten Satteltaschen bepackt gewesen? Jojo mußte dabeigewesen sein aufzubrechen, als ich zu ihm gekommen war. Soviel stand mit Sicherheit fest. Wer sagte mir denn, daß er nun seine Pläne tatsächlich geändert hatte, um nach Sam zu suchen. Vielleicht ritt er längst in eine ganz andere Richtung. Ritt neuen Raubzügen entgegen, während ich hier saß, beide Hände im Schoß und nichts tat, um die Katastrophe abzuwenden!

Ich hielt es nicht mehr länger in meinem Lehnstuhl aus. Wo George nur blieb? Es mußte mir doch noch gelingen, ihn zu überreden nach London zu reiten. Wenn er umgehend aufbrach, konnte er den Abdruck in der *Gazette* vielleicht noch verhindern.

Doch George kam nicht. Wir sollten fünf Nächte und vier Tage auf seine Rückkehr warten. Am Morgen nach der ersten Nacht war der Kanzleibursche des Notariats eingetroffen und hatte uns ein kurzes Schreiben von George überbracht. Darin stand lediglich, daß er gemeinsam mit Hetty in York abwarten wolle, bis der Notar wieder gesund war, um dann mit diesem nach Rampstade zu kommen. Kein Wort der Entschuldigung darüber, daß er uns eine Nacht ohne jede Information gelassen hatte. Sein Verhalten versetzte Miss Heather in wortreiche Aufregung, und die Herzogin war ernsthaft erzürnt. Sie konnte nicht verstehen, daß George seine Verlobte, die sein Gast war, allein im Palast zurückließ. Sie erkannte auch keinen Sinn darin, daß die beiden in York bleiben wollten, da sie doch zur Gesundung des alten Mr. Barntley ohnehin nichts beitragen konnten. Es schien, als hätte George all die aufkeimende Zuneigung und das ständig wachsende Wohlwollen mit einem Schlag wieder zunichte gemacht.

George zuliebe konnte ich nur hoffen, daß es sich seine Großmutter im letzten Augenblick nicht noch anders überlegte und doch ihren Enkel Max zum Haupterben einsetzte. Dabei dürfte George allein der Umstand zugute gekommen sein, daß sich der Earl seit seiner kurzen Anwesenheit auf dem Maskenball nicht mehr in Rampstade hatte blicken lassen. Ich wußte nicht, welches Spiel Seine Lordschaft spielte.

Dafür konnte ich aber Georges Beweggründe verstehen, in der Stadt zu bleiben. Sicher hatte er das Versteckspiel ebenso satt wie ich. Der Palast beherbergte sowohl seine gestrenge Großmutter, seine enervierende Tante als auch seine falsche Verlobte. War es da ein Wunder, daß er statt dessen Zeit und Gelegenheit nützte, um mit seiner jungen Frau die Flitterwochen nachzuholen? ›Du bist imstande und verteidigst sein unmögliches Verhalten auch noch!‹ meldete sich meine innere Stimme scharf zu Wort. ›Siehst du nicht, wie unverantwortlich der gute George wieder einmal handelt? In London wird vielleicht gerade seine Verlobungsanzeige gedruckt, und er hat keinen Finger gerührt, um das zu unterbinden! Er hat nicht einmal so viel für dich übrig, daß er verhindert, daß du in einen Riesenskandal hineingezogen wirst.‹

›Er hat sich auf mich verlassen. Habe ich nicht erklärt, ich würde mich um alles kümmern?‹ versuchte ich ihn vor mir selbst zu verteidigen.

›Ist das nicht typisch für George, daß er zu allem jemanden anderen braucht, der für ihn die Kastanien aus dem Feuer holt?‹ ätzte meine innere Stimme weiter. ›Und was hast du denn schon Großartiges unternommen?‹

›Ich habe Jojo eingeschaltet.‹

Womit ich wieder beim Thema war: Jojo. Wo er wohl gerade war? Was er wohl gerade tat? Auch von ihm hatte ich seit unserem Gespräch vor dem Häuschen auf der Lichtung nichts mehr gehört. Das war an und für sich nichts Ungewöhnliches, wenn man davon ausging, daß er nach London geritten war. Was allerdings, wenn er nicht in London war?

›Wie konntest du ihm nur vertrauen?‹ warf mir meine innere Stimme vor. ›Was ist es denn, das ihn dir so vertrauenerweckend erscheinen ließ? Daß er andere Menschen ausraubt? Daß er sich mit seiner Bande in einem Wirtshaus einnistet, dessen Wirt eben ermordet wurde?‹

›Ich vertraue ihm, weil ich ihn liebe‹, hielt ich mir trotzig entgegen.

›Liebe macht blind‹, sagte meine innere Stimme.

So vergingen die Tage. Die Herzogin zog es weiterhin vor, ihre Gemächer nicht zu verlassen. Miss Heather war die meiste Zeit an ihrem Bett. Wenn ich sie doch einmal kurz zu Gesicht bekam, dann war sie nicht so redselig wie gewohnt. Im Gegenteil, sie wirkte so fahrig und nervös, daß ich aufpassen mußte, nicht davon angesteckt zu werden. Um mich abzulenken, begann ich meine Koffer zu packen. Sobald George zurück war und der Notar endlich dieses Testament in der Tasche hatte, würde mein Aufenthalt hier zu Ende sein. Ich wollte nicht länger als unbedingt nötig hierbleiben. George sollte alleine damit fertig werden, seiner Großmutter die Wahrheit zu beichten. Ich betete nur inständig darum, daß Jojo vor meiner Abreise zurück sein möge. Bei jedem Geräusch, das ich aus dem Park vernahm, lief ich zum Fenster um zu sehen, ob er unten stand und mir Steinchen ans

Fenster warf, wie es George an meinem Ankunftstag getan hatte. Oder ich erwartete, daß ich irgendwo im Gebüsch Jem erblicken würde, der mir verstohlen Zeichen machte. Doch jedesmal wurde ich enttäuscht. Von keinem der beiden auch nur die geringste Spur.

Dennoch beschloß ich, meine Abreise nicht zu verschieben. Es würde ein leichtes für Jojo sein, mich zu finden. Wenn er mich überhaupt finden wollte. Jetzt, da sich die Stunden so mühsam weiterschleppten, da die Abende früh hereinbrachen und mir keine Abwechslung zu meinem Grübeln geboten wurde, war ich sicher, Jojo nie wiederzusehen.

Doch dann kam plötzlich wieder Leben ins Haus. Ich war gerade dabei, mein einsames Frühstück zu beenden, als ich laut und deutlich die Räder einer Kutsche vernahm, die auf dem breiten Kiesweg der Auffahrt heraufgefahren kam. Ich hörte, wie die Eingangstür geöffnet wurde und beeilte mich aus dem Frühstückszimmer zu kommen, um zu sehen, wer angekommen war, um unsere Stille und die gedrückte Stimmung zu durchbrechen. Da stürmte auch schon George in die Halle. Wenn ich vorgehabt hatte, ihm zu zürnen, ich konnte es nicht.

Er sah viel zu gut aus. Seine langen Beine steckten in biskuitfarbenen Hosen und spiegelblanken Stiefeln. Dazu trug er ein weißes Hemd mit extrem hohem Kragen, ein kunstvoll gebundenes Halstuch; die gestickte Weste war sicher der letzte Schrei. Ein hoher Hut thronte keß auf seinen blonden Locken. George gab eben dem Butler seinen grauen Kutschiermantel mit den zahllosen Schulterkragen, als er mich erblickte: »Hallo, Sophia!« rief er fröhlich und lachte mir strahlend entgegen: »Wie schön, dich zu sehen.« Er ergriff meine dargebotene Hand und schüttelte sie kameradschaftlich. »Du wirst es nicht glauben, aber ich habe den alten Barntley wirklich gleich mitgebracht.«

Oh, das war so typisch für George. Kein Wort der Entschuldigung. Mit keiner Silbe erkundigte er sich nach meinem Befinden. Ich wollte ihm eben eine patzige Antwort erteilen, als ein heftiges Niesen von der Eingangstür her das Kommen des Notars ankündigte.

Mr. Barntley war ein kleiner alter Mann, ganz in Schwarz gekleidet. Nur ein steifer weißer Hemdkragen und weiße rüschenlose Manschetten hellten das düstere Erscheinungsbild auf. Seine dünnen Beine steckten in schweren altmodischen Schnallenschuhen. Es schien, als habe ihn George direkt vom Krankenlager aufgescheucht.

Die Worte, die mir der Notar zur Begrüßung sagte, bestätigten meinen Verdacht: »Sie müssen verzeihen, Miss«, sagte er, nachdem ich ihm meine Hand gereicht hatte. »Meine Verkühlung!«

Er nieste abermals und vergrub sein Gesicht in ein reichlich ramponiertes Taschentuch. Ich wich zur Sicherheit einige Schritte zurück, bis ich vor einer verschlossenen Tür zu stehen kam.

»Mr. Willowby wollte nicht zulassen, daß ich ... hatschieee! Obwohl Mr. Finch, der Arzt, ein hochlöblicher Mann ... hatschiie, der sogar der Leibarzt des Earl of Dorchester war, ehe er starb, hatschiie ...« Wieder und wieder war seine Rede von heftigen Niesanfällen unterbrochen.

Schließlich wurde George ungeduldig. Er nützte einen der Anfälle aus, hakte sich bei dem alten Mann unter und führte ihn gnadenlos ins obere Geschoß. Dabei warf er mir einen Blick zu, in dem sich deutlich seine Belustigung widerspiegelte. Ich mußte zurücklächeln, ob ich wollte oder nicht. Unverwüstlicher George! Hoffentlich war seine Großmutter überhaupt geneigt, ihn zu empfangen. Und wenn sie das war, hoffentlich jagte sie ihn nicht davon, wenn er diesen kleinen, stark verkühlten Mann in ihr Schlafgemach brachte.

»Ich hoffe, du verzeihst uns, daß wir dich so lange allein gelassen haben«, sagte nun eine Stimme hinter mir. Ich blickte mich um und bemerkte, daß Hetty zu mir getreten war. Sie hatte Hut und Umhang bereits einem der Lakaien anvertraut und war eben dabei, mit geübten Griffen die Handschuhe abzustreifen. Dabei strahlte sie eine Ruhe aus, die ich nie zuvor an ihr bemerkt hatte. Wie hatte sich diese kleine Person in den letzten vier Tagen verändert!

Sie war auch viel hübscher geworden. Ihre blassen Wangen

waren mit einem rosa Hauch überzogen. Sie wirkte nicht mehr farblos, kam mir viel lebendiger vor. Und da war auch noch ein besonderer Glanz in ihren Augen.

»Ist schon in Ordnung«, erwiderte ich in friedfertigem Tonfall. »Ich habe die letzten Tage mit Kofferpacken verbracht. Nun, da ich hier nicht länger gebraucht werde, werde ich zu meinem Bruder zurückkehren...«

»Deine Schwägerin wird sich sicher freuen, dich in der Nähe zu wissen, wenn die schwere Stunde da ist«, meinte Hetty.

Ach ja, richtig, irgendwann in den nächsten zwei bis drei Wochen würde es soweit sein. Ob ich bei der Geburt allerdings eine große Hilfe sein würde, wagte ich zu bezweifeln. Aber das würde gar nicht nötig sein. Sicher hatte Elizabeths Mutter, die resolute Pfarrersfrau, längst das Kommando übernommen. Und dann war da auch noch Mally, die, wenn man ihren Erzählungen Glauben schenken durfte, in der Vergangenheit nichts anderes getan hatte, als Kinder ans Licht der Welt zu holen. Es wäre mir lieber gewesen, nicht gerade zum Zeitpunkt der Geburt nach Hause zu kommen. Aber es würde mir wohl nichts anderes übrigbleiben.

Auf der anderen Seite zeigten Hettys Worte aber auch deutlich, daß sie nicht vorhatte mich aufzuhalten. Die falsche Verlobte hatte ihre Schuldigkeit getan, sie konnte gehen.

»Wenn es dir nichts ausmacht, möchte ich mich jetzt gerne in mein Zimmer zurückziehen«, fuhr sie fort. »Ich muß mich ein wenig ausruhen. Ich bin doch ziemlich müde von ... der Reise.«

Natürlich machte es mir nichts aus.

Ein Lakai war eben dabei, Taschen und Koffer aus der Kutsche zu laden. Die Gepäckstücke waren nagelneu, ich nahm an, der Inhalt war es auch. Die beiden hatten also ihre Tage auch damit verbracht, sich neu einzukleiden. Ob sie wohl bereits einen Vorgriff auf das zu erwartende Erbe gemacht und sich bei den Schneidern in Schulden gestürzt hatten? Hoffentlich war das nicht allzu leichtsinnig. Noch konnte es sich die alte Dame anders überlegen.

Nachdem Hetty im oberen Geschoß verschwunden war, beschloß ich, mich in den Empfangssalon zurückzuziehen, um dort auf George zu warten. Er würde mich sicher suchen, wenn das Testament errichtet worden war oder auch, wenn es irgendwelche Schwierigkeiten gab.

Und noch bevor ich mein Vorhaben ausführen konnte, stellte ich fest, daß es tatsächlich Schwierigkeiten zu geben schien. In diesem Moment kam nämlich Myladys kleine Kammerfrau eiligen Schrittes die Treppe hinunter. Sie hatte es so eilig, daß sie beinahe über ihre eigenen Füße gestolpert wäre. Ich atmete auf, als sie heil die lange Treppe hinter sich gebracht hatte.

Sie erblickte mich und blieb kurz wie angewurzelt stehen. Es war, als würde sie sich nicht entscheiden können, ob sie mir den Grund für die Aufregung berichten sollte. Oder ob sie, ohne weiteren Aufschub, ihren Auftrag ausführen sollte, der augenscheinlich äußerst dringend war. Pflichtbewußt entschied sie sich für letzteres.

»Ist das nicht schrecklich, Miss Matthews?« war alles was sie ausrief, bevor sie sich wieder in Bewegung setzte.

»Aber was ist denn los?« rief ich ihr hinterher.

»Sie entschuldigen, ich muß zu den Ställen. Ihre Gnaden wünscht, daß er sofort kommt...«

Mit diesen Worten enteilte sie, und die schwere Eichentür fiel mit einem lauten Krachen ins Schloß.

Was konnte das nur bedeuten? Wurde ein Bursche aus dem Stall ausgschickt, um jemanden zu holen? Wen wollte man holen? Einen Arzt für den kranken Notar vielleicht? Oder wollte man die Kutsche umgehend vorfahren lassen, um den alten Herrn wieder in sein warmes Krankenlager zurückzubringen? Doch warum sollte die Herzogin zu diesem Zweck ihre eigene Kammerfrau durch das halbe Haus jagen? Ich entschied, daß es keinen Sinn hatte, in der zugigen Halle zu verweilen. Ich würde ja doch zur Zeit keine Antwort auf meine Fragen erhalten.

Und so begab ich mich in den kleinen Empfangssalon und hoffte, daß ein wärmendes Feuer dafür sorgen würde, daß ich nicht in kürzester Zeit ebenso verkühlt war wie der alte Notar.

Zu meinem Erstaunen fand ich den Empfangssalon nicht leer

vor. Ein großgewachsener Mann, in einem korrekten braunen Tagesanzug, die dunklen Locken zu einer Windstoßfrisur gebürstet, stand mit dem Rücken zur Türe. Er schien in die Betrachtung eines der Landschaftsbilder vertieft zu sein. Bei meinem Eintreten blickte er sich um und sah mir erwartungsvoll entgegen.

Dieses Gesicht! Es schien mir bekannt, und doch wußte ich nicht, wo ich es schon einmal gesehen hatte. Und doch, diese Mundpartie, die breite Nase, das lange, ovale Gesicht, die blaßblauen Augen...

»Guten Morgen, Miss Matthews!« sagte er.

Ich erkannte seine Stimme sofort wieder. Der Mann war niemand anderer als der Earl of Cristlemaine. Ich sah ihn noch deutlich vor mir, wie wir in der Ballnacht zusammen tanzten. Damals hatte er diese schillernde, schwarze Maske getragen. Kein Wunder, daß ich ihn jetzt nicht sofort erkannte.

»Ich muß mich für unser Gespräch in der Ballnacht entschuldigen«, begann er und verbeugte sich steif. »Es war einfach unverzeihlich, aber ich hatte Sie tatsächlich mit einer anderen Dame verwechselt. Ich hoffe, Sie nehmen meine Entschuldigung an, Miss Matthews.«

Ich war gar nicht erfreut, ihn hier zu sehen, und nickte schweigend.

»Sie gestatten nun, daß ich mich vorstelle«, fuhr er fort und setzte abermals zu einer Verbeugung an.

»Oh, das ist wirklich nicht notwendig«, unterbrach ich ihn nicht gerade höflich. »Ich weiß, wer Sie sind.« Dachte er denn, ich hätte unsere Unterhaltung im Ballsaal vergessen?

»Wie sind Sie denn hier hereingekommen?« wollte ich wissen. Diese vorwurfsvolle Frage war nicht ganz berechtigt. Schließlich befanden wir uns im Hause seiner Großmutter. Und dort hatte er sicher mindestens eben dasselbe Recht sich aufzuhalten wie ich. Glücklicherweise nahm er mir die Frage nicht krumm.

»Ein Diener hat mich hereingelassen«, erklärte er. »Ich warte eigentlich auf George. Man sagte mir, er werde heute zurückerwartet. Gerade vorhin schien es mir, als hätte ich seine Stimme in der Halle vernommen.«

»So lange hat man Sie schon warten lassen! Wie unachtsam von dem Diener!« rief ich aus. »Ja, George ist wirklich zurückgekommen.« »Dachte ich mir, dachte ich mir«, schnarrte die Stimme des Earl, »ich wollte nicht einfach in die Halle hinauslaufen, als die Kutsche vorgefahren war. Ich hoffe Sie verstehen. Es erschien mir unpassend.«

»Ja, natürlich«, antwortete ich und fragte mich, ob es wohl meine Pflicht war, dem Gast eine Erfrischung anzubieten. Ich entschied mich, nichts dergleichen zu tun. Denn schließlich war in Wahrheit ja ich der Gast. Auch wenn ich mich nach den langen Wochen, die ich schon hier verbrachte, fast wie zu Hause fühlte.

»Tja«, sagte ich unschlüssig. Ob es wohl die Höflichkeit erforderte, daß ich dem Earl so lange Gesellschaft leistete, bis George kam? Ich hätte es vorgezogen, mich verabschieden zu können.

Der Mann lächelte zwar freundlich, aber dennoch hatte ich das Gefühl, daß er mich nicht mochte. Das beruhte auf Gegenseitigkeit. Zeugten diese breiten Lippen nicht von Falschheit, und war da nicht Gier in seinen Augen, als er die wertvollen Gemälde studierte? Und weshalb hatte ich den merkwürdigen Eindruck, als fühlte sich der Earl nicht wohl in dieser Umgebung? Es schien, als sei er begierig, möglichst schnell das Weite suchen zu können.

Der Gast räusperte sich. Tief erschrocken stellte ich fest, daß ich ihn, ganz in Gedanken, unverhohlen gemustert hatte. Ich fuhr auf und versuchte ein gezwungenes Lächeln.

»Ist es zuviel verlangt, wenn ich Sie bitte, den guten, alten George holen zu lassen?« fragte er. »Der Diener scheint vergessen zu haben, ihn von meiner Anwesenheit zu unterrichten.«

Ich zögerte. Das Personal der Herzogin war bestens geschult. Es war nicht anzunehmen, daß einer der Diener tatsächlich einen Besucher anzumelden vergaß. Es schien mir viel wahrscheinlicher, daß George keine Lust gehabt hatte, seinen Vetter zum jetzigen Zeitpunkt zu sprechen. Vermutlich wollte er zuerst das unterschriebene Testament wohlverwahrt in den Händen des Notars wissen. Dann würde er den Triumph voll auskosten. Sicher würde er den Earl spüren lassen, welche Genugtuung es für ihn war, daß seine Großmutter ihn zum Haupterben eingesetzt hatte. Und nicht den älteren Cousin, den er immer bewundert und beneidet hatte. Was es wohl war, das George an seinem Vetter bewunderte? Es schien mir so gar nichts an diesem Mann zu sein, was es wert gewesen wäre, bewundert zu werden.

»Wenn ich also bitten dürfte«, unterbrach Seine Lordschaft mich ungeduldig. Seine Stimme hatte einen scharfen Tonfall angenommen. Für kurze Zeit verzichtete er auf sein schmieriges Lächeln.

»Ja, ja natürlich.« Ich eilte zur Klingelschnur, um nach einem Diener zu läuten.

In diesem Augenblick öffnete sich lautlos die Türe, und der würdige Butler trat ein. Ein Lakai, der ein Tablett mit Tee und eine Schale mit Gebäck trug, folgte ihm auf dem Fuße. Das Tablett wurde auf den Teetisch gestellt. Ich bemerkte, daß zwei Tassen gebracht worden waren. Also war meine Anwesenheit im Empfangssalon vom Butler nicht unbemerkt geblieben.

»Mr. Willowby meint, es würde noch etwas länger dauern, Sir«, teilte er nun, an den Gast gewandt, mit. »Er bittet Sie höflich, sich in Geduld zu fassen. Er wird sofort zu Ihnen kommen, sobald seine Pflichten es zulassen. Benötigen Sie noch etwas, Miss?«

Die letzten Worte waren an mich gerichtet.

»Nein, vielen Dank«, antwortete ich rasch, »es ist alles bestens.«

Der Butler und der Lakai verbeugten sich und verließen den Raum. Jetzt gab es keine andere Möglichkeit mehr. Ich mußte mich in das Unvermeidliche fügen und mit dem Earl Tee trinken.

»Bitte, nehmen Sie Platz!« forderte ich ihn auf.

Sein Blick gefiel mir nicht. Er schien darüber erzürnt, daß George ihn warten ließ. Doch er sagte kein Wort, nahm auf der Bank der Sitzgruppe Platz und setzte wieder sein Lächeln auf.

Ich schenkte den Tee ein und reichte ihm eine Tasse. Langsam verrührte ich Milch und Zucker. Ich tat, als sei ich ganz in diese Tätigkeit vertieft, denn ich hatte keine Ahnung, worüber ich mich mit diesem Mann unterhalten sollte.

Er selbst war es schließlich, der das Gespräch begann, indem er mich fragte, ob ich tatsächlich aus Windsor stammte. Als ich entgegnete, daß das nicht der Fall sei, da ich aus Winchester käme, meinte er, daß das wirklich schade sei. In Windsor kenne er sich viel besser aus als in Winchester. Es schien, als habe er sich längere Zeit in Windsor aufgehalten, geschäftlich, wie er betonte. Und er erzählte Anekdoten aus dieser Zeit. Dabei nannte er die Namen zahlreicher Adliger, bei denen er eingeladen gewesen war oder die er sonst bei Veranstaltungen getroffen hatte. Er wollte wissen, ob ich diese Leute kannte. Da ich noch nie in Windsor gewesen bin, kannte ich sie nicht. Über Winchester wußte er kaum etwas zu erzählen. Außer, daß er einmal, vor längerer Zeit, einer Messe im Dom beigewohnt hatte und daß diese extrem lange gedauert hatte. Auch die Predigt war nicht nach seinem Geschmack gewesen, wenn er auch jetzt, beim besten Willen, nicht mehr sagen konnte, wovon sie gehandelt hatte. Er wußte nur noch, daß zu allem Übel der Pfarrer auch noch an einem Sprachfehler gelitten hatte.

Ich hatte anfangs ab und zu eine Bemerkung zu dieser Unterhaltung beigetragen. Doch bald hatte ich bemerkt, daß der Earl an meiner Meinung nicht interessiert war. Daher verhielt ich mich schweigsam und nickte nur, wenn es mir passend erschien. So geriet das Gespräch zwangsläufig mit der Zeit ins Stocken. Wir mochten etwa eine Stunde so verbracht haben. Ich fragte mich, zunehmend ungeduldiger werdend, wo George nur so lange blieb. Wie kam ich eigentlich dazu, mich schon wieder mißbrauchen zu lassen? Warum mußte ich mich mit dem ungeliebten Vetter unterhalten, während George sich über Gebühr Zeit ließ? Mir schien, als würde sich mein Gegenüber das Kommen seines Cousins fast noch sehnlicher herbeiwünschen als ich.

»Nun müßte George bald kommen«, sagte ich, um das peinliche Schweigen zu durchbrechen. »Ich nehme an, daß der Notar zwischenzeitlich seine Arbeit beendet hat.«

»Der Notar?« fragte der Earl und ein gieriger Blick trat in seine Augen. »Ich habe es nicht glauben wollen. Es ist also wirklich wahr. Es geht um das Testament, nicht wahr?«

Ich nickte knapp. Am liebsten hätte ich mir die Zunge abgebissen. Wie kam ich dazu, den Earl vom Kommen des Notars in Kenntnis zu setzen, wenn seine Großmutter es anscheinend vorgezogen hatte, ihm nichts davon zu sagen! Seine Lordschaft ließ nun die so lange kultivierte Maske des freundlichen Lächelns fallen und sagte, sich die Hände reibend: »Jetzt werden wir also sehen, was es wert war, daß sich George all die Jahre bei der Alten eingeschmeichelt hat. Jetzt wird sich herausstellen, wieviel ihm das bringt. Und dabei wird endlich auch etwas für mich abfallen ...«

»Noch ist die Herzogin nicht tot!« fuhr ich auf. Es war einfach widerlich mitanzusehen, wie diese beiden Männer mit der gleichen Habgier über das Vermögen herfielen. Zuerst George, jetzt der Earl of Cristlemaine.

»Verzeihung«, sagte dieser, doch es war zu erkennen, daß er seine Worte nicht wirklich bereute. »George sprach davon, daß er dieses Gemäuer bekommen würde. Glauben Sie, daß das wahr sein könnte?«

Über eine Stunde hatte ich mich nun in nobler Zurückhaltung geübt. Ich hatte mich gelangweilt, ohne zu klagen. Ich hatte die Gegenwart des Earls ertragen, obwohl sie mir zutiefst zuwider war. Doch nun ging mein Temperament mit mir durch: »Ja, es ist wahr!« rief ich aus und hatte die Genugtuung, den Earl erbleichen zu sehen. »George bekommt das Gemäuer, wie Sie es nennen. Und die Ländereien und das Haus am Grosvenor Square in London und überhaupt fast alles, was die Herzogin besitzt. Für Sie bleiben nur das Land und die Wälder, die unmittelbar an Grandfox Hall grenzen.«

So, jetzt war es heraus. Ich hatte zwar all meine Grenzen überschritten, aber es tat gut, diesen großspurigen Mann so sprachlos zu sehen.

»Das Land und die Wälder ...« stammelte er.

»Jawohl, die an Grandfox grenzen«, beendete ich den Satz mit aufrichtiger Genugtuung.

Der Earl schüttelte den Kopf, als könne er das Gehörte nicht verstehen: »Aber warum ...«, sagte er schließlich. »Sie müssen sich irren. George würde nie ...«

»Aber es liegt nun einmal nicht an George! Es liegt an der Herzogin«, trumpfte ich auf.

»Der Herzogin?« Nun war der Earl restlos aus der Fassung gebracht. »Was weiß denn die Herzogin von meinen Zweitausend?« Gerade als ich ihn fragen wollte, was das nun wieder zu bedeuten hatte, wurde die Türe aufgerissen und Miss Heather kam ins Zimmer gestürzt. »Hast du das schon gelesen, meine Liebe?« Sie blickte mich fragend an, in der Rechten das Exemplar einer Zeitung, das sie mir zitternd entgegenhielt.

Ich sprang auf. Es hatte den Anschein, als sei Miss Heather vom Schlafgemach ihrer Cousine durch die langen Gänge und über die steilen Treppen bis hierher in den Empfangssalon gelaufen. Ihre Wangen waren gerötet. Das Häubchen saß schief auf den mit grauen Strähnen durchzogenen braunen Locken.

»Oh, ich sehe, du hast Besuch.« Sie war zusammengezuckt und hatte die Hand mit der Zeitung hinter ihrem Rücken verschwinden lassen, bevor ich danach greifen konnte.

»Seine Lordschaft wartet auf George«, erklärte ich, während dieser sich über Miss Heathers Hand beugte.

»Ach, Sie sind das!« rief sie aus, nachdem sie das Gesicht des Gastes eingehend gemustert hatte. »Jetzt hätte ich Sie tatsächlich fast nicht erkannt.«

Das war zwar eine seltsame Begrüßung für einen Neffen, aber Miss Heather benahm sich überhaupt äußerst seltsam.

»Das ist der Cousin von George«, erklärte sie, sich an mich wendend, »aber das wirst du ja sicher wissen. Ach, ich bin ganz durcheinander. So ein entsetzlicher Irrtum. Wie sollen wir nur je wieder aus diesem Schlamassel herauskommen.«

»Also, was steht denn in der Zeitung?« unterbrach ich sie ungeduldig.

»Wie ist es bloß dazu gekommen?« fuhr Miss Heather unbeirrt fort, »Cousine Agathe ist außer sich. Sie hat umgehend nach ihm geschickt, aber wer weiß, ob er überhaupt zu Hause ist...«

»Nach wem geschickt?« wollte ich wissen und hoffte inständig, sie würde mich nicht länger auf die Folter spannen.

»Es ist die *Gazette*, weißt du«, antwortete sie statt dessen.

Die *Gazette*! Um Himmels willen, was stand in der *Gazette*? Meine Verlobungsanzeige mit George Willowby etwa? Da fiel mein Blick auf den Earl, der mit unverhohlener Neugierde unserem Wortwechsel gefolgt war. Wir hätten in ein anderes Zimmer gehen sollen, fuhr es mir durch den Kopf. Doch jetzt war das auch schon egal. Als Verwandter von George würde er in Kürze ohnehin alles erfahren.

»Also, was steht in der Gazette?« fragte ich noch einmal. Miss Heather reichte mir zitternd die Zeitung.

Und da stand sie wirklich, schwarz auf weiß – meine Verlobungsanzeige!

Da stand es, genau so, wie es die Herzogin aufgesetzt hatte. Daß sie sich freue, Kunde zu geben... aber... das konnte doch nicht wahr sein! Das war ja noch schlimmer als alles andere! Nicht ihr Enkel George Willowby hatte sich, der Anzeige nach, mit mir verlobt! Sondern Max Christopher Maine, der Earl of Cristlemaine!

Ich fuhr herum. Da stand der Earl und blickte mir erwartungsvoll entgegen.

»Sind Sie völlig verrückt geworden?« herrschte ich ihn an und hielt ihm die Zeitung direkt unter die Nase. »Wie konnten Sie nur? Wie kommen Sie dazu, derartige Lügen veröffentlichen zu lassen!«

Seine Lordschaft starrte mich mit sichtlicher Verwirrung an und warf einen Blick auf die Zeitung, um den Grund meines Wutanfalls herauszufinden. Mit meinem Geschrei hatte ich jedoch auch Miss Heather völlig aus der Fassung gebracht: »Aber meine liebe, liebe Sophia, bedenke...«, warf sie ein, mühsam nach Worten ringend.

»Na, haben Sie die Anzeige gelesen?« fuhr ich den Earl an, ohne mich um Miss Heather zu kümmern. »Was haben Sie dazu zu sagen?« »Aber meine liebe Miss Matthews ...«, setzte er an.

»Ich bin nicht Ihre liebe Miss Matthews«, entgegnete ich streitsüchtig.

»Verzeihen Sie, aber ich verstehe nicht ganz ...«

»Sie verstehen nicht ganz?« äffte ich seinen Tonfall nach. »Ja können Sie denn nicht lesen? Sehen Sie denn nicht, was hier steht? Ist das etwa keine Verlobungsanzeige? Steht hier etwa nicht Earl of Cristlemaine?«

»Aber ja, doch. Ich verstehe nicht ...«

Der Earl wurde unterbrochen, als George gutgelaunt das Zimmer betrat.

»He, was ist denn hier los?« waren seine erste Worte, »irre ich mich, oder habe ich dich wirklich brüllen gehört, Sophia?«

»Du hast dich geirrt«, entgegnete ich scharf, »ich brülle nie.« Seine Belustigung trug nicht gerade dazu bei, mich zu beruhigen. »Hast du die Verlobungsanzeige gelesen?« fragte ich, mühsam die Fassung bewahrend.

»Ja, habe ich. Großmutter hat sie mir gezeigt. Sie ist ganz außer sich und hat sofort nach Max geschickt. Sie verlangt eine umgehende Erklärung, wie es dazu kam, daß ihre Anzeige abgeändert wurde. Ich finde, das war eine großartige Idee. Ihr werdet wunderbar zusammenpassen.«

Ich hatte ihm mit wachsendem Erstaunen zugehört. Mühsam schnappte ich nach Luft.

Das konnte doch nicht wahr sein! So leicht konnte er sich doch nicht seiner Verantwortung entziehen!

»Wer wird hervorragend zusammenpassen?« fragte ich mit zusammengepreßten Zähnen.

»Na, du und Max«, entgegnete er leichthin. »Ich wußte gar nicht, daß ihr euch so gut kennt!«

Gerade als ich lautstark meiner Entrüstung Luft machen wollte, drehte sich George zur Seite und sein Blick fiel auf den Earl, der etwas zurückgetreten war und das Geschehen mit seinen interessierten, blaßblauen Augen beobachtete. Seine breiten Lippen standen offen, und es entging ihm keines unserer Worte.

»Hallo, Jasper«, rief George und griff sich mit der Hand auf die Stirne. »Ach ja, man sagte mir, daß du auf mich wartest. Hatte es völlig vergessen. Was willst du denn von mir?«

»Das kannst du dir wohl denken«, entgegnete die langgezogene Stimme, »jetzt, wo du Haupterbe bist, sollte es ein leichtes für dich sein, deine Schulden bei mir zu begleichen.«

Es war, als würde sich der Erdboden unter mir auftun und mich in die Tiefe reißen.

»Jasper?« murmelte ich fragend. Ich blickte atemlos von George zu dem Fremden, den ich für den Earl of Cristlemaine gehalten hatte. »Sag bloß, du hast dich nicht vorgestellt!« rief George ungläubig aus. »Das ist Jasper Wingfield, Sophia, mein Cousin aus Manchester. Seine Mutter war die Schwester meines Vaters, um genau zu sein. Jasper, das ist Miss Sophia Matthews.«

»Sehr angenehm«, stotterte der Fremde.

»Das ist nicht der Earl of Cristlemaine?« vergewisserte ich mich und konnte es nicht glauben.

»Aber, meine Liebe!« warf Miss Heather ein, die schweigend und mit großen Augen unserem Gespräch gelauscht hatte. »Ich dachte, du wüßtest . . .«

»Aber wer ist dann der Earl of Cristlemaine?« unterbrach ich sie brüsk.

»Ich«, tönte eine wohlbekannte Stimme, hinter meinem Rükken.

George hatte versäumt, die Türe ordentlich zu schließen.

Im offenen Türrahmen stand – Jojo.

XVI.

Ich weiß nicht mehr, wie ich die nächsten Minuten überstanden habe. Es war, als würden mich die Ereignisse, wie eine große Welle, über Bord spülen. So als verlöre ich völlig den sicheren

Boden unter den Füßen. Und gleichzeitig war mir, als sei ich nicht mehr ich selbst, die da stand, hilflos und aufgeregt, den Worten der anderen lauschend. So als stünde ich neben mir und würde mir dabei zusehen, wie all meine Pläne und Träume zwischen meinen Fingern zerrannen.

George war der erste, der sprach: »Hallo, Max!« rief er aus und boxte seinen Cousin kameradschaftlich in den Oberarm. Hatte ich nicht immer gedacht, die beiden würden sich hassen, verachten? George würde von Neid zerfressen, wenn er an seinen älteren Vetter auch nur dachte? Nichts von alledem war zu spüren.

»Gratuliere zur Verlobung. Sophia ist ein wundervolles Mädchen. Und mir hast du dadurch wirklich aus der Patsche geholfen«, sagte er gutgelaunt.

Ich öffnete den Mund um zu protestieren. Also, das war ja doch die Höhe! Das klang ja gerade so, als hätte sich Jojo – nein, das war ja jetzt nicht mehr Jojo – als hätte sich der Earl nur deshalb mit mir verlobt, um ihn, George, vor einem drohenden Skandal zu bewahren! Aber ich sollte nicht dazu kommen, etwas zu äußern.

Miss Heather hatte das Wort ergriffen und fragte mit vor Aufregung zitternder Stimme: »Wie ist es bloß dazu gekommen, Max? Warum hast du uns nie, wir konnten ja nicht ahnen ... und auch Sophia hat nie, auch nur mit einem Wort ... Ich muß sagen, Cousine Agathe, deine Großmutter, wollte ich sagen, ist außer sich!«

Jojo war regungslos im Türrahmen gestanden und hatte mich schweigend mit seinen dunklen Augen fixiert. Nun wandte er sich ab und seiner Tante zu: »Ich weiß«, sagte er ruhig. »Ich habe euren Boten unterwegs getroffen. Es ist wohl am besten, ich begebe mich umgehend zu Großmutter und erkläre ihr alles.«

So, seiner Großmutter würde er alles erklären? Umgehend. Und was war mit mir? War ich es nicht wert, daß er sich zuerst um mich kümmerte?

»Ich komme mit dir!« rief George fröhlich. »Das will ich mir keinesfalls entgehen lassen. Ich brenne vor Neugierde.«

Wahrscheinlich wollte er auch dabeisein, wenn die alte Dame ihrem Enkel Max mitteilte, daß sie George als Haupterben eingesetzt hatte.

Mr. Wingfield, der dem Dialog schweigend gefolgt war, räusperte sich vernehmlich: »Ähem, wenn ich an meine Zweitausend erinnern dürfte ...« sagte er.

Jojo zog fragend eine Augenbraue hoch.

George beeilte sich, ihm seinen Cousin vorzustellen. »Nein, du darfst mich jetzt nicht daran erinnern«, sagte er dann. »Du siehst doch, ich habe Wichtigeres zu tun. Du kannst ja hierbleiben, wenn du willst und dich weiter mit Sophia unterhalten ...«

»O nein, das kann er nicht!« rief ich empört. »Denn Sophia hat auch etwas Wichtigeres zu tun! Miss Heather, Mr. Wingfield, George, Eure Lordschaft ...« Ich nickte allen kurz zu. Die Worte »Eure Lordschaft« hatte ich besonders höflich betont, »wenn Sie mich jetzt bitte entschuldigen wollen.«

Ich nahm mein Buch und mein Retikül vom Sofa und schickte mich an, den Empfangssalon zu verlassen. Jojo ergriff meinen Unterarm und zwang mich stehenzubleiben. Ich sah zu ihm auf, direkt in seine dunklen Augen. Einen Augenblick lang sagten wir beide kein Wort. »Ich dachte, du würdest mir vertrauen«, brach er schließlich das gespannte Schweigen. Sein enttäuschter Tonfall stachelte meine Wut nur noch zusätzlich an. Mit einem Ruck befreite ich mich aus seinem Griff: »Ihnen vertrauen, Mylord?« fragte ich mit zusammengebissenen Zähnen. »Welchen Grund hätte ich, gerade Ihnen zu vertrauen? Ich denke, Sie haben mich genug getäuscht.«

Mit diesen harten Worten raffte ich meine Röcke und hastete durch die Halle in mein Zimmer hinauf.

Mir war zum Heulen zumute. Am liebsten hätte ich mich auf mein Bett geworfen und hätte mit beiden Fäusten auf die Kissen getrommelt. Doch ich war nicht alleine. Melissa und eines der Zimmermädchen waren eben dabei, die Vorhänge aufzuhängen, die sie am Tag zuvor abgenommen und zum Waschen gegeben hatten. Ich mußte mich daher zusammennehmen, auch wenn es mir schwerfiel. Wo war nur eine mitfühlende Seele, der ich mein Leid hätte klagen können? Wo war nur eine breite Schulter, an der ich mich hätte ausweinen können? Ich hatte plötzlich tiefe Sehnsucht nach meinem Bruder James. Wenn er bloß hier wäre! Er würde mich verstehen, und er würde diesen verflixten Earl zum Duell fordern, er würde... aber James war nicht da. Also mußte ich zu ihm. Ich vergaß meine hochschwangere Schwägerin, ich vergaß die bevorstehende Niederkunft. Ich wollte nur noch nach Hause und zwar auf der Stelle.

»Wann geht die nächste Postkutsche nach London?« fragte ich die Mädchen. Melissa hielt in ihrer Tätigkeit inne und warf von dem Stuhl, auf dem sie stand, einen Blick auf die kleine Uhr am Kaminsims: »In gut einer Stunde fährt sie vom ›Grünen Anker‹ weg«, informierte sie mich.

»Gut. Dann packe bitte die Koffer fertig. Ich reise ab.«

»Aber Miss Matthews!« rief das Mädchen aus. »Das geht doch nicht so Hals über Kopf. Und Sie können doch auch nicht mit der Postkutsche...«

»Ich habe mich bereits entschieden«, sagte ich, in schärferem Ton als beabsichtigt. »Die Koffer sind doch so gut wie gepackt. Du brauchst nur den Rest darin zu verstauen. Und sorge dafür, daß die Lakaien das Gepäck zum Eingang bringen.«

Mit diesen Worten eilte ich aus dem Zimmer und den langen Gang hinunter. Auf keinen Fall wollte ich riskieren, George oder Jojo auf der Treppe oder in der Halle zu begegnen. Der Geheimgang bewährte sich wieder einmal.

Wie lange war das doch schon her, daß ich diesen Weg gegangen bin, um George im Garten zu treffen. Waren es Wochen, Monate? Es kam mir so vor, als lägen Jahre dazwischen. Wie hoffnungsfroh war ich George entgegengetreten. Dort hinten hatte er gestanden, versteckt hinter dem Fliederbusch. Damals war dieser noch voll von grünen Blättern gewesen. Jetzt waren sie alle abgefallen, und nur dürres, braunes Geäst war übriggeblieben. Hatte ich wirklich geglaubt, George zu lieben? Hatte ich damals tatsächlich gehofft, er würde mir einen Antrag machen? Hatte ich wirklich mit diesem leichtsinnigen Egoisten eine Ehe eingehen wollen, der alle Verantwortung, jede lästige Pflicht, sein Leben lang auf mich abgewälzt hätte? Es schien mir unvorstellbar.

Ich hatte Glück und traf den Stallmeister persönlich in seinem Büro an, das direkt an die Pferdeställe grenzte.

»Mit der Postkutsche!« rief er aus, als ich ihm mein Anliegen vorgebracht hatte. »Aber, meine liebe Miss. Das kann doch keinesfalls Ihr Ernst sein. Wissen Sie, wie lange Sie mit der Postkutsche unterwegs sind, bis Sie in, Winchester sagten Sie, bis Sie in Winchester eintreffen? Haben Sie sich Gedanken darüber gemacht, wie oft Sie auf der Reise umsteigen müssen?«

Ich hatte mir keine Gedanken gemacht. Es war mir im Augenblick auch völlig gleichgültig. Und wenn ich einen Monat unterwegs sein würde und ich siebzigmal umsteigen müßte. Hauptsache war, daß ich so schnell wie möglich von hier fortkam. Hauptsache, ich sah Jojo nie mehr wieder!

»Mein Entschluß steht fest«, sagte ich daher auch jetzt, ohne auf seine Vorbehalte einzugehen. Der Stallmeister war jedoch nicht so leicht mundtot zu machen wie Melissa.

»Nun, dann müssen wir ihn eben umstoßen«, sagte er selbstsicher und setzte dabei ein onkelhaftes Lächeln auf, das mich richtiggehend in Rage brachte. Ich haßte es, wenn man mich nicht ernst nahm. Andererseits konnte ich mich mit dem Mann auch nicht anlegen, schließlich war ich auf sein Wohlwollen angewiesen. Und vor allem darauf, daß er mir einen Wagen zur Verfügung stellte, der mich zum Gasthaus brachte, wo ich in die Postkutsche umsteigen konnte. Ich setzte daher an, meine Bitte, so höflich wie es mir nur möglich war, zu wiederholen.

Doch der Stallmeister hörte mir gar nicht zu: »Josef, Henry, Greg!« rief er aus und drängte sich an mir vorbei durch die offene Türe, die in den Stall führte. Die Burschen, die er gerufen hatte, unterbrachen ihre Arbeit und kamen eilig heran. »Joseph und Henry, ihr macht die Gästekutsche reisefertig. Spannt ›Silberstreif‹ und ›Engel auf Erden‹ davor. Greg, du geh deine Sachen packen, du wirst Miss Matthews begleiten.«

Greg, ein großgewachsener, kräftiger Bursche, mit kurzen Stichelhaaren und einem ernsten Gesicht, nickte und eilte aus dem Stall.

»Seine Sachen?« fragte ich verwundert. »Er wird doch keine Sachen brauchen für die Fahrt zum ›Grünen Anker‹! Das kann doch nicht einmal eine Stunde dauern...«

»Pah, ›Grüner Anker‹!« rief der Stallmeister aus. »Ihre Gnaden, unsere Herzogin, pflegt ihren Gästen immer eine Kutsche für die Heimreise zur Verfügung zu stellen, wenn kein eigenes Fahrzeug vorhanden ist. Ihre Gnaden weiß doch, daß Sie abreisen?«

»Ja, natürlich«, versicherte ich schnell, wenn auch nicht ganz wahrheitsgemäß. Ich würde der alten Dame eine Nachricht hinterlassen. Ich konnte nur hoffen, daß sie nicht gar zu erzürnt sein würde, wenn ich aufbrach, ohne mich persönlich bei ihr zu verabschieden. Und mir noch dazu eine Kutsche samt Kutscher entlieh. Aber zumindest dafür konnte ich die Verantwortung auf den Stallmeister abschieben. Hatte er mir die Kutsche nicht regelrecht aufgedrängt? Natürlich konnte ich so ein verlockendes Angebot nicht ausschlagen.

»Na, sehen Sie«, unterbrach der Stallmeister meine Gedanken. »Und was sollte Ihre Gnaden dagegen einzuwenden haben, wenn wir Ihnen die Gästekutsche zur Verfügung stellen? Wo Sie doch noch dazu kein gewöhnlicher Gast sind, sondern die Verlobte ihres Enkelsohnes?«

»Ich bin...«, begann ich. Ich unterbrach mich jedoch sofort. Ich hatte sagen wollen, daß ich gar nicht die Verlobte des Enkelsohnes war. Aber das stimmte ja gar nicht. Ich war schließlich die Verlobte des Earls of Cristlemaine. Zumindest der Zeitung nach.

»Ich bin Ihnen sehr dankbar«, schloß ich daher den Satz. »Bitte lassen Sie den Wagen zum Haupteingang bringen. Mein Gepäck steht bereit.«

»Werde ich, Miss. Und gute Reise.«

Er wollte die Finger grüßend an die Mütze heben, doch ich reichte ihm dankbar die Hand zum Abschied. »Vielen Dank«, sagte ich.

Er ergriff sie und schüttelte sie kräftig. »Gern geschehen, Miss«, meinte er und grinste nun leicht verlegen.

Ich eilte durch die Seitentüre und die schmale Treppe zurück in mein Zimmer.

Zwei Lakaien waren eben dabei, meine Koffer, Taschen und Hutschachteln in die Halle zu tragen. Zu meinem Erstaunen war Melissa nirgends zu sehen. An ihrer Stelle wachte das strenge Auge der Haushälterin persönlich über den Gepäcktransport.

»Ah, Miss Matthews«, sagte sie, als sie meiner ansichtig wurde und hielt mir die Tür auf. »Das war alles. Bringt das Gepäck zur Eingangstür. Mr. Blessom hat sicher veranlaßt, daß die Gästekutsche vor das Hauptportal gefahren wird?« Die letzte Frage war an mich gerichtet. Mr. Blessom war der Stallmeister. Ich nickte und ging, an der Haushälterin vorbei, in mein Zimmer. Alles wirkte nun kahl und unbewohnt. Der Vorhang, den die Mädchen hatten aufhängen wollen, hing an einigen Haken auf der Vorhangstange befestigt, quer vor dem Fenster.

Mein blaues Reisekleid lag bereit. Die dazu passenden Stiefelchen standen vor dem Bett. Hut und Handschuhe auf der Kommode. »Das ist aber sehr aufmerksam von Ihnen!« rief ich dankbar aus. Ich stellte erst jetzt fest, daß ich für eine so weite Reise höchst unpassend gekleidet war. Aber schließlich hatte ich am Morgen, als ich das zartgelbe Musselinkleid gewählt hatte, noch keine Ahnung von der überstürzten Abreise.

»Darf ich Ihnen helfen?« fragte Mrs. Bilgate, die pflichteifrig die Zimmertür geschlossen hatte. Ich drehte ihr den Rücken zu und sie begann die Häkchen zu öffnen.

»Wo ist Melissa?« erkundigte ich mich erstaunt.

»Ich habe das Mädchen angewiesen, sich reisefertig zu machen«, erklärte die Haushälterin. »Es geht doch unmöglich an, daß Sie die weite Reise alleine machen. Unsere Herzogin würde das niemals gestatten.«

Was hätte ich da sagen sollen? Natürlich war ich froh, Melissa zu meiner Begleitung zu haben. Und wenn ich meiner Gastgeberin schon ungefragt Kutsche, Pferde und Kutscher entführte, warum dann nicht auch noch eines ihrer Mädchen?

Solcherart von den verantwortungsbewußten Angestellten Ihrer Gnaden unter die Fittiche genommen, setzte ich mich an den kleinen Sekretär, um der Herzogin eine Nachricht zu hinterlassen. Karten und Briefumschläge lagen in einer weinroten Ledermappe für Gäste bereit, ebenso eine gespitzte Feder, Tintenfaß und Siegel.

Während sich die Haushälterin daranmachte, das Kleid, das ich getragen hatte, in der Reisetasche zu verstauen, zermarterte ich mir das Hirn, was ich am besten schreiben sollte. Die Zeit drängte. Jeden Augenblick konnten George und der Earl aus dem Zimmer ihrer Großmutter kommen und nach mir suchen. Energisch tauchte ich die Feder in die Tinte und schrieb ohne länger zu überlegen:

»Euer Gnaden, ich möchte mich sehr herzlich für die mir erwiesene Gastfreundschaft bedanken. Ich hoffe inständig, daß Sie mir meinen überstürzten Aufbruch verzeihen und daß Sie, wenn Sie mit George und Seiner Lordschaft gesprochen haben, meine Gründe dafür verstehen. Bitte verzeihen Sie mir auch, daß ich nicht aufrichtig war und Georges Komödie mitgespielt habe. Ich fühlte mich aus alter Verbundenheit zu George dazu verpflichtet. Und zu guter Letzt, bitte verzeihen Sie mir auch, daß ich mir Kutsche, Greg und Melissa entlieh. Sie erhalten alles in Kürze wohlbehalten zurück. Mit herzlichstem Dank, Ihre Sophia Matthews.«

»Geben Sie bitte diesen Brief an Ihre Gnaden, wenn ich abgereist bin«, sagte ich zu Mrs. Bilgate, als ich das Kuvert versiegelt hatte. Diese nickte und ließ das Schreiben in die Tasche ihrer schwarzen Schürze gleiten. Während ich mir in mein Reisekleid helfen ließ, klopfte es leise an der Zimmertüre und Melissa trat ein. Sie trug eine graue Pelerine und einen kleinen, mit einem blauen Band geschmückten Hut. In ihren Händen hielt sie eine prallgefüllte Reisetasche.

»Ich bin soweit, Mrs. Bilgate«, sagte sie. »Ist es Greg, der uns kutschieren wird, Miss Matthews?«

Ich nickte. »Ja, und ich freue mich, daß du mich begleitest.«

Rasch schlüpfte ich in die Handschuhe. Nun aber los. Ich warf einen verstohlenen Blick durch die offene Zimmertür. Es war, wie ich gehofft hatte. Die Galerie und die Treppe waren leer. Nur in der Halle hielten sich zwei Lakaien auf, die dabei waren, Brennholz für die Kamine in den unteren Zimmern zu verteilen.

»Leben Sie wohl, Mrs. Bilgate«, wandte ich mich an die Haushälterin und reichte ihr die Hand. »Vielen Dank für alles. Und vergessen Sie meinen Brief nicht.«

»Sie können sich auf mich verlassen. Gute Reise, Miss Matthews.«

In Windeseile lief ich die Treppe hinunter. Keinesfalls durfte ich riskieren, daß mich jetzt noch etwas aufhielt. Melissa konnte mir mit ihrer schweren Tasche kaum folgen. Ein Lakai kam pflichteifrig herbei, um die breite Eingangstür zu öffnen.

Am Fuße der Stufen, die zum Hauptportal heraufführten, stand eine zierliche, dunkelblaue Reisekutsche. Zwei Apfelschimmel waren eingespannt und scharrten ungeduldig mit den Hufen.

»Das Gepäck ist aufgeladen, Miss«, meldete Greg und hielt den Wagenschlag auf. Ich ließ Melissa zuerst einsteigen und warf einen Blick zurück auf die weitausladende Fassade von Rampstade Palace.

Da öffnete sich ein Fenster im ersten Stock, und der blonde Lockenkopf von George Willowby erschien: »Sophia!« brüllte er herunter, »was soll denn das?«

Ich hob kurz die Hand zum Gruß und beeilte mich, in den Wagen zu steigen. In diesem Augenblick erschien Jojo im Türrahmen.

»Sophia«, rief nun auch er und lief die Stufen zur Kutsche herab. »Sophia, bitte, steig aus. Laß uns alles in Ruhe besprechen.«

Das Kutschenfenster war offen, sein Gesicht war meinem ganz nahe. Ich blickte in seine dunklen Augen. Irrte ich mich oder waren diese tatsächlich flehentlich auf mich gerichtet? »Bitte«, sagte er nochmals eindringlich.

Sein Mund war ganz nahe. Ich hatte sein Gesicht noch nie so weich, so bittend, erlebt. Es hätte nicht viel gefehlt, und ich wäre schwach geworden und hätte mir seine Erklärungen angehört. Zu gerne hätte ich geglaubt... Nein! Ich wollte keine weiteren Lügengeschichten mehr hören.

»Greg!« rief ich. »Abfahrt!«

Jojos Gesicht wurde mit einem Schlag ernst und verschlossen. »In Ordnung«, sagte er, »wie du willst.«

Damit trat er vom Fahrzeug zurück. Er verbeugte sich knapp, machte kehrt und ging erhobenen Hauptes zum Haus zurück. Greg setzte die Kutsche in Bewegung. Ich riskierte einen kurzen, letzten Blick auf Jojo. Er stieg eben die Stufen hinauf und drehte sich nicht um. Sein Gang war flott und aufrecht wie immer.

›Was hast du denn erwartet?‹ fragte meine innere Stimme. ›Dachtest du, er würde fortan gramgebeugt, mit eingezogenen Schultern durchs Leben gehen, nur weil du ihm einen Korb gegeben hast?‹

Nein, das dachte ich eigentlich nicht. Aber dennoch, wenn mich Jojo wirklich liebte, dann hätte er stärker versucht mich aufzuhalten. Dann wäre er nicht sofort vom Schlag zurückgetreten, bloß weil ich Greg befohlen hatte, abzufahren. Also war es ihm nicht wirklich ernst.

XVII.

Die Reise war ebenso langweilig wie strapaziös. Obwohl ich mich wirklich nicht beklagen durfte. Greg entpuppte sich als ausgezeichneter Kutscher. Er führte die Zügel mit leichter Hand, und es ging in flottem Tempo dahin. Zudem schien er ein gutes Auge für Pferde und eine gehörige Portion Durchsetzungsvermögen zu haben. Die Tiere, die man uns bei den zahlreichen Pferdewechseln anspannte, waren allesamt recht taugliche Renner. Kein einziges Mal ließ er sich Pferde aufschwatzen, die nicht harmonisch miteinander liefen. Die Kutsche war bestens gefedert. Da es nun schon einige Tage hintereinander nicht geregnet hatte, waren die Straßen in den ersten Tagen unserer Reise trocken.

So kamen wir zügig voran. Ein weiterer glücklicher Umstand war, daß Greg sowohl die Herzogin als auch George schon einmal nach Winchester gebracht hatte. So kannte er den Weg und hielt nur in den allerbesten Häusern an, in denen wir die Nacht verbringen sollten. Das Wappen am Kutschenschlag wirkte jedesmal wahre Wunder. Die Wirtsleute kamen herbeigeeilt, sobald die Kutsche in den Innenhof eines Gasthauses eingefahren war. Diener kümmerten sich um unser Gepäck. Man wies mir stets eines der besten Zimmer zu. Zumeist waren diese mit einer Verbindungstür zur Kammer meiner Zofe Melissa verbunden. Wenn einmal irgend etwas nicht so reibungslos klappte, dann brauchte ich mir dennoch keine Sorgen zu machen. Greg, der stille bescheidene Mann, konnte sich perfekt in den hochmütigen, erhabenen Diener verwandeln, der es gewohnt war, für seine Herrschaft alle Wege zu ebnen.

So reiste ich wohlbehütet. Ohne all die Probleme, die die Fahrt einer alleinreisenden Frau gewöhnlich mit sich brachte. Ich wollte gar nicht daran denken, was ich alles erlebt hätte, wenn ich alleine mit der Postkutsche die lange Fahrt in Angriff genommen hätte. Eingezwängt zwischen zahlreichen anderen Passagieren in schlechtgefederten, alten Fahrzeugen, die teilweise, wie man hörte, von betrunkenen Kutschern gelenkt wurden. Jeden Abend wäre ich von mißtrauischen Wirten empfangen worden, die mir sicher nur die kleinste ihrer Kammern zur Verfügung gestellt hätten, mit schlechtgelüfteter Bettwäsche und rauchenden offenen Kaminen.

In Gedanken schickte ich meinen innigsten Dank an Mrs. Bilgate und Mr. Blessom, die ermöglicht hatten, daß mir all dies erspart blieb.

Und dennoch hatte ich kaum je eine Reise erlebt, deren Ende ich sehnlicher herbeigewünscht hatte. Die Stunden schleppten sich dahin. Ich hatte bald bemerkt, daß Greg und Melissa Zuneigung zueinander gefaßt hatten. Sie sprachen besonders freundlich miteinander, Greg hielt ihr höflich jede Tür auf und reichte ihr hilfreich die Hand, wenn sie der Kutsche entstieg. Dabei hielt er ihre Hand immer ein bißchen länger fest, als es unbedingt nötig war. Worauf sie zart errötete und sittsam zu Boden blickte. Mir blieb es überlassen, mit einer vor Liebe schmachtenden Zofe die Kutsche zu teilen. Melissa, die nie sehr gesprächig gewesen war, war durch das für sie ungewohnte Glücksgefühl, von Greg, dem ersten Stallburschen, verehrt zu werden, so aufgekratzt, daß ihr Mundwerk kaum stillzustehen schien. Sie pries sämtliche Vorzüge des jungen Mannes und fragte mich mehrmals am Tage, ob ich dachte, daß er es ernst mit ihr meinte.

Ich war wirklich nicht in der Stimmung, mir über die Liebe anderer Leute Gedanken zu machen. Darum verfiel ich auf die Idee, Melissa zu fragen, ob sie nicht Greg auf dem Kutschbock Gesellschaft leisten wolle. Dieser Vorschlag brachte das Mädchen zwar zuerst in Verlegenheit, doch stimmte sie nach kurzem Zögern zu. Beim nächsten Pferdewechsel kletterte sie zu ihm auf den Kutschbock hinauf. Der Bursche war so hocherfreut und strahlte mir mit aufrichtigem Dank entgegen. Da kamen mir doch Bedenken. Wer weiß, ob ich den beiden einen guten Dienst erwiesen hatte. Dienstboten durften bekanntlich nur mit der Zustimmung ihrer Herrschaft an eine Ehe denken. Und diese Zustimmung wurde nicht großzügig gegeben. Ich konnte nur hoffen, daß die Herzogin eine verständnisvolle Arbeitgeberin sein würde.

Ich jedenfalls blieb durch meinen Vorschlag alleine in der Kutsche zurück. Die Idee war doch nicht so gut gewesen, wie ich bald feststellte. Hatte mich Melissas Geplapper auch nicht interessiert, so hatte es mich doch bis zu einem gewissen Grade von meinen eigenen Problemen abgelenkt. Nun jedoch gab es nichts mehr, das mich ablenken konnte. Ich war allein mit meinen Grübeleien und mußte mich sehr zusammennehmen, um nicht in tiefstes Selbstmitleid zu versinken. Energisch zwang ich mich, Ordnung in meine Gedanken zu bringen. Das einzige, was ich mit Sicherheit wußte, war, daß der höchst ehrenwerte Earl of Cristlemaine ein Straßenräuber war. Wenigstens hierüber bestand kein Zweifel. Warum er allerdings die Landstraßen unsicher machte, war mir nun unerklärlicher denn je. Der Earl war kein von der Gesellschaft ausgestoßener Gentleman, für den ich ihn immer gehalten hatte. Nein, er lebte in Wohlstand auf Grandfox Hall und war, wenn man George Glauben schenken konnte, ein reicher Mann. Warum also dieses Doppelleben? Und warum hatte er mir nicht so weit vertraut, mir zu sagen, wer er wirklich war? Dachte er, ich würde seine Verwandtschaft über seinen skandalösen Zeitvertreib informieren? Dachte er, seine Großmutter würde ihn deshalb in ihrem Testament benachteiligen? Das tat sie doch ohnehin, und Jojo wußte es. Ich selbst hatte es ihm schließlich gesagt. Wie konnte er mich nur über den Earl of Cristlemaine sprechen lassen, ohne mir zu sagen, daß es sich dabei um ihn selbst handelte? Das war doch eine Ungeheuerlichkeit! Warum war ich nur so dumm gewesen, diesem Mann zu vertrauen? Warum hatte ich die Wahrheit nicht selbst erraten? War ich wirklich so naiv, daß ich dachte, ein Straßenräuber könnte veranlassen, daß ich Quartier in einem Herrenhaus finde? Und dann das Frühstück mit Lady Sylvia, der Schwester des Earls! Warum hatte ich mir keine Gedanken darüber gemacht, daß das Mißtrauen der Dame sofort verschwand, als ich Jojos Namen nannte? Ob sie wohl wußte, daß ihr Bruder den Kosenamen aus der Kindheit immer dann benutzte, wenn er in seine Rolle als Straßenräuber schlüpfte? Wenn Jojo der Earl war, warum hatte er mich dann heimlich in sein eigenes Haus eingeschleust und war nicht selbst ins Haus zurückgekehrt? Was drängte ihn in dieser Nacht zurück zum verlassenen Gasthaus des toten Wirtes? Hatte er mit dem Mord doch mehr zu tun, als er zugeben wollte? Auch wenn er nicht persönlich der Mörder war? Hörte man nicht immer wieder von Persönlichkeiten, die andere dazu dingten, für sie Verbrechen zu begehen? Und doch, ich konnte es nicht glauben. Meine Phantasie ging wohl wieder einmal mit mir durch. Das Mißtrauen blieb jedoch wie ein Stich in meinem Herzen. Er hatte mich belogen und betrogen, jedesmal, wenn wir uns sahen. Hatte er mir je die Wahrheit gesagt? Wer konnte mir garantieren, daß sein Liebesgeständnis ehrlich gemeint war? Warum hatte er nicht wirklich um meine Hand angehalten? Was sollte wohl die ungewöhnliche Frage bedeuten, ob ich ihn heiraten wollte, wenn er mich fragte? Das war doch ein äußerst seltsames Benehmen! Und doch hatte er, ohne daß ich dazu meine Zustimmung gegeben hatte, ja, ohne daß er mich überhaupt gefragt hatte, diese Anzeige an die *Gazette* weitergeleitet. Warum hat er die Anzeige der Herzogin abgeändert? War es wirklich nur, um George aus der Patsche zu helfen, wie dieser ausgerufen hatte? Nein, auch das wollte ich nicht glauben. Und dennoch: Die beiden Cousins waren so freundschaftlich miteinander umgegangen. Fast brüderlich.

So grübelte ich und grübelte ich, während die Kutschenräder langsam aber stetig in Richtung Heimat rollten. Und je mehr ich grübelte, desto mehr Fragen blieben offen. Vielleicht hätte ich doch nicht so überstürzt abreisen sollen? Ich hätte mir Jojos Erklärungen wenigstens anhören können. Vielleicht hätte sich alles in Wonne und Wohlgefallen aufgelöst, wenn ich ihm nur Gelegenheit gegeben hätte ... aber er hatte ja Gelegenheit gehabt. Wenn er mich wirklich liebte, dann hätte er alles stehenlassen und unter vier Augen mit mir gesprochen, bevor er seine Großmutter aufsuchte!

Nein, er hatte mich nicht nur hintergangen und mein Vertrauen auf das sträflichste mißbraucht. Er hatte mich auch noch in kränkendster Weise vernachlässigt. Meine überstürzte Abreise war genau das Richtige gewesen. Und doch wunderte ich mich über mich selbst. Es entsprach üblicherweise meinem Naturell viel eher, der Wahrheit ins Auge zu sehen. Mich Problemen zu stellen, als vor ihnen davonzulaufen. Davonlaufen war eine unbefriedigende Lösung, wie ich jetzt feststellen mußte.

Doch es war zu spät, um die Entscheidung rückgängig zu machen. Ich war auf dem Weg nach Winchester. Ich würde nie die Wahrheit erfahren. Und immer mit Vermutungen und Verdächtigungen leben müssen.

Am Morgen nach der letzten Nacht unserer Reise blickte ich mißtrauisch aus dem blankgeputzten Fenster. Der Himmel, der in den letzten Tagen klar und blau gewesen war, war nebelverhangen. Das schöne Spätherbstwetter, das für die Jahreszeit geradezu ungewöhnlich mild gewesen war, schien mit einem Mal zu Ende zu sein und den kalten und feuchten Nebeln des Winters Platz zu machen.

Greg war bereits im Stall gewesen und hatte den Auftrag gegeben, die Pferde einzuspannen. Er betrat die Gaststube, als Melissa und ich eben unser ausgiebiges Frühstück beendet hatten. »Es hat sich bezogen«, meinte er nach der Begrüßung, »scheint in Kürze Regen zu geben.«

Er sollte recht behalten. Gerade als die Kutsche durch das Tor hinausrollte, fielen die ersten, schweren Tropfen gegen das Kutschendach.

»Armer Greg«, murmelte Melissa. Sie war wegen des schlechten Wetters wieder zu mir in das Innere der Kutsche gestiegen. Mit klammen Fingern zog sie den Mantel enger vor der Brust zusammen: »Er wird sich den Tod holen, da oben auf dem Kutschbock.«

»Er hat ja einen dicken Kutschiermantel und einen breitkrempigen Hut«, versuchte ich sie zu beruhigen. Doch sie war von der Sorge um ihren Verehrer nicht abzubringen. »Und wenn er sich eine Lungenentzündung holt?« Melissa ließ nicht locker.

»Das halte ich für äußerst unwahrscheinlich«, entgegnete ich knapp und kehrte ihr den Rücken zu. Die Wange an die Polsterung der Kutschenbank gelehnt, war mein Blick aus dem Fenster gerichtet. Die Wassertropfen rannen wie Tränen an den beschlagenen Scheiben entlang. Von der grauen, trostlosen Landschaft dahinter war kaum etwas zu erkennen. Es war wirklich zum trübsinnig werden. Nahm diese Reise denn niemals ein Ende?

»Wenn es nur zu regnen aufhören würde!« stöhnte Melissa. »Sehen Sie doch nur, jetzt ist es noch stärker geworden!«

Da es schon bisher in Strömen gegossen hatte und die Tropfen unablässig gegen das Kutschendach klopften, konnte ich eine Steigerung beim besten Willen nicht erkennen.

»Wenn ich ihm nur helfen könnte. Der arme, arme Greg!« seufzte Melissa theatralisch. Wäre ich nicht selbst durch meine Grübeleien und die lange Reise schon gereizt gewesen, ich hätte auf Melissas Sorgen gelassener reagiert. So jedoch wurde ich ernsthaft ungeduldig. Wenn schon der Regen nicht aufhörte, so sollte wenigstens Melissa mit ihrem Gejammere aufhören.

»Es gibt kein Mittel, wie du ihm helfen kannst«, sagte ich schroff. Hoffentlich würde sie jetzt endlich still sein.

»Es muß doch etwas geben«, beharrte sie statt dessen. »Wir beide sitzen hier in der warmen, trockenen Kutsche ...«

»Soll ich ihn vielleicht bitten, hier Platz zu nehmen und mich selbst auf den Kutschbock setzen?« unterbrach ich Melissa ungehalten.

Sie schwieg betreten. Endlich war es ruhig im Fahrzeug. Als ich das nächste Mal zu ihr hinüberblickte, bemerkte ich, wie Tränen über ihre Wange hinunterkullerten. Jetzt tat mir mein schroffes Verhalten doch wieder leid.

»Er wird schon nicht krank werden«, sagte ich daher und versuchte sie zu beruhigen, »er ist das Kutschieren schließlich gewöhnt.« Melissa nickte schweigend. Ich lehnte mich wieder in die Polsterung zurück und schloß die Augen. Ich würde einfach so tun, als sei ich eingeschlafen. Damit entging man am besten unerwünschten Gesprächen. Und als ich so saß, die Augen geschlossen, dem ständigen rhythmischen Rütteln und Rattern der Kutschenräder ausgesetzt, da bin ich wohl nach kurzer Zeit tatsächlich eingenickt.

XVIII.

Es war bereits dunkel, als wir auf Matthews Manor ankamen. Die Uhrzeiger gingen auf achtzehn Uhr zu. Ich fühlte mich wie erschlagen vom ständigen Rattern der Kutschenräder, vom Hin- und Hergestoße, wenn das Fahrzeug in Löcher auf der Straße geriet, die durch die heftigen Regenfälle an manchen Stellen nahezu unpassierbar geworden war. Mein Nacken, meine Beine, mein ganzer Körper schmerzten. Als die Lichter des Pförtnerhäuschens im kalten, nebelverhangenen Abend sichtbar wurden, wäre ich vor Freude und Dankbarkeit fast in Tränen ausgebrochen. Der Pförtner kam aus seinem Haus und beäugte streng das fremde Fahrzeug. Als er sah, daß ich es war, die ihn aus seinem gemütlichen Lehnstuhl hinaus in den kalten Regen geholt hatte, grüßte er freundlich und öffnete das breite Eisentor. Der Weg zum Haupthaus war nicht mehr weit. Eine schmale Pappelallee entlang, dann eine scharfe Linkskurve und schon lag es vor uns: mein geliebtes Zuhause. Mit seinen hellerleuchteten Fenstern, die Wärme und Geborgenheit verhießen. Es tat gut, wieder zu Hause zu sein. Wie freute ich mich auf James und auf Mally, ja sogar auf meine Schwägerin Elizabeth! Vor allem aber freute ich mich auf ein heißes Bad und auf einen langen, erholsamen Schlaf in meinem vertrauten Bett.

Die Kutsche fuhr auf den bepflasterten Vorhof von Matthews Manor ein. Unser Kommen war nicht unbemerkt geblieben. Denn gerade eben öffnete sich die Eingangstür und Wickham, der Butler trat ins Freie. Er trug den mächtigen, breiten Regenschirm, den wir für derartige Fälle ständig in der Halle bereithielten. Mit Schwung öffnete er den Schlag: »Willkommen zu Hause, Miss Sophia!« begrüßte er mich so freundlich, daß mir ganz warm ums Herz wurde. »Der Herr erwartet Sie in der Bibliothek.«

»Ich freue mich auch so, wieder daheim zu sein«, sagte ich aus vollem Herzen. »Würden Sie sich bitte um die Kutsche kümmern. Die Pferde müssen sofort in den Stall und ordentlich abgerieben werden. Und Greg, der Kutscher von Rampstade Palace braucht auch dringend ein trockenes Quartier und einen heißen Grog, und dann ist da noch Melissa ...«

»Machen Sie sich keine Sorgen, Miss Sophia. Sie können alles getrost meiner Fürsorge überlassen«, erwiderte der Butler und begleitete mich ins Haus. Ich lächelte ihm dankbar zu und begrüßte Fanny, unser erstes Stubenmädchen, die in der Halle auf mich wartete. Ich überließ es ihr, sich um Melissa zu kümmern, und wollte eben zu meinem Bruder eilen, als sich die Tür zur Bibliothek öffnete und James heraustrat.

»Hallo, kleine Schwester! Da bist du ja endlich wieder.« Fröhlich schloß er mich in die Arme. »Wir hatten dich schon heute mittag erwartet.«

»Ach James, ich freue mich so, dich zu sehen. Ich habe dir viel zu erzählen«, sagte ich. Doch dann hielt ich inne: »Ihr habt mich heute mittag erwartet?« fragte ich verwundert. »Woher wußtet ihr denn, daß ich auf dem Weg hierher war?«

Was sollte James' Reaktion wohl bedeuten? Warum war er plötzlich so verlegen?

»Ein ... ein Bote war da, von Rampstade, weißt du, und der hat es uns gesagt.«

»Wie überaus fürsorglich von der Herzogin!« rief ich aus. »War es Joseph? Wo ist er? Hast du ihn bei den Stallburschen untergebracht?«

James schüttelte den Kopf: »Nein, nicht bei den Stallburschen ... ich meine, ich habe ihn nirgends untergebracht. Er ist gleich wieder zurückgeritten.«

»Bei dem Wetter?« rief ich aus.

James antwortete mir nicht. »Gut siehst du aus«, sagte er statt dessen. »Elizabeth ist oben in unserem Schlafzimmer. Mally rechnet damit, daß es noch eine gute Woche dauern wird, bis das Baby kommt. Da wird sich Elizabeth sicher freuen, wenn du ihr ein bißchen die Zeit vertreibst.«

»Ist denn deine Schwiegermutter nicht hier?« fragte ich verwundert. »Ich hatte fest damit gerechnet, sie hier vorzufinden.«

»Oh, sie war kurz da«, erklärte James mit seltsam beiläufiger Stimme. »Aber sie hat es schließlich vorgezogen, wieder an die Seite des Pfarrers zurückzukehren. Sie wird dort gebraucht, weißt du.« Das klang alles sehr seltsam.

»Sicher möchtest du dich frisch machen.« James hakte sich bei mir unter. »Wie wäre es, wenn ich dich jetzt Mally überlasse und wir treffen uns dann zum Abendessen? Da können wir uns in Ruhe unterhalten. Ich habe auch eine Überraschung für dich!«

Arm in Arm gingen wir in das obere Stockwerk hinauf.

»Eine Überraschung?« fragte ich. »Sag' schon, was es ist. Du weißt, daß ich es nicht ausstehen kann, wenn du mich auf die Folter spannst.«

James lächelte geheimnisvoll. »Kein Wort kommt über meine Lippen. Du mußt dir die Überraschung schon selbst ansehen.«

Ich seufzte. »Bist du mir sehr böse, wenn ich sie mir erst morgen ansehe? Ich bin todmüde und möchte nichts als ein heißes Bad und dann ins Bett. Obwohl du mich so neugierig gemacht hast, daß ich wahrscheinlich kein Auge zutun werde.«

James lachte. »Ist schon in Ordnung. Schlaf dich erst einmal aus. Die Überraschung kann warten. Sicher wirst du dich doppelt freuen, wenn ... wenn ich sie dir präsentiere und du hübsch und ausgeruht bist.«

»Hübsch und ausgeruht?« fragte ich, »was kann das bedeuten? Ist es ein Schmuckstück? Komm, James, sage mir, ob es ein Schmuckstück ist.«

»Neugiernase«, sagte er nur und stieß die Tür zu meinem Zimmer auf und rief fröhlich: »Sie ist da, Mally!« Dann wandte er sich wieder mir zu und küßte mich sanft auf die Wange.

»Schlaf gut. Wir haben morgen viel vor.« Er winkte mir leicht zu und verließ das Zimmer.

Ich blickte mich um. Es war alles noch genau so, wie ich es verlassen hatte. Ich war ja nur zwei Monate fort gewesen. Wie viel sich in dieser Zeit ereignet hatte!

»Wie schön, wieder daheim zu sein!« rief ich aus und breitete die Arme aus. Mally eilte herbei und gab mir einen Kuß auf die Wange. »Wir freuen uns auch, daß Sie wieder da sind. Sie sehen ziemlich mitgenommen aus. Wie war die Fahrt?«

»Anstrengend«, sagte ich und bückte mich stöhnend, meine Stiefel aufzuschnüren.

»Blaß um die Nase sind Sie auch«, stellte Mally nach eingehender Prüfung meines Gesichtes kritisch fest.

»Das kommt von der weiten Fahrt«, entgegnete ich.

»Papperlapapp«, widersprach meine Kinderfrau, »da steckt sicher ein Mann dahinter. Wer hat Sie unglücklich gemacht, mein Täubchen? Dieser Luftikus?« Ich mußte lachen. Mally hatte wirklich ein scharfes Auge: »Nein, nicht der Luftikus.«

In diesem Augenblick ging die Tür auf, und zwei Mädchen in adretten, gestreiften Kleidern brachten schwere Eimer mit heißem Wasser, das sie in die bereits halbvolle Kupferbadewanne füllten.

Erstaunt stellte ich fest, daß mir die beiden völlig fremd waren. Das Kleid, das sie trugen, war mir schon bei Fanny aufgefallen. Elizabeth hatte also schon die ersten Veränderungen vorgenommen, kaum daß ich dem Haus den Rücken kehrte, dachte ich bitter. Energisch rief ich mich zur Ordnung. Es war völlig richtig, was sie tat.

»Das sind Lucy und Rose«, erklärte Mally. »Mylady hat sie eingestellt, damit sie mich entlasten, wenn der Erbe da ist.«

Die Mädchen gossen das Wasser in die Wanne. Dann knicksten sie schüchtern und wurden von Mally aus dem Zimmer gescheucht.

Mally legte frische Handtücher bereit und gab einige Tropfen Rosenöl ins Badewasser.

»Wie geht's Elizabeth?« erkundigte ich mich, während Mally mir aus dem Kleid half.

»Oh, wie's einer jungen Lady eben so geht, wenn sie knapp vor der Niederkunft steht. Obwohl ich ihr ja immer und immer wieder sage: ›Fürchten Sie sich nicht, Mylady. Solange die alte Mally bei Ihnen ist, kann Ihnen nichts geschehen.‹«

»Und die Pfarrersfrau? Ich war sicher, daß sie hier im Hause bereits das Kommando führen würde. Doch James sagte, sie sei wieder abgereist.«

»Ha, abgereist!« rief Mally amüsiert. »Er hat sie regelrecht hinausgeworfen.«

»Hat er das?« Was war denn in meinen stillen Bruder gefahren? Bis jetzt war ich immer der Meinung gewesen, er hätte viel zu viel Furcht vor seiner Schwiegermutter, um zu so einem Vorgehen fähig zu sein.

»Recht hatte er«, sagte Mally. »Der kleinen Lady ist es so gut gegangen. Sie war voller Tatendrang. Hat gleich das oberste zuunterst gekehrt, als Sie weg waren . . .«

»Das freut mich zu hören«, sagte ich sarkastisch.

Mally schienen ihre offenen Worte nicht im geringsten peinlich zu sein. »Habe immer gesagt, es würde der jungen Ehe guttun, wenn Sie nicht mehr hier leben«, fuhr sie, ohne ein Blatt vor den Mund zu nehmen, fort. »Die kleine Lady wäre sonst nie erwachsen geworden. Das erinnert mich an etwas: Mr. Stinford hat sich verlobt.«

»Nicht möglich!« Ich war sofort abgelenkt.

»Wenn es Ihnen leid tut, dann ist das jetzt zu spät.«

»Aber es tut mir ja gar nicht leid. Im Gegenteil. Ich freue mich für Edward. Wer ist denn die Glückliche?«

Mally reichte mir die Hand, um mir in die Badewanne zu helfen. Wohlig rekelte ich mich im warmen Wasser. Wie gut das tat, wenn sich nach der langen Reise sämtliche Glieder wieder entspannten. »Amelie Hurdon«, antwortete Mally, und es klang so befriedigt, als würde sie mir damit einen wohlverdienten Schlag versetzen.

»Amelie Hurdon? Elizabeths Schwester?«

»Ja, genau die. Und darum läuft jetzt die Pfarrersfrau mit stolzgeschwellter Brust umher und kann ihr Glück kaum fassen. Zuerst heiratet ihre Älteste den Herrn von Matthews Manor, und dann bringt die nächste sogar einen Baron nach Hause. Sie kann sich kaum fassen vor Stolz.«

»Und darum hat mein Bruder sie hinausgeworfen?« wollte ich wissen.

»Nein, nicht darum. Sondern, weil sie hierher gekommen ist und sofort damit begonnen hat, Mylady wieder wie ein unmündiges Kind zu behandeln. Und dann hat sie auch noch eins von den jüngeren Mädchen bei sich gehabt. Ich vergesse immer, wie dieses Ding heißt. Sie wissen schon, die Unscheinbare mit den Pickeln auf der Nase.«

»Abigail«, sagte ich. Die Beschreibung war wirklich treffend gewesen.

»Ja, genau die.« Mally nickte. »Und nicht nur, daß die Pfarrersfrau sich hier benahm, als sei das ihr Haus und sogar versuchte, dem Herrn Vorschriften zu machen. Nein, sie wollte auch die kleine Lady ins Bett verbannen. Und dann sollte diese Schwester da immer bei ihr bleiben, um den ganzen Tag mit ihr Gebete zu sprechen. Für eine gesunde Geburt. Mylady war ganz verstört, wagte sich jedoch nicht zu widersetzen. Na, und da hat Ihr Bruder eingegriffen.«

»Da hatte er wirklich recht«, stimmte ich zu, »wer kümmert sich jetzt um Elizabeth?«

»Na, ich natürlich«, sagte Mally entrüstet.

»Und die Hebamme?«

Sie machte eine abfällige Handbewegung: »Ach dieses alte, mißmutige Weib. Die wird schon noch früh genug erfahren, wenn es bei uns soweit ist. Ich will sie nicht länger als unbedingt nötig da haben. Und jetzt dauert es ja noch mindestens eine Woche, bis es soweit ist.«

»Warum bist du dir so sicher?« fragte ich, während ich mir aus dem Bad helfen ließ.

»Ich habe genügend Erfahrung, das können Sie mir glauben«, sagte Mally, während sie mir fest den Rücken abtrocknete. »Doch nun zu Ihnen. Was ist passiert?«

»Wer sagt dir, daß etwas passiert sein muß?« fragte ich. Es sollte leichthin klingen. Und doch konnte ich nicht verhindern, daß ich errötete. Rasch schlüpfte ich in mein Nachthemd.

»Wenn ein junges Ding bei Nacht und Nebel...«

»Wenn du mich meinst«, unterbrach ich sie, »ich bin kein junges Ding.«

»Wenn ein junges Ding«, wiederholte sie ungerührt, »bei Nacht und Nebel ins Haus seiner Väter zurückkehrt, dann ist etwas passiert. Und meistens ist ein Mann im Spiel. Hat dir einer schöne Augen gemacht und dich dann sitzenlassen?«

»Mally!« rief ich empört. Doch wenn man es genau bedachte: War es in Wirklichkeit nicht ähnlich? Hatte mir Jojo nicht schöne Augen gemacht? Und mich dann sitzengelassen? Sitzengelassen hatte eigentlich ich ihn. Oder doch nicht? Es war alles so verwirrend. Und ich war zu müde, um darüber nachzugrübeln. Ich wollte nur noch schlafen. Am nächsten Tag würde ich alles mit James besprechen. Dabei würden wir sicher irgendeine Lösung finden.

Ich ging zum Bett und schlüpfte unter die Bettdecke, die Mally zurückgeschlagen hatte.

»Na, dann schlafen Sie sich erst einmal aus«, sagte sie und begann, die nassen Handtücher zusammenzusammeln.

»Ach, es tut so gut, die müden Beine auszustrecken. Ich bin einfach zu müde, um mich zu unterhalten. Was machen Elizabeth und James heute abend?«

»Mylady fühlte sich den ganzen Tag nicht sehr wohl. Darum hat sie sich so bald zu Bett begeben. Und Ihr Bruder muß sich ja schließlich um den Gast kümmern.«

»Gast?« fragte ich und meine Augen waren schon zugefallen. »Was denn für ein Gast?«

»Irgendein Offizier, Hauptmann, glaube ich, ich habe seinen Namen vergessen. Kam gestern an, und hatte glatt die Stirn, sich hier für ein paar Tage einzuquartieren. Obwohl das jetzt wirklich nicht die passende Zeit ist, Besuche zu machen. So knapp vor der Niederkunft.«

»Wirklich seltsam«, murmelte ich, schon fast im Halbschlaf.

»Vielleicht können Sie morgen mit Ihrem Bruder sprechen. Und ihn davon überzeugen, wie unpassend Herrenbesuch zur Zeit ist. Auf mich hört er ja schon lange nicht mehr.«

»Ich werd's versuchen«, versprach ich.

Mally blies die Kerzen aus und schlich auf Zehenspitzen zur Tür. Ihr »Gute Nacht« hörte ich schon fast nicht mehr. Das Wort Hauptmann war in meinen Gedanken hängengeblieben. Sofort tauchten zwei dunkle Augen in meiner Erinnerung auf. Tiefschwarze, zärtliche, liebevolle, aufregende, verheißungsvolle Augen. Und dann schlief ich ein.

XIX.

Ich hatte einige Stunden tief und fest geschlafen, als ich plötzlich aufgeweckt wurde. Es war mir, als würde ich Schritte vor meiner Zimmertür hören. Und Schreie, die von weit her zu klingen schienen und doch hell und klar in mein Zimmer drangen. Verwirrt setzte ich mich auf und griff nach den Streichhölzern. Als die Kerze brannte, blickte ich mich um. Zuerst hatte ich gedacht, ich sei noch auf der Reise. Ich läge im Zimmer irgendeines der Gasthäuser und die Schritte und Stimmen kämen vom Gang oder der Gaststube her. Laute Rufe und Geschrei waren dort zu später Stunde nichts Seltenes. Besonders dann nicht, wenn der Wirt die Sperrstunde ausgerufen hatte. Es ging ziemlich lautstark zu, wenn sich die Betrunkenen im Schankraum verabschiedeten, um johlend und wankend ihren Heimweg anzutreten.

Ich blickte auf das wohlvertraute Fußteil meines Bettes und meine Verwunderung wuchs. Ich war ja wieder zu Hause! Schreie in der Nacht auf Matthews Manor waren etwas sehr Ungewöhnliches. Ich lauschte gespannt. Jetzt war alles wieder ruhig. Kein anderer Laut war zu hören, als das leise Ticken der Wanduhr über der Kommode. Ob ich die Schreie und die eiligen Schritte nur geträumt hatte? Und doch, irgend etwas mußte mich geweckt haben. Es war sehr seltsam. Gerade als ich mich vorbeugte, um die Kerze wieder auszublasen, hörte ich abermals Schritte. Leise, trippelnde Schritte, die an den Zimmern vorbeihuschten. So, als sollten die Schlafenden nicht geweckt werden. Mit einem Satz war ich aus dem Bett. Ich durchquerte in Windeseile mein geräumiges Zimmer und riß die Türe auf. Es war eines der neuen Mädchen, ich glaube Mally hatte es Lucy genannt, das da den langen Korridor hinunterschlich. Vermutlich war sie auf dem Weg in den rechten Flügel, wo die Gemächer der Hausherren lagen.

»Was ist los?« rief ich ihr hinterher.

Das Mädchen fuhr herum: »Mylady. Es ist Mylady, Miss«, stammelte sie. »Es ist soweit. Ich wollte Sie nicht wecken. Es tut mir so leid. Aber ich mußte das Riechsalz holen . . .« Sie zuckte zusammen, als abermals ein unterdrückter Schrei zu hören war. Es hatte wie ein Hilfeschrei, wie ein flehentlicher Ruf geklungen. Mit vor Schrecken geweiteten Augen blickte mich das Mädchen an.

»Die Hebamme?« fragte ich, »hat schon jemand die Hebamme geholt?«

Sie schüttelte den Kopf: »Nein, Miss, Mrs. Mally sagte . . .«

Ich war mit einem Schlag hellwach. Alle Müdigkeit war von mir abgefallen. Es schien, als würde meine Hilfe gebraucht.

»Gib mir das Riechsalz«, befahl ich, »ich werde es persönlich zu Mylady bringen. Und du laufe, so schnell du kannst, zu den Ställen und wecke Harry, den Stallburschen. Sag ihm, er soll die Hebamme hierher holen. Mit der Kutsche. Er weiß, wo sie wohnt. Und wenn sie nicht zu Hause ist, soll er sie so lange suchen, bis er sie gefunden hat.«

Es schien, als wollte das Mädchen widersprechen. Für sie war ich ja nur Gast im Hause meines Bruders. Eine völlig neue Erfahrung für mich. »Nun geh schon«, sagte ich streng, »und sag Harry, er solle sich beeilen. Rasch, rasch!«

»Ja, Miss.« Das Mädchen knickste und lief dann, so schnell es konnte, den Gang zurück, die Treppe hinunter.

Ich kehrte geschwind in mein Zimmer zurück und zog meinen Morgenmantel an, den ich am Abend achtlos über einen Stuhl geworfen hatte. Dann nahm ich meine Kerze vom Nachttisch, schlüpfte in die Pantöffelchen und machte mich auf den Weg ins das Schlafgemach, das Elizabeth und James bewohnten.

Ich hatte das Zimmer als Kind immer bewundert. Seit Generationen war es für das Hausherrenehepaar bestimmt. Auch meine Eltern hatten dort geschlafen. Und meine Mutter hatte James und mich in eben demselben Bett zur Welt gebracht, in dem meine Schwägerin jetzt auf die Niederkunft wartete. Wie gut waren mir die honiggelben Samtvorhänge in Erinnerung. Über dem Beistelltisch hatte eine kunstvoll gehäkelte Decke gelegen, mit der ich manchmal heimlich gespielt hatte, wenn ich Mama beim Ankleiden zusehen durfte. Ich weiß noch, daß ich aus den Fransen Zöpfe geflochten hatte und daß mir das jedesmal eine Rüge meiner Kinderfrau einbrachte. Meine Mutter hatte dann gelächelt und ›So laß sie doch, Mally‹, gesagt, während diese dabei war, mich aus dem Zimmer zu schieben. Liebe, gute Mama. Wie schön wäre es, wenn du noch am Leben wärst, um dich über die Geburt deines Enkelkindes zu freuen.

Als ich nun das Schlafzimmer betrat, fiel mir im Halbdunkel des Raumes als erstes auf, daß die honiggelben Vorhänge verschwunden waren. Liebliche, geblümte Stores hingen an ihrer Stelle.

In hochaufgetürmten, reichverzierten Kissen lag der kleine Kopf meiner Schwägerin, mit geröteten Wangen. Die von Schweiß nassen Haare klebten um ihr Gesicht. Sie stöhnte leise vor sich hin, die Augen geschlossen.

Neben dem Bett stand mein Bruder. So bleich, wie die Wangen seiner Frau gerötet waren. Mit großen Schritten ging er neben dem Bett auf und ab. Die Lippen zu einem dünnen Strich zusammengepreßt. Von Mally war keine Spur zu sehen.

»Was ist hier los?« fragte ich entgeistert. »Was machst denn du im Schlafzimmer? Wo ist Mally?«

Mein Bruder stöhnte auf: »Ach, Sophia«, sagte er. »Gut, daß du da bist. Es ist alles so schrecklich. Und ich bin daran schuld. Wenn Liza nur nichts geschieht! Ich alleine bin verantwortlich...«

In diesem Augenblick wurde er unterbrochen, da seine Frau erneut zu stöhnen begann und ihre vor Schrecken geweiteten Augen auf uns richtete: »Wie soll ich das nur aushalten?« brachte sie mühsam hervor. »Warum hilft mir denn niemand?«

»Wo ist Mally?« fragte ich James, während ich die Hand meiner Schwägerin ergriff und sie etwas zu streicheln begann. Das schien sie zu beruhigen.

»Ohnmächtig geworden. Die Mädchen haben sie auf ihr Zimmer gebracht.«

Die Wehe, die Elizabeths Körper erfaßt hatte, schien abgeebbt zu sein. Sie atmete ruhiger und stöhnte nur mehr leise vor sich hin.

»Ohnmächtig!« rief ich ungläubig aus, »das kann es doch nicht geben.«

Und doch war es so. Mally, die sich eingebildet hatte, stark und erfahren genug zu sein, um Mylady bei der Geburt hilfreich zur Seite zu stehen, hatte sich selbst überschätzt.

»Nur, weil sie uns beide aufgezogen hat, ist das noch lange kein Grund, daß sie sich bei einer Geburt auskennt«, sagte James bitter. »Und jetzt stellt sich heraus, daß sie überhaupt noch nie bei einer Geburt anwesend war! Und ich habe ihr vertraut. Ich habe gedacht, sie sei eine wirkliche Stütze für Liza. Wenn ich das nur geahnt hätte! Nie hätte ich Lizas Mutter fortgehen lassen! Ich bin schuld daran, daß sie jetzt schutzlos hier liegt. Ich allein trage die Verantwortung. Ich alleine …«

»Ist schon gut«, unterbrach ich diese Selbstvorwürfe ungeduldig. »Jetzt bin ja ich da, nicht wahr?« Im Grunde meines Herzens gab ich James jedoch recht. Wie konnte er nur seine Schwiegermutter wegschicken, ohne geeigneten Ersatz für sie zu beschaffen? In diesem Augenblick waren weitere Vorwürfe jedoch nicht am Platz.

Und schließlich hatte ja auch ich Mallys selbstbewußten Worten geglaubt. Ohne zu fragen, wie sie überhaupt zu ihrer Erfahrung gekommen sein wollte. Jetzt blieb mir nichts anderes übrig, als die Dinge selbst in die Hand zu nehmen. Und zu hoffen, daß Harry die Hebamme bald bringen würde.

Leider hatte ich selbst keine Ahnung, wie man einer werdenden Mutter am besten beistand. Eines wußte ich jedenfalls: Wichtig waren Ruhe und möglichst geringe Aufregung.

»Am besten, du gehst jetzt in die Bibliothek und trinkst in aller Ruhe ein Gläschen Wein«, schlug ich meinem Bruder vor, der seine unruhige Wanderschaft neben dem Bett seiner Gemahlin wieder aufgenommen hatte. Sanft aber bestimmt schob ich ihn in Richtung Türe: »Ich werde für deine Frau sorgen, keine Angst.«

James war sichtlich erleichert, die Verantwortung auf meine Schultern abladen zu können, und dennoch zögerte er: »Danke, Sophia. Aber wenn du lieber nicht … ich meine, wenn es dich überfordert … Kennst du dich denn aus?«

»Natürlich kenne ich mich aus«, versicherte ich ihm in festem Ton, wenn auch nicht wahrheitsgemäß. »Und im übrigen habe ich schon nach der Hebamme geschickt.«

James trat durch die offene Türe, kehrte jedoch gleich wieder zurück: »Ich kann nicht«, stöhnte er, »ich kann Elizabeth in ihrer schweren Stunde nicht alleine lassen. Ich kann doch nicht …«

Ich faßte ihn mit festem Griff am Oberarm und drängte ihn auf den Korridor zurück. »Glaube mir, du bist jetzt keine sehr große Hilfe.« Meine Stimme klang strenger als ich es meinte. Er tat mir leid. Ich hatte meinen großen, gelassenen Bruder noch nie so hilflos und nervös erlebt. Die Haare, die er sonst kunstvoll in Locken gelegt hatte, waren durcheinander. Seine Hände zitterten.

»Schade, daß du niemanden hast, der dir Gesellschaft leisten könnte«, meinte ich mitfühlend. »Irgend jemand sollte dich ablenken.«

»Das werde ich übernehmen«, sagte eine Stimme ganz in der Nähe. »Komm James, alter Freund, ich fürchte, du bist hier etwas *de trop*.«

Natürlich erkannte ich diese Stimme sofort wieder. Ich hätte sie unter Hunderten, ja unter Tausenden herausgehört. Langsam drehte ich mich um und sah, daß die Türe eines der Gästezimmer offenstand. Fahles Kerzenlicht drang auf den Gang hinaus. Dieses Zimmer hatte James gehört, bevor er geheiratet hatte und in die Gemächer der Eltern gezogen war. Nur ganz besonderen Gästen war es gestattet, in diesem Raum zu nächtigen. Ein Mann stand in der offenen Türe, im eleganten, seidenen Morgenmantel, dunkelblau mit Paisleymuster. Die dunklen Locken korrekt frisiert, die ebenso dunklen Augen auf mich gerichtet. Eine gute Portion Belustigung war in ihnen zu erkennen und noch etwas anderes, das ich nicht genau definieren konnte, das mir aber einen wohligen Schauer über den Rücken jagte.

James erinnerte sich an seine Pflichten als Hausherr: »Ich brauche euch einander nicht vorzustellen, nehme ich an. Sophia, ich glaube, du kennst Hauptmann Maine, ich meine, ich vergesse immer wieder, daß du ja jetzt der Earl bist, aber ihr kennt euch ja ohnehin, und da dachte, also...« Er hatte völlig den Faden verloren. Aus dem Schlafzimmer drang erneut das laute Stöhnen der werdenden Mutter.

»Jojo, bitte«, sagte ich, »nimm James und bringe ihn in die Bibliothek.«

Ich blickte den beiden nach, wie sie den Gang hinuntermarschierten. Jojo hatte sich bei James eingehängt und zog den Widerstrebenden unbarmherzig mit sich.

Mein Herz machte einen Luftsprung. Jojo war hier! Wie er

hergekommen war, war mir in diesem Augenblick völlig gleichgültig. Nur die Tatsache, daß er da war, war wichtig. Was konnte das anderes bedeuten, als daß er mich liebte?

Ein lautes Schluchzen riß mich aus meinen Gedanken. Ich beeilte mich, in die Gegenwart zurückzukehren.

Die einzige Geburt, die ich bisher am Rande miterlebt hatte, hatte sich vor Jahren im Haus einer Pächtersfamilie zugetragen. Ich war damals aus irgendwelchem Grund in das Haus gekommen, um mit dem Familienvater etwas zu besprechen. Dort war alles in hellster Aufregung gewesen, und ich erfuhr, daß die Niederkunft der Pächtersfrau unmittelbar bevorstand. Die wortgewaltige, gewichtige Hebamme hatte das Regiment geführt. Sie scheuchte die älteren Töchter durch das Haus, um abgekochtes Wasser und saubere Tücher zu holen. Obwohl ich selbst nicht in das Schlafzimmer vorgedrungen war, konnte ich mich erinnern, daß kalte, nasse Tücher gebraucht wurden, um die Stirne der Gebärenden zu kühlen. Im Wohnzimmer hatte sich der werdende Vater befunden und seine Aufregung im Alkohol ertränkt.

Damals suchte ich schleunigst das Weite, und so waren meine Kenntnisse über Geburtshilfe gering geblieben. Immerhin wußte ich aber, daß man abgekochtes Wasser, weiße Tücher und kalte Kompressen für die Stirne der werdenden Mutter benötigte.

Ich zog energisch an der Klingelschnur. Lucy erschien umgehend, um meine Anweisungen entgegenzunehmen. Sie erzählte mir auch, daß Harry sich bereits auf den Weg gemacht hatte. Dann hieß es also warten.

Ich setzte mich an das Kopfende des Bettes meiner Schwägerin, hielt ihre Hand und sprach ihr gut zu. Langsam wich die Angst aus ihren Zügen. Wir konnten uns sogar ein wenig unterhalten.

Nach einer guten Stunde waren dann endlich die schweren Schritte zu hören, die das Kommen der Hebamme ankündigten. Ich wäre der behäbigen Frau am liebsten um den Hals gefallen, als sie von Lucy begleitet ins Zimmer trat. Sie stellte ihre schwere Tasche auf die Kommode und wusch sich die Hände in der Waschschüssel. Dann sagte sie mit dröhnender Stimme: »Na, dann wollen wir einmal sehen, Mylady«, und schlug die schwere Decke mit einem geübten Griff zur Seite. »Sie sind jung und kräftig, da werden wir das mit Leichtigkeit schaffen, nicht wahr? Sie müssen nur alles tun, was ich Ihnen sage. Dann haben wir es bald vorbei. Und immer daran denken, daß Sie gut durchatmen. Nicht die Luft anhalten! So ist es brav, Mylady.«

Auch ich folgte ihrem Befehl und atmete tief durch. Wie gut es war, Elizabeths Schicksal in erfahrene Hände legen zu können.

Meine Schwägerin warf mir einen flehentlichen Blick zu: »Du gehst doch nicht, Sophia, oder?« fragte sie leise. »Bitte laß mich nicht alleine.«

»Aber natürlich nicht«, versprach ich ihr.

Und dabei hätte ich mich viel lieber zu den Männern in die Bibliothek zurückgezogen. Ich harrte an der Seite meiner Schwägerin aus, kühlte ihre Stirne mit dem feuchten Tuch und versuchte, sie zu beruhigen, wenn die barschen Worte der Hebamme sie in Unruhe versetzt hatten.

Dann war es soweit. Endlich, es war bereits etwas nach sieben Uhr früh, die Dämmerung zog schon langsam am Horizont herauf, als ich in das Erdgeschoß gehen konnte, um meinem Bruder zu verkünden, er sei Vater eines Sohnes geworden. James war, wie nicht anders zu erwarten, außer sich vor Freude. Er umarmte und küßte mich überschwenglich. Dann eilte er los, um an die Seite seiner Frau zu kommen, die müde und erschöpft, aber glücklich auf ihn wartete.

Jojo und ich waren alleine.

Wir standen uns schweigend gegenüber. Im Morgenmantel. Beide müde und übernächtigt, zu so ungewohnt früher Stunde.

Ich fühlte mich mit einem Male scheu und befangen wie nie zuvor. »Gratuliere zum Neffen«, unterbrach Jojo die Stille und seine Stimme klang eigenartig heiser. Ich murmelte ein »Danke schön« und vermied es, in sein Gesicht zu blicken.

»Ein Glas Sherry?« fragte er und zeigte mit einladender Geste auf den Beistelltisch, wo eine Reihe von geschliffenen Karaffen mit verschiedenen alkoholischen Getränken bereitstanden.

Mein Blick fiel auf die schwere, silberne Teekanne, die auf dem Tisch stand, neben einigen Tassen und einem Teller mit feinstem Gebäck. Es schien, als hätten sich die beiden Männer die Zeit bei Tee und Kuchen vertrieben.

»Ist noch Tee in der Kanne?« fragte ich also.

Jojo nickte und goß mir eine Tasse ein: »Er ist gerade frisch gebracht worden.«

Wir nahmen nebeneinander auf dem kleinen Sofa Platz. Jojo legte seinen Arm um meine Schulter. Es tat gut, seine Wärme zu spüren. Dankbar und zufrieden kuschelte ich mich an ihn. Ich fühlte mich mit einem Mal ruhig und geborgen. Es war, als wäre ich erst jetzt richtig nach Hause gekommen.

»Warum bist du weggelaufen?« fragte er schließlich.

Da fiel mir alles wieder ein: George und seine Lügen, Hetty, die heimlich seine Frau war, der unmögliche Vetter Jasper und vor allem, daß der Mann da neben mir ein Doppelleben führte und daß unsere Verlobungsanzeige in der *Gazette* stand. Und doch, all dies erschien mir plötzlich nicht mehr so wichtig. Es lag alles so weit weg. Zu vieles war seitdem geschehen: die weite Reise, die Geburt eines Kindes. Es schienen mir Jahre zwischen meinem überstürzten Aufbruch und diesem Morgen zu liegen.

Eines interessierte mich aber doch: »Weiß es die Herzogin?« fragte ich. »Ich meine, weiß sie von Georges Schwindel? Wie hat er es ihr beigebracht?«

»Hetty hat es getan«, berichtete Jojo mit einem Schmunzeln. »Den guten George hatte der Mut verlassen. Da ist Hetty hervorgetreten und hat alles gebeichtet. Das schien Großmutter zu imponieren. Jedenfalls hat sie den alten Barntley nicht zurückgerufen, um ihm ein neues Testament zu diktieren.«

»Das ist typisch!« rief ich aus. »George braucht immer eine Frau, die ihn aus den Schwierigkeiten holt, in die er sich selbst gebracht hat.«

»Und er findet auch immer eine«, stellte Jojo trocken fest und blickte mir direkt ins Gesicht.

Natürlich hatte er recht. Auch ich hatte ihm schließlich geholfen.

»Es scheint so«, gab ich daher zu. »Ich glaube allerdings, daß George nicht der einzige bleiben wird, dem ich aus Schwierigkeiten helfen werde.«

Jojo zog eine Augenbraue hoch: »So?« fragte er ruhig, »wer steckt denn noch in Schwierigkeiten?«

Ich konnte es kaum glauben. Dieser Mann war ein angesehenes Mitglied des Hochadels, und doch verdingte er sich als Straßenräuber. Er wußte, daß ich es wußte, und dennoch spielte er den Unschuldigen!

»Na, vielleicht Georges Vetter?« warf ich ein. Sicher würde er mir jetzt alles gestehen, würde mir erklären, wie er zu seiner Tätigkeit auf der Landstraße kam, würde mich um Verständnis bitten, um meine Hilfe ...

»Meinst du diesen Jasper?« fragte er statt dessen. »Schien mir ein unangenehmer Zeitgenosse zu sein. Und der braucht deine Hilfe, sagst du?«

Das war mir denn doch zu viel. Empört rückte ich von Jojo ab und zog seinen Arm von meiner Schulter: »Ich sagte nichts dergleichen! Du weißt genau, daß ich dich meine, du unmöglicher Kerl. Wer sollte denn in ernsthaften Schwierigkeiten stecken, wenn nicht ein Earl, der mit einer Bande von Straßenräubern die Landstraßen unsicher macht und der ...«

Weiter kam ich nicht. Zu meiner Überraschung hatte mich Jojo in seine Arme gerissen, und er küßte mich mit einer Leidenschaft, die mir fast den Atem nahm. Das war äußerst angenehm, und ich dachte gar nicht daran, ihn zu unterbrechen, um unser Gespräch fortzusetzen. Schließlich war er es selbst, der mich immer noch umschlungen haltend sagte: »Ich hatte von Anfang an das Gefühl, daß du einen bestimmten Verdacht gegen mich hegst. Sieh mich an! Hältst du mich wirklich für einen Straßenräuber?«

»Aber natürlich«, entgegnete ich leicht ungeduldig.

»Wer sagt das?« wollte er wissen.

Ich riß mich los: »Wer sagt das?« wiederholte ich, doch irgendwie wurde ich durch seinen amüsierten Blick zunehmend verunsichert.

»Ich habe dich doch mit meinen eigenen Augen gesehen. Du warst mit deiner Bande im Wirtshaus, von dem Wirt, der ermordet wurde. Das heißt, eigentlich war zuerst nur die Bande da. Lauter ungezogene, unhöfliche Männer, wie ich am eigenen Leibe erfahren mußte. Du solltest dir deinen Umgang wirklich etwas sorgsamer wählen.«

Jojo lachte auf, sagte jedoch kein Wort und blickte mir erwartungsvoll entgegen.

»Und dann bist du gekommen«, setzte ich fort, »unrasiert, mit diesem altmodischen Hut, die Stiefel mit Lehm bespritzt. Du hast nicht im geringsten wie ein Edelmann ausgesehen, wenn ich dir das sagen darf. Und dennoch, zweifelsohne hast du den Burschen Respekt eingeflößt. Sie haben dich als ihren Führer anerkannt. Und dann wolltest du mit Jem einfach weggehen. Du hast mich nicht eines Blickes gewürdigt ...« Ich hatte in Erinnerung daran, wie wütend ich darüber gewesen war, fast den Faden verloren.

»Du hast dich maßlos darüber geärgert«, erkannte Jojo scharfsinnig.

»Natürlich habe ich das«, sagte ich freimütig.

Er lachte laut heraus und schloß mich abermals in seine Arme.

»Habe ich dir schon gesagt, wie bezaubernd du bist?« Seine dunklen Augen hielten mich gefangen. »Ich liebe dich, Sophia.«

Wie schön war es, diese Worte zu hören. Wie aufregend war es, ihn wieder zu küssen und doch, schließlich bekam meine Hartnäckigkeit wieder die Oberhand: »Und Jem nennt dich Hauptmann, was beweist, daß du der Anführer der Bande bist ...« Ich hielt inne. Mir war gerade eingefallen, daß James ihn Hauptmann Maine genannt hatte. »Vielleicht erzählst du mir endlich deine Version der Geschichte«, forderte ich ihn auf. »Schließlich habe ich dich ja wirklich in dem Wirtshaus gesehen. Wer sagt mir denn, daß du tatsächlich nichts mit dem Mord an dem armen Wirt zu tun hattest?«

»Aber ich hatte ja damit zu tun«, entgegnete er zu meiner Überraschung.

Mein Entsetzen muß mir vom Gesicht abzulesen gewesen

sein, jedenfalls lachte Jojo kurz auf, bevor er fortfuhr: »Nicht mit der Begehung des Mordes, natürlich, aber mit seiner Aufklärung.«

Da ich verwirrt die Stirn runzelte, sagte Jojo: »Ich denke, ich erzähle dir die ganze Geschichte einmal von vorne.«

Ich nickte und wartete, daß er fortfahren würde.

»Bereits vor der Ermordung des alten Styrabakers, war es in der Gegend zu verschiedenen Gewalttaten gekommen. Dabei hatte es sich vor allem um Raub und Plünderungen gehandelt. Der Mord an dem Wirt war schließlich der Höhepunkt der Verbrechensserie. Einige Leute im Dorf hatten schon lange Jonathan Joblins in Verdacht. Du mußt wissen, daß Joblins eine bekannte Gestalt in der Gegend war. Jeder kannte ihn als unangenehmen, brutalen Menschen. Doch kaum einer wollte glauben, daß er zu wirklichen Greueltaten fähig war. Er war arbeitsscheu und verschlagen und hatte keine Freunde in der Bevölkerung. Und doch gab es immer wieder welche, die ein gutes Wort für ihn einlegten. Vor allem auch der Friedensrichter, der kein vorschnelles Urteil fällen wollte. Joblins ist in der Gegend aufgewachsen, mußt du wissen. Seine Eltern waren Fremde, keiner weiß, woher sie kamen. Keiner weiß, wohin sie gingen, als sie den damals etwa zehnjährigen Jonathan sich selbst überließen. Er fand Aufnahme in mehreren Haushalten. Zuerst beim Pfarrer und, als dessen Frau starb, bei verschiedenen Bauern. Doch der Bursche wollte die Arbeit nicht tun, die man von ihm erwartete. Und er lohnte es seinen Gönnern schlecht. Entweder bedrohte er das Gesinde, oder es fehlte etwas Wertvolles, wenn er bei Nacht und Nebel seine jeweilige Unterkunft verließ. Schließlich wollte keiner mehr etwas mit ihm zu tun haben. Kurz danach schien es, als sei Joblins für immer verschwunden. Niemand bekam ihn mehr zu Gesicht. Dann begannen die Verbrechen. Und natürlich richtete sich der Verdacht gegen ihn. Aber zum einen konnte man ihm, zumindest lange Zeit, nichts beweisen. Zum anderen wußte keiner, wo er war. Die Bow-Street-Leute aus London wurden eingeschaltet. Und die Männer im Dorf beschlossen, sich selbst aufzumachen, um ihre Frauen und Kinder, ihr Hab und Gut vor Joblins zu schützen. Sie selbst wollten seiner habhaft werden. Nun ist Daniels, der Friedensrichter – ich weiß nicht, ob du Squire Daniels je kennengelernt hast, meine Liebe? Er ist über siebzig und nicht mehr der Rüstigste. Darum bat man mich um meine Hilfe. Mr. Daniels war einverstanden. So suchte ich mir einige Burschen und Männer aus dem Dorf aus, die mir zur Seite stehen sollten. Zur selben Zeit verteilten die Bow-Street-Detektive über den ganzen Landstrich Steckbriefe, die nach Joblins fahndeten.

Zuerst nur wegen Straßenraubes, denn das war das einzige, was man ihm mit Sicherheit nachweisen konnte. Er hatte nämlich eines Tages die Unvorsichtigkeit besessen, die Kutsche des alten Fishmaker zu überfallen. Du weißt, Mr. Fishmaker ist der schrullige Nachbar, dessen Grund im Osten sowohl an Rampstade wie auch an mein Gebiet grenzt. Der Mann ist immer bis an die Zähne bewaffnet, wenn er unterwegs ist. Er gab auch sogleich mehrere Schüsse ab. Infolge der Dunkelheit und wahrscheinlich auch aufgrund der Aufregung verfehlte er jedoch sein Ziel. Er konnte aber den Räuber in die Flucht schlagen und überdies eindeutig feststellen, daß es Joblins war, der ihn überfallen hatte. Ich durchstreifte daraufhin mit den Burschen die Wälder, ohne jedoch auf eine Spur von Joblins zu stoßen. Offiziell ließ ich verkünden, ich sei auf der Jagd. Der Hintergedanke dabei war, daß Joblins vielleicht auf die Idee verfallen könnte, meine Abwesenheit dazu zu nützen, auf Grandfox Hall einzubrechen. Die Diener waren bewaffnet und gut vorbereitet. Wir hätten Joblins gerne auf frischer Tat ertappt. Doch leider kam er nie auch nur in die Nähe des Hauses. Statt dessen geschah der Mord an dem Wirt. Jems Bruder war in der Nähe des Gasthauses gewesen und hatte versucht, den Wirt zu retten, doch Joblins schlug ihn brutal nieder. Wenn ich nicht zufällig vorbeigeritten wäre, wer weiß, was mit dem Burschen passiert wäre. So ergriff Joblins jedoch die Flucht, und Jems Bruder konnte mir mitteilen, daß er ihn ganz eindeutig erkannt hatte. Was blieb uns anderes übrig, als weiter zu suchen, in der Hoffnung, daß er uns kein drittes Mal mehr entwischen würde? Ich ließ die ganze Gegend absuchen und war auch selbst den ganzen Tag unterwegs. Wir vereinbarten, uns eines Abends in dem verlassenen Wirtshaus zu treffen. Konnte ich ahnen, daß sich die Burschen ihre Wartezeit damit verkürzen würden, daß sie über die Alkoholvorräte, die noch im Hause waren, herfielen?«

Jojo lachte auf, als er mein fassungsloses Gesicht bemerkte. Ich hatte ihm mit wachsender Entgeisterung zugehört und konnte es kaum glauben: »So war das also?« fragte ich.

»So war das also«, bestätigte Jojo amüsiert.

»Und du bist kein Straßenräuber?«

»Und ich bin kein Straßenräuber. Übrigens ist nicht jeder Hauptmann ein Räuberhauptmann«, fügte er spöttisch hinzu. »Hauptmann war mein Rang in der Armee. Ich war Hauptmann, bis ich meinen Dienst quittierte, als mein Vater starb. Ich diente unter Wellington, mußt du wissen. Und Jem war mein Bursche beim Militär. Darum spricht er mich noch heute mit meinem Titel an. Ich weiß nicht, ob ich ihm das je werde abgewöhnen können.«

»Du warst in Waterloo?« fragte ich.

Jojo nickte. »Und dann starb Papa und ich übernahm meine Pflichten auf Grandfox Hall.«

»Kennst du James schon lange?«

»Wir waren zusammen in Oxford«, erklärte er.

Meine Gedanken schweiften zurück zu dem Abend, an dem ich Jojo kennenlernte. Er hatte mich auf seinem Pferd nach Grandfox Hall gebracht. Es war so abenteuerlich gewesen, so ungeheuer romantisch. »Warum hast du mir nicht gesagt, wer du bist?« wollte ich wissen. »Und warum bist du an dem ersten Abend nicht mit in dein Haus gekommen?«

»Ich hatte doch die Aufgabe übernommen, nach Joblins zu suchen. Diese konnte ich doch nicht einfach aufgeben. Offiziell hieß es ja, ich sei gar nicht in der Gegend. Und überdies, ich hätte wohl nicht gut mit einem fremden, unverheirateten Mädchen die Nacht unter einem Dach verbringen können, ohne dich zu kompromittieren, nicht wahr?«

»Du hast mir nicht vertraut.«

»Natürlich nicht«, beantwortete er diesen Vorwurf gelassen. »Ich kannte dich doch nicht. Und dann hatte ich dich schließlich in einem verlassenen Wirtshaus angetroffen, ohne jede Begleitung, ohne Anstandsdame, wie konnte ich da ...«

Ich kniff ihn in die Seite. »Du weißt genau, wie es dazu kam«, sagte ich empört.

»Ja, ja, ist schon gut«, lachte Jojo. »Natürlich weiß ich das. Doch ich mußte vorsichtig sein. Und du, hast du mir denn vertraut?«

Ich schüttelte den Kopf.

»Na, siehst du«, meinte er befriedigt. »Ich vertraute dir immerhin so weit, daß ich dich auf Grandfox Hall übernachten ließ.«

»Du hättest mich ja nicht gut in der finsteren, einsamen Gegend lassen können. Ohne Schutz und ohne ein Dach über dem Kopf«, warf ich ein.

In seinen Augen blitzte es auf. »Hätte ich das nicht?« wollte er wissen.

»Warum hast du mir nicht gesagt, wer du bist, als wir zusammen im Waldhäuschen gegessen haben. Damals war doch die Geheimniskrämerei nicht mehr notwendig.«

»Ich hatte es vor«, wandte Jojo ein, »aber dann fingst du an, deine schlechte Meinung über den Earl of Cristlemaine zu verkünden. Hätte ich da aufstehen sollen, zu dir hintreten und sagen, ›Ich bin dieser unsympathische, arrogante Adlige, den man nicht gerne haben kann, willst du mich heiraten?‹«

Ich mußte lachen. »Aber ich dachte, Jasper Wingfield sei der Earl!« rief ich aus.

»Das weiß ich inzwischen. Damals konnte ich es jedoch noch nicht ahnen. Und da dachte ich, ich warte noch ab und finde die Hintergründe deiner Abneigung gegen den Earl heraus. Denn, daß du mich nicht unsympathisch findest, davon war ich damals schon überzeugt.«

»Ach, wirklich?« warf ich ein.

»Ja, und zwar so überzeugt, daß ich mich umgehend auf den Weg zu deinem Bruder machen wollte, um seine Einwilligung zu holen, dir den Hof machen zu dürfen. Ich wollte mich eben auf den Weg machen, als du durch das Dickicht geritten kamst, um mir die schauerliche Geschichte von George und Hetty zu erzählen.«

Nun sah ich einiges klarer. Darum waren also die Satteltaschen auf Jems Pferd gepackt gewesen. Und darum hatte er gezögert, mir einen Antrag zu machen.

»Hast du dich schon an unserem ersten Abend in mich verliebt?« fragte ich reichlich kokett.

Jojo tat, als müßte er überlegen. »Sagen wir, du hast mich ganz schön verwirrt«, sagte er schließlich, »und darum bin ich dann auf den Maskenball gegangen, um zu sehen, ob es nur der Ritt durch den nächtlichen Wald war, der mich in eine sentimentale Stimmung versetzt hatte, oder ob ich dich im hellen Licht des Ballsaales auch noch anziehend finden würde.«

»Als wir uns kennenlernten, dachte ich noch, ich sei in George verliebt«, gab ich ehrlich zu.

Jojo schwieg. »Und heute?« fragte er schließlich. Es schien fast so, als wäre er eine Spur unsicher. Ich hätte ihn dafür umarmen können.

»Heute weiß ich, daß ich George nie richtig geliebt habe. Aber dich liebe ich wirklich, Jojo.«

Zu meiner Überraschung ergriff er meine rechte Hand, rutschte von seinem Sitz und fiel vor mir auf die Knie: »Sophia«, sagte er ernst, »willst du mir die Ehre erweisen ...« In diesem Augenblick wurde die Türe aufgerissen, und James betrat mit großen Schritten das Zimmer: »Ihr müßt unbedingt ...« begann er, brach ab und blickte entgeistert auf die Szene, die sich ihm bot: »Was treibt ihr denn da?«

»Ich bin gerade dabei, deiner Schwester einen Heiratsantrag zu machen«, erklärte Jojo unwillig. »Wenn du also die Güte hättest ...«

»Aber bitte, laßt euch nicht stören. Ich dachte, das hättest du schon längst getan.« James trat den Rückzug an. »Aber beeilt euch. Ich muß euch unbedingt das Baby zeigen. Elizabeth will den kleinen Kerl James Sebastian nennen, doch ich bin mehr für Jonathan ...«

»Nein!« riefen Jojo und ich wie aus einem Munde, »alles, nur nicht Jonathan.«

James warf uns einen kurzen Blick zu und verließ kopfschüttelnd das Zimmer. Vermutlich dachte er, wir beiden Liebenden hätten völlig den Verstand verloren. Er sah dabei so komisch aus, daß Jojo und ich laut auflachen mußten. Und ich fiel von meinem Sitz, direkt in Jojos Arme.

So kam es, daß Jojo lachend und küssend ganz vergaß, das Ende seines Heiratsantrages vorzubringen. Das hat uns aber nicht daran gehindert, trotzdem zu heiraten. Zu Weihnachten, auf Rampstade Palace. Ich trug den kostbaren alten Spitzenschleier, genau so, wie es sich Ihre Gnaden, die Herzogin, für die Braut ihres Enkels immer gewünscht hatte.

BIBLIOTHEK DER KLASSISCHEN ABENTEUERROMANE

Mit dieser Edition präsentiert der Fischer Taschenbuch Verlag eine neue Reihe von berühmten Abenteuerromanen der Weltliteratur. Es handelt sich bei allen Bänden um moderne, gut lesbare Neuübersetzungen der ungekürzten Originaltexte. So werden diese Klassiker endlich wieder ihrem literarischen Rang angemessen in vollständigen Ausgaben für die deutschen Leser greifbar. Diese reichhaltig mit herrlichen Illustrationen versehene Edition lädt zum Lesen, Sammeln, Wiederentdecken und Verschenken von bekannten Büchern großer Schriftsteller ein. So entsteht eine schöne Bibliothek, die auf Dauer Bestand hat.

FISCHER TASCHENBUCH VERLAG

fi 4999 / 1

BIBLIOTHEK DER
KLASSISCHEN ABENTEUERROMANE

Alexandre Dumas
Der Graf von Monte Cristo

Roman. Aus dem Französischen
von Xenia Gharbi und Martin Schoske
3 Bände. Erscheint im Frühjahr 1994

Edmond Dantès ist ein junger Provençale, der hoffnungsfroh in die Zukunft blicken kann: Er hat einen gütigen Vater, eine treue, schöne Verlobte, die Katalanin Mercédès, viele Freunde, einen geneigten Reeder und die Aussicht, bald Kapitän eines Handelsschiffes zu werden. Während seines Verlobungsfestes wird er aufgrund der Intrige eines Untergebenen festgenommen und beschuldigt, ein bonapartistischer Agent zu sein. In dieser Situation wird er von allen im Stich gelassen – teils aus Mißgunst, teils aus Entsetzen, teils aus Gleichgültigkeit. Alles, was für ihn sprach, wird im Prozeß gegen ihn verkehrt, und er wird zu lebenslanger Kerkerhaft im vor Marseille gelegenen Château d'If verurteilt. Dort verbringt er zehn grausam lange Jahre unter schärfster Bewachung. Es gelingt ihm, sich mit einem älteren Mitgefangenen zu verständigen, der ihm die Lage eines unermeßlichen Schatzes auf der Insel Monte Cristo verrät. Dantès entflieht dem Château d'If in einem Leichensack und gewinnt den Schatz. Nach vielen Jahren kehrt er unerkannt als Graf von Monte Cristo nach Frankreich, wo alle seine »Verräter« mittlerweile in geachtete Stellungen der guten Gesellschaft aufgestiegen sind. Monte Cristo führt sich in die Gesellschaft ein und geht mit kalt kalkulierender Pedanterie daran, sich zu rächen.
Keiner findet Gnade, auch Mercédès nicht.

FISCHER TASCHENBUCH VERLAG

fi 5000 / 1

Unterhaltsame Literatur

Eine Auswahl

Erica Jong
Fanny
Roman. Band 8045
Der letzte Blues
Roman. Band 10905

M. M. Kaye
Insel im Sturm
Roman. Band 8032
Die gewöhnliche Prinzessin
Roman. Band 8351
Schatten über dem Mond
Roman. Band 8149

Sergio Lambiase
O sole mio
Memoiren eines Fremdenführers
Band 11384

Marie-Gisèle Landes-Fuss
Ein häßlicher roter Backsteinbau in Venice, Kalifornien
Roman. Band 10195

Werner Lansburgh
»Dear Doosie«
Eine Liebesgeschichte in Briefen. Band 2428
Wiedersehen mit Doosie
Meet your lover to brush up your English
Band 8033

Doris Lerche
Keiner versteht mich!
Psycho-horror-picture-show III. Band 8240

Die wahren Märchen der Brüder Grimm
Heinz Rölleke (Hg.)
Band 2885

Märchen und Geschichten aus der Welt der Mütter
Sigrid Früh (Hg.)
Band 2882

Märchen und Geschichten zur Weihnachtszeit
Erich Ackermann (Hg.)
Band 2874

Antonine Maillet
Bären leben gefährlich
Roman. Band 11185

Pat Mallet
Gelegenheit macht Liebe
Das scharfe Buch der kleinen grünen Männchen
Cartoons. Band 8337
Der große Pat Mallet
Band 8017

Fischer Taschenbuch Verlag

fi 1220 / 4 e

Unterhaltsame Literatur

Eine Auswahl

Michael Mamitza
Fatum
Roman. Band 11264
Feran
Roman. Band 11553
Kismet
Roman
Eine türkisch-deutsche Liebesgeschichte
Band 11053

Andreu Martín
Don Jesús in der Hölle
Kriminalroman
Band 11435
Hammerschläge
Roman
Band 11434

Manfred Maurer
Furor
Roman. Band 11290

Jon Michelet
Hotel Coconut
Roman. Band 10034
In letzter Sekunde
Thriller. Band 8374

Werner Möllenkamp
Hackers Traum
Ein Computerroman
Band 8720

Hubert Monteilhet
Darwins Insel
Ein fabelhafter Roman vom Ursprung der Arten
Band 8718

Leonie Ossowski
Die große Flatter
Roman. Band 2474

Alfred Probst
Amideutsch
Ein kritisch-polemisches Wörterbuch der anglo-deutschen Sprache
Band 7534

Micky Remann
Der Globaltrottel
Who is who in Katmandu und andere Berichte aus dem Überall
Band 7615

Ann Victoria Roberts
Louisa Elliott
Roman
Band 11126

Erik Rosenthal
Der Algorithmus des Todes
Ein mathematischer Kriminalroman
Band 8714

Fischer Taschenbuch Verlag

fi 1220/9f